地球さんはレベルアップしました！

The earth-san has leveled up!

2

生咲日月

TOブックス

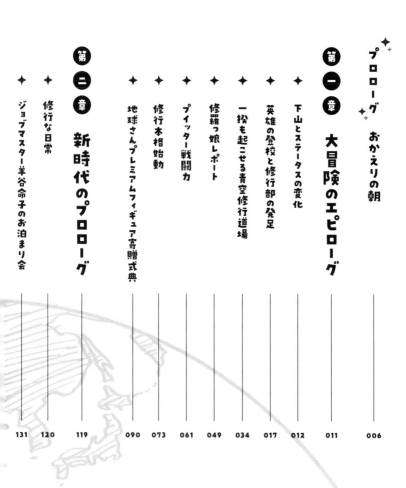

contents

The earth-san has leveled up!

イラスト✦shnva　デザイン✦coil

羊谷命子

ひつじやめいこ

[meiko hitsujiya]

主人公。風見女学園の高校一年生。大冒険者として後世の歴史書に名を残すのが夢。趣味は修行で、少し中二病ぎみ。ダンジョンでは魔導書士装備。仲間を鼓舞するリーダー気質。

羊谷萌々子

ひつじやももこ

[momoko hitsujiya]

命子の妹。しっかり者な小学六年生。優しくて楽しいお姉ちゃんが大好き。

教授

きょうじゅ

[kyouju]

自衛隊の研究員。命子の能力推移の測定に付き合ったことで仲良くなる。

馬場翔子

ばばしょうこ

[shoko baba]

自衛隊ダンジョン対策本部のメンバー。楽しいお姉さん。ダンジョンから帰還した命子の担当官になる。

character

有鴨紫蓮

ありかもしれん

[siren arikamo]

命子の一つ下の幼馴染。ものづくりが大好き。一人称は「我《われ》」、右目にカラコン、ケガをしていないのに包帯を巻くなど中二病盛り。ダンジョンでは変幻自在の棒使い装備。

笹笠ささら

ささがさささら

[sasara sasagasa]

命子の同級生。人付き合いが苦手で恥ずかしがりや。真面目な性格で、日頃から淑女《しゅくじょ》を目指している。ダンジョンでは和風剣士装備。

流ルル

ながれるる

[ruru nagare]

命子の同級生。猫信仰が強いキスミアという国で育った女の子。陽気な性格でいつでも元気いっぱい。語尾は「デス」。ダンジョンではNINJA装備。

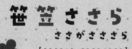

プロローグ　おかえりの朝

命子《めいこ》は夢を見ていた。

樹木と鳥居、魔物と桜の花びら。光と影が織りなす無限鳥居のダンジョンを仲間たちと四人で冒険する夢。

幼馴染の紫蓮《しれん》がなぜか幼い日の姿で、「めーちゃん」と昔の呼び方で後ろからちょこちょこ追いかけてきたり、ルルの頭にネコ耳が生えていたり、ささらが道端でいきなり茶道を始めたり。そうかと思えば、エンカウントした魔物にささらがお茶をぶっかけつつ、居合抜きをして切り伏せたり。

それは虚実入り混じった夢らしい夢だったが、現実の命子はぷにぷにほっぺをにんまりとさせているので楽しい夢だと思っているようだ。

そんな命子の意識が外の喧騒でふわりと現実に引き戻されていく。

「ママ、見てるデスよ！　ニンニン、ニンニーン！」

「にゃーっ！　しゅっげーっ！　にゃーっ！」

テントの外で、元気な二つの声に続いて驚きともつかないたくさんのどよめきが上がった。

「ほぇ……」

命子は瞼《まぶた》をパチパチとさせて、目を覚ました。

見上げた天井は命子の知るテントとは少し違う厚みのある自衛隊のテントだ。

「これがシノビの極意デース！　ニンニン、ニンニーン！」

「ルルは元気だなぁ。ふふっ、マジうっせぇ」

命子は、外の声を聞きながらクシクシと目を擦り、口角を上げた。

乱れた服を直した命子は、外に出る。

すると、そこには高速移動を駆使してシュバシュバと動き、武器に見立てた木の棒を振るルルの姿があった。その近くではルルにそっくりなルルママが大興奮でにゃーにゃー言っている。

「あら、命子さん。おはようございますわ」

ルルの様子を楽しげに見ていたささらが、テントから出てきた命子に微笑みかける。

「おはよう、ささら。あっ、ささらママ、おはようございます」

「おはようございます。命子さん」

切れ長の目をした美人なささらママが命子と挨拶《あいさつ》をする。その隣でささらがキョトンとした。

「ささらママ……」

自分の母親をそんなふうに呼ばれるのが初めてで、ささらは軽く戸惑う。同じくささらママ本人も鋭い目つきの奥底で、新感覚の呼び方をされて戸惑いとともに小さな喜びを覚えていた。

「うにゃ、うにゃにゃにゃにゃーっ！　みゃーみゃー」

「にゃーっ、しゅごいデース！　お主こそバンプププーのキスミア猫デスなーっ！」

ルルとルルママのテンションがおかしい。母親にいいところを見せたいルルは頑張りすぎて疲れちゃったのか、切ない声を上げ始めた。対するルルママは間違えて覚えている四文字熟語を叫んでいる。

「ささら、ちょっと顔洗ってくるよ」

命子はテントから離れて水の魔導書から水を生成する。

「わぁ、お姉ちゃん凄《すご》い！」

「でしょ？」

いつのまにか隣にいた妹の萌々子《ももこ》が褒めてくれて、命子は嬉しげに笑いながら顔を洗う。

「羊谷《ひつじや》命子、我《われ》にもお水出して」

同じく起きだした紫蓮が眠たげな目をしょぼしょぼさせながらお願いしてきた。

「よう紫蓮ちゃん、おはよう」

「紫蓮ちゃん、おはよう！」

「うん」

命子と萌々子のロリ姉妹の挨拶に、紫蓮はほっこりしながら返事をする。

紫蓮ママに頭をよしよしされながら眠っていた紫蓮は、四人の中で一番ぐっすり眠っていた。母親に甘える自分を見せたくないので、幼馴染の命子であろうと膝枕しながら寝た事実は秘密である。

「みなさん、おはようございますわ」

「おはようデース！」

紫蓮が顔を洗っていると、ニコニコしたささらと、運動をして火照った顔をするルルもやってきた。

朝の挨拶を交わした命子たちは、眼下に広がる風見町を眩《まぶ》しげに見下ろす。

「帰ってきたのか……」

「我、ひと月ぶりくらいの気分」

「わたくしもですわ。なんだかいつもよりも輝いて見えますわ」

「ささら、それが自分の力で生を掴《つか》み取ったってことさ」

「命子さん……はい、そのとおりですわ」

いい感じのことを言いたい病の命子のセリフに、しかしてささらはいたく感心した。命子は簡単だなと思った。

「ワタシは新しい町に来た気分デス。これからみんなで暮らす町デスな！」

地元民の三人と、引っ越してきたばかりのルルでは見下ろした町の景色は違って見えたようだ。無限鳥居の冒険で得た仲間と過ごす町として認識できたらしい。

風見町は春の麗《うら》らかな日差しの下でいつもと変わらない、しかし輝きに満ちた姿で命子たちの帰りを迎えてくれた。

そんな四人に混じって、萌々子もお姉ちゃんたちが無事に帰ってきてくれたのだと実感する。

世界を満たす新しい時代の風が、少女たちの髪を撫《な》でていった。

第一章

大冒険のエピローグ

The earth-san has leveled up!

下山とステータスの変化

山の中腹で迎えた朝はそこからが慌ただしく、すぐに『地球さんプレミアムフィギュア』の引き渡しをすることになった。ヘリコプターからコンテナが降ろされ、大量の緩衝材とともに地球儀が詰め込まれ、再びヘリコプターで運ばれる。ぶつけるのが憚《はばか》られる地球儀だけあって、人に背負わせて下山させたくないのだろう。

命子たちはテキパキと行われる作業を感心して見学した。特にヘリコプターと繋《つな》がるロープでコンテナが浮かび運ばれていくさまが、命子には物珍しくて楽しいのだ。

地球儀を入れたコンテナが飛び立っていく様子を並んで見ていた命子たちに、馬場が言った。

「たぶん、後日、あなたたち四人の手で、改めてお偉いさんの手に渡すことになると思うわ」

「マジですか」

「混乱した世の中だから確定とは言えないけど、上から話は通しておいてって昨晩のうちに言われたわ。ほら、よくオリンピック選手がメダルを獲得した報告を国や町のお偉いさんにするでしょ？　あれと似たようなものよ。あなたたちは当事者だからピンと来ないかもしれないけど、今回の件は世界史に残るレベルのことだから、やる必要があるでしょうね。まあ、その時に使われるのはレプリカになると思うけど」

「はわぁ、そうですか……適当な敬語で大丈夫ですか？　不敬でコンクリートに詰められたりしない？」

「ぐふすぅ。ふふっ、そんなことしないわよ」

噴き出した馬場に好感度ゲットの香りを嗅ぎつけた命子は嬉しくなった。

「ちなみに、渡す人は誰ですか？」

「総理大臣かそれに近い立場の人以外ありえないわ。言ったでしょ、世界史レベルだって。これで風見町の町長に渡したら世界各国に日本は正気かって思われるわ」

「フィギュアを渡すだけなのに、なんて大げさな」

「世界遺産レベルのフィギュアだけどね」


そんな一幕を終えて、命子たちはいよいよ下山することになった。

「ほら、萌々子。そっちに足をかけて」

「うんしょ、うんしょ」

「萌々子、頑張れ」

命子はお姉ちゃんなので下山中も妹の世話を焼く。紫蓮もまた萌々子のおむつを替えたことがある立派な幼馴染のお姉ちゃんなので、一緒になって萌々子の下山をサポートする。

そんな命子たちの服装を見て、萌々子が羨ましそうに言った。

「お姉ちゃんたちの服可愛いなぁ」

「そうだろそうだろ。カタログもゲットしてきたから、あとで一緒に見ようね？」

「うん」

萌々子の頭には命子から貸してもらったハチガネが装備されていた。下山なので頭を打ったら怖いからだ。萌々子はハチガネを両手で触ってご満悦である。ちょっと強くなった気分だ。

そうやって下山する命子は、自分の身体能力が格段に向上していることに気づいていた。同じ山の行きと帰りで楽さが全然違うのだ。もちろん、登りと降りでは似て非なるものだろうが、それを差し引いても明らかに体のスペックが変わったとわかる。

人間から逸脱した脚力や腕力は未だに得ていないが、魔物たちとの戦闘を重ねた命子たちは一瞬の判断力や瞬発力がとても鍛えられていた。それが下山という行為にいかんなく発揮され、なんなら走って下りることもできそうだった。

自分の成長がとても気持ちいい。しかも地球さんはレベルアップしたばかりで、この成長もいうなれば入門レベルのものだろう。これからまだまだ成長できると思うと、命子はワクワクして堪《たま》らなかった。

そんな命子たちの現在のステータスは龍を討伐したことでかなり変わっていた。

レベルが12に上がったのとカルマが相当に上がったのはまあいいとして、注目すべき点は二つ。

まずは、称号が一つ増えた点。【世界初ダンジョンクリア】という称号だ。その効果を知りたいと思うとステータス画面に説明が表示された。

【世界初ダンジョンクリア】
世界で初めてダンジョンをクリアした功績を称《たた》える。
通常効果：ジョブ【冒険者】が選択可能になる。

status

羊谷命子 [15歳] meiko

ジョブ　見習い魔導書士
レベル　12
カルマ　+6855
魔力量　85／85

スキル　【合成強化】【魔導書解放】

ジョブスキル
【魔導書装備枠+1】
【魔導書装備時、魔攻アップ　小】

称号
【地球さんを祝福した者】
【世界初ダンジョンクリア】

装備
・水の魔導書　・火の魔導書　・サーベル
・女陰陽師セット　・ハチガネ　・チョーカー
・指ぬき手袋　・ハイソックス足袋　・ぽっくり
・新時代対応セットのリュック
・灰王の剣（リュックに差してあるだけ）

有鴨紫蓮 [14歳] siren

ジョブ　見習い棒使い
レベル　12
カルマ　+6772
魔力量　35／35

スキル　【生産魔法】【棒技】

ジョブスキル
【棒装備時、物攻アップ　小】
【与ノックバックアップ　極小】

称号
【地球さんを祝福した者】
【世界初ダンジョンクリア】

装備
・棒（命名「魔封黒夜」）　・女法師風セット
・ハチガネ　・黒マフラー　・手甲
・指ぬき手袋　・足袋　・下駄　・魔石ケース
・赤いカラーコンタクト（地上産）
・新時代対応セットのリュック

笹笠ささら [15歳] sasara

ジョブ　見習い騎士
レベル　12
カルマ　+6972
魔力量　35／35

スキル　【防具性能アップ　小】【騎士技】

ジョブスキル
【自動回復　極小】
【防具性能アップ　小】

称号
【地球さんを祝福した者】
【世界初ダンジョンクリア】

装備
・桜のサーベル　・はんなり袴セット
・ハチガネ　・髪留め　・チョーカー
・手甲　・指ぬき手袋
・ハイソックス足袋　・脚半　・ブーツ
・新時代対応セットのリュック

流ルル [15歳] ruru

ジョブ　見習いNINJA
レベル　12
カルマ　+7135
魔力量　37／37

スキル　【見習いNINPO】

ジョブスキル
【二刀流時、物攻減少なし】
【連撃時、物攻アップ　小】

称号
【地球さんを祝福した者】
【世界初ダンジョンクリア】

装備
・小鎌　・忍者刀　・くのいち風着物セット
・ハチガネ　・かんざし　・チョーカー
・手甲　・指ぬき手袋
・ハイソックス足袋　・脚半　・草履
・新時代対応セットのリュック

特殊効果：世界の理に大いなる偉業として認定される。

通常効果と特殊効果がついた称号だった。

命子はこれを見て、おそらく普通の【ダンジョンクリア】という称号があるのではないかと考えた。

そして、そちらには通常効果だけが存在するのだ。この予想は正しく、のちに自衛官や軍人の多くがダンジョンをクリアするとともに【ダンジョンクリア】という称号を得て、ジョブ『冒険者』が選択可能になるのだった。

世界の理に大いなる偉業として認定されるという効果は、別に変わった点はなにもないので、よくわからなかった。

もう一つは、ジョブスキルの【魔導書解放】がスキルの欄に移っている点だ。

自衛隊内でもすでにジョブスキルが普通のスキルに移動する現象は確認されていた。『ジョブスキルのスキル化』あるいは単に『スキル化』などと言われており、こうなるとジョブをほかのものに変えても、スキル化されたスキルは消失せずに使用することができた。

なので、命子もこの時点で『見習い魔導書士』から別のジョブに変えても、魔導書から魔法を放つ能力は失われない。

とはいえ、きっとほかのジョブスキルもすぐにスキル化しそうに思うので、そのまま『見習い魔導書士』を続けることにするのだった。

英雄の登校と修行部の発足

地上に戻った命子たちはいろいろと事後処理を終え、次の日の金曜日には登校した。

「それじゃあ羊谷命子……我、行ってくる」

「おう、紫蓮ちゃん。頑張れよ。今日行けばとりあえず明日は休みだからな！」

「うん」

通学路の途中まで紫蓮と一緒に行き、中学三年生である紫蓮はそこから別行動となる。

命子が中学を卒業する際もとてもしょんぼりしていた紫蓮。小学校を卒業する時には留年させようと引き留めたこともある。心細さから来るものだが、今回もそれに近い不安げな面持ちだった。

「ほら、元気を分けてやろうな！」

「ぴゃわ⁉︎」

命子は紫蓮の頭を両手でわしゃわしゃとかき回し、そのまま耳を経由してほっぺをうにうにとこねくり回す。ちょっと驚いた紫蓮だがそこから先はされるがまま。命子の手のひらの温かさを感じて目を細めた。

「元気になったか？」

「うん」

「よし、じゃあ行ってこい。また放課後ね」

「うん。行ってくる」

命子は途中で振り返る紫蓮に手を振って、その姿が見えなくなるまでお見送りしてあげた。可愛い妹分に幸あれと。

命子が風見女学園の校門に入ると凄《すさ》まじいまでの注目を集めた。いや、すでに登校中も注目は凄かったのだが、女子高生たちのテリトリーである学園内に入ったことでそれは顕著《けんちょ》になった。

「ふむ」

命子は鈍感系になれない系女子だ。なので、なぜ自分が注目されているのかすぐに察しがついた。もはや自分は完全無欠にワールドワイドな女。ならばそれに合わせたキャラを作らなくてはならない。本当はダンジョンにだけ潜って気楽に生きていきたいけれど、世界がそれを許さないのだ。キャライメージというやつである。やれやれだ。

「ぶわっ！」

命子はオーラを放った。ドラゴンスレイヤーの一人が力の片鱗《へんりん》を放出したのだ。声で。イメージはムッキムキな上半身を晒《さら》して闊歩《かっぽ》する世紀末な男。周りのちっちゃい石がゴゴゴゴゴッと浮く感じ。もちろん劇画調。

「わーっ！」

そんなふうに脳内で自分の姿を補完しつつ、命子はずぬんずぬんと歩き出す。

「命子ちゃんだーっ！」

「おかえりーっ！」

オーラはなんの意味もなかった。すでに入学当初からいろいろな人に話しかけられてきたので、同級生や先輩のお姉さんが、わいわいキャーキャー集まってくる。

「凄いねぇ」「カッコ良かったよ」「怖かったでしょ」「ちっちゃい」「あの服可愛かった」「いい空き教室を知ってるんだ。一緒にお喋りしよう?」「私も行きたかったなぁ」「妹系」「修行してるんだね」「猫さんモフモフしたの?」「抱っこしていい?」「魔導書士はどうやってなるの?」「ほかにどんな服があったの?」

——等々、世界を震わせた大魔導書士に気安く話しかけてくる。

こやつら、恐れを知らぬのか。

むしろ恐れを抱かされた命子は、同級生やお姉さんたちに押しつぶされ、物理的に足が浮いた。

人が人を呼び、人垣の厚さが増していく。

むぎゅーむぎゅーっ!

もはや命子は一歩も動けぬ。足が浮いているゆえに。

すると、最前列のサムライガールっぽい見た目の先輩が命子の状態に驚いて、これはいかんと命子を抱き上げた。それがどこでどう変わったのか、お神輿《みこし》になった。

わっしょい! わっしょい!

「ちょ、ま、あわ、あ、あぁああ……」

わっしょい! わっしょい!

「ひ、ひぅううう!」

わっしょい! わっしょい!

「え、えーい、こなくそっ！　わっしょい！　わっしょい！」

やけくそになった命子は、自らもわっしょいしながら自分の教室に連れていかれた。

下駄箱では全自動で上履きに履き替えさせてもらい、廊下を通れば教室でまったりしていた少女たちが何事かと外に出てくる。

「そこのけそこのけーい！」

「命子神輿のお通りでーい！」

「なにそれなにそれぇ⁉」

「こうしちゃいられないわ！」

命子神輿の前後にどんどん人が増えていく。

命子は道中でチア部の生徒が渡してきたピンク色のポンポンを手にして、わっしょいのリズムに合わせて必死にわしゃわしゃした。

左にわしゃわしゃ、右にわしゃわしゃ、前方にわしゃわしゃ。

この時撮影された映像から作られたＧＩＦ動画は、笑顔の女子高生たちで構成されたお神輿に跨った命子がポンポンをわしゃわしゃしながら画面に近づいてくるものであった。これが激動の時代の幕開けに生きる女子の間で大流行し、全国各地で女子のお神輿が誕生することになる。

命子は自分の教室の前で降ろされた。

嵐の中心にいた命子はボロボロになった髪や服を整えられながら解放され、そんな命子の精神的犠牲の代わりに少女たちには大変な満足感が与えられた。街頭でアイドルにやったらとっ捕まるお祭り騒ぎだが、学園という特殊フィールドがこんな暴挙を可能にしてしまったのだ。

「超楽しかったねぇ」

「動画いる人ー？」

「「「ほしーい！」」」

キャッキャしながら嵐が去っていく。

朝一でいきなり多大なＨＰを持っていかれた命子は、ポンポンを両手に持ちながら自分の席に腰を下ろした。机の上でわしゃわしゃしゃーっ。ちょっと気に入っていた。

わっしょい！　わっしょい！

「ひぁあああ、な、な、なんですのー⁉」

その声を聞いて、命子は光の速さで立ち上がると窓際にダッシュした。

校門付近を見てみれば、今度はささらがお神輿の餌食《えじき》になっていた。担ぎ手は命子神輿であぶれた子たちだ。

命子は窓から身を乗り出し、わっしょいわっしょいとポンポンを空高く突き出して囃《はや》し立てた。

我々は運命共同体なのだ。だからささらもわっしょいされるのである！

「め、命子さーん！　た、助け、ひぅうう、助けてくださいですわーっ！」

「さっさらもわっしょい！　わっしょい！　えーい、滾《たぎ》っちまったぜ！」

ついには辛抱堪らんとばかりに命子はベランダに飛び出ると、わしゃわしゃしゃして踊り始めた。

左にわしゃわしゃ、右にわしゃわしゃ。お神輿バージョンでは見せられなかったキレのある足腰の動きが加わり、なかなかどうして上手なチアダンスである。腰の回転とともにスカートがひらっとするが、決して中身は見えない女子高生の謎の能力が命子を保護しているぞ！

「ちょ、ちょっと命子さーん⁉」

「頑張れ頑張れ、わっしょいわっしょい！　頑張れ頑張れ、わっしょいわっしょい！」

ささらが助けを求めてくるが、こちとら応援の踊りに必死なのだ。助けを求められても困る。

そんな命子に続けとばかりに、教室にいたクラスメイトたちがベランダに出て陽気に踊り始めた。

「「「頑張れ頑張れ、わっしょいわっしょい！　頑張れ頑張れ、わっしょいわっしょい！」」」

命子の教室を起点にして、左右の教室からも続々と生徒がベランダに出て踊り始める。

すると、今度はルルがわっしょいされ始めた。

「わっしょい！　わっしょい！」

「にゃーっ！　んふふふふぅ！　ワッショイ！　ワッショイ！」

ルルは最初から滅茶苦茶ノリノリであった。


「先生、おはよー！」

「ああ、おはようさん」

命子の担任である通称アネゴ先生は、生徒たちに混じって今日も今日とて学園へ向かっていた。

三白眼《さんぱくがん》がきつく地毛が明るいので若干ヤンキーあがりに見えるアネゴ先生は、まだ二十代半ばと若いので生徒から人気が高かった。少し歳が離れたお姉ちゃんくらいの年齢なので生徒からすると話しやすいのだ。

そんなアネゴ先生は、今とても悩んでいた。

「せんせー、今日から命子ちゃんたち来るんですか？」

「あ、ああ、今日から来るみたいだな」

まさにこれが悩みである。

初めて受け持った自分のクラスから世界的な英雄が出ちゃった件。それも三人も。

スウェットを着てコンビニに座っていれば普通にヤンキーと思われる風貌のアネゴ先生だが、根は非常に真面目で、生徒一人一人にちゃんと向き合いたいと思っていた。しかし、その生徒の中から三人も英雄が誕生したとあって、胃が痛むくらいの重責だった。

とりあえず命子たちの快挙は褒めるが、特別扱いはしない。そう結論づけたのが本日の早朝。いろいろ考えて徹夜している。

「英雄……英雄ってなんだよ……」

それが百歩譲って世界一になった陸上選手についた褒め言葉ならまだわかるが、大冒険して世界の危機を救っちゃった生徒を体現した言葉となると想定外が極まっていた。

ちゃんとできるかなぁ、と見た目からは想像もつかない不安な気持ちを抱えながら、アネゴ先生はいよいよ校門付近までやってきた。すると、ピアス穴が空いていないのが逆に不自然に感じるアネゴ先生の耳に、いつにも増して賑やかな生徒たちの声が届いた。

「「「わっしょい、わっしょい！」」」

「「「頑張れ頑張れ、わっしょいわっしょい！　頑張れ頑張れ、わっしょいわっしょい！」」」

地上では綺麗な金髪を躍らせてお神輿されているルルの姿が校舎の中に消えていくところだった。

さらに、一年生の教室がある二階部分のベランダでは、横一列にずらりと並んで踊り狂う生徒たちの姿が。そんな中でちっこいクセにやけに目立つ一人の少女が、ピンク色のポンポンを持って妙にキレツキレなダンスを披露している。

「こ、コラーッ！　なにしてんのーっ！」

アネゴ先生はまだ浅い教師生活の中で一番大きな声を出した。英雄への接し方について心配していた気持ちが吹き飛んだ瞬間でもある。

「や、やべ、逃げろ！」

凄い剣幕で怒られて、女子高生たちは蜘蛛《くも》の子を散らすように教室に逃げていった。ベランダで遊んではダメ絶対なのである。

そんなこんなで、命子同様に校門からほとんど自分の足で歩かないというスーパーＶＩＰな登校を果たしたささらとルルが教室に到着した。

二人の手には、金色と水色のポンポンがそれぞれ握られていた。

わっしょいしていた女子たちは、凄く満足そうな顔で帰っていく。

「明日もやろっか」

「それいいかもー」

そんな不穏な言葉を口にしながら。

ささらは涙目になり、顔を真っ赤にさせていた。一方、ルルは瞬時に抵抗を止め、流れに身を任せて自らもノリノリでわっしょいしたので、とても満足げ。

命子はポンポンをわしゃわしゃと小刻みに揺すって二人を迎えた。ルルもわしゃわしゃとさせて命子と二人でポンポンをくっつけ合う。その隣でささらはぐでん。

「明日もやるかもってさ」

「え……っ⁉」

命子がさっきの不穏な言葉をささらに教えてあげた。

ささらの顔に絶望の陰が過り、そして、このあとアネゴ先生に呼び出された命子もガクブルすることになる。

命子たちは職員室に呼び出され、今回の件での無事を喜んでもらえた。

理事長や校長、教頭にも滅茶苦茶褒められた。学園側は来年の志望者数がきっと凄いことになるだろうと今からウキウキであった。

しかし、それと同時にベランダで踊っていたことを静かに怒られた。人ってこんな無表情ができるんだって思えるほどの真顔で。普通の子だったら謹慎まであったかもしれない雰囲気だ。ベランダで遊んではダメ絶対なのである……っ！


休み時間が始まるごとに命子たちの下《もと》にはたくさんの女子が集まってきた。

すでにこの入れ食い状態を体験している命子は慣れっこだが、ささらはあたふたし、ルルは遠慮なく四方向から浴びせられる日本語の嵐に目を白黒させる。最終的にささらとルルは常に一緒にいるようになった。二人でいれば心強いのだ。

この日は、奇しくも体力測定の日であった。

「ニンニン！」

パンッとなる合図の音とともにルルが凄まじい速さで走り出す。

【見習いＮＩＮＰＯ】の高速移動は使わず、冒険で鍛えられた脚力だけでの勝負だが、スタートの直後で一緒に走る子たちを置き去りにしてしまう。しかも、その走り方は腕を振らない忍者走り。

ザァッとゴールしてから砂を巻き上げて止まるルル。金色の髪がルルの動きに遅れて、ふわりと宙に弧を描く。授業そっちのけで窓から観戦していた生徒たちから歓声が上がった。

「んーっ……ですわっ！」

ハンドボール投げや握力測定はささらの独壇場だ。成人男性の世界記録には及ばないが、高校生男子の体力測定で十点を貰《もら》える高数値を叩き出す。

結果、ルルとささらが全てにおいてぶっちぎりであった。ルルはスピードや脚のバネがものをいう種目で、ささらはパワーがものをいう種目で。どちらかが一位を取り、どちらかが二位を取る。

命子は全て三位だった。

面白いことに命子の体力測定の数値は、ほかの女子たちとかけ離れたものではなかった。ただ、反復横跳びとシャトルランだけはささらとルルに並んで命子もぶっちぎりだった。この原因は、魔物との戦闘で小刻みに動くという能力が鍛えられたためだろう。

だが、もし、魔法攻撃力や魔法の射的精度などの魔法に関わる測定があったなら、命子は学生という枠組みを超えて世界最高記録を打ち出したかもしれない。命子は時代を先取りしすぎていた。もちろん、命子の身体能力も決してバカにできたものではないのだが。

この結果に、中学から陸上部で頑張っていた女の子が膝をついて涙を流した。

そんな彼女に、命子は言った。

「速く走りたいならレベルを上げればいいんだよ。スポーツが苦手だった私でさえ、こんなに速くなったんだから。きっとあなたなら誰よりも速く走れるようになるよ」

「命子ちゃん……だけど、レベルを上げて手にいれた力は自分の努力と言えるの？」

「レベルは人の限界と努力の吸収率を上げるだけだよ。努力しなければ以前と同じで力は宿らない。だから私はこの前言ったんだよ。修行せいって」

「修行せい……」

「あなたの場合は走る修行かな？　風のように速く走る修行」

「風のように速く走る修行……」

「部活動とも言うね。戦うだけが修行じゃないよ。好きなことが魔物から身を守る術《すべ》に繋がるなら、それはとても素敵なことだね。だから走ることが好きなあなたはきっと素敵な女の子になれるよ」

「あ、う、うん……」

命子はにっこり笑った。

これでこやつも修行道に堕《お》ちることだろう。速さを求める修羅《しゅら》・韋駄天《いだてん》となるのだ。

修羅・羊谷命子は内心でそう思いつつ、颯爽《さっそう》とその場から去っていった。

その背中に少女はなにを見るのか。若干、眼差しが熱っぽい。

「二人ともやんじゃん！」

修羅堕ちしかけている少女と別れた命子は、ささらとルルの健闘を讃《たた》えた。

「やっぱりルルさんの速さには敵いませんわ」

「シャーラも力持ちデスよ！」

命子は結局、二人に全部勝てなかった。

きっとこれから先、これは何度も見ることになる光景なのだろう。あとから修行を始めた子に追い抜かれるという景色を。命子は自分たちの体力測定の結果を見てはしゃぐささらとルルの姿を眺めながら、そう思った。

もっとも、世界最強を目指しているわけではないので、命子はあまり気にしないのだが。


さて、昼休みになり、命子たちの下へ凄い人数の集団がやってきた。二十人くらいいる。命子たちは教室でご飯を食べていたので、完全に連れてきすぎである。

先頭に立つのは、心に一本芯が通ったような雰囲気をしたポニーテールの三年生だ。道着を着て蝋《ろう》燭《そく》の前に座っていそうな感じの凛々《りり》しい先輩である。そんな彼女は今朝方、命子神輿を始めた張本人だったので命子はよく覚えていた。凛々しい詐欺である。

「羊谷さん、お食事中に失礼します。ちょっとよろしいですか?」

命子はウェイトウェイトと手で合図し、口に入れていたご飯をもむもむごっくんしてからお茶で口の中を綺麗にして、対応を始めた。

「はい、なんでしょうか?」

先輩たちの顔に笑みが一つもないので命子は校舎の裏に連れていかれるビジョンを幻視した。今朝はあんなに仲良しだったけれど、なにかしら反感を買ってしまったのかもしれない。多くの記録を叩き出した体力測定のあとのことなので、そういうことも考えられた。

二十人、いや二十二人か……いける。

命子は己の戦闘力と相手の戦闘力を瞬時にどんぶり勘定して結論を出した。まあそれは冗談で、本当に校舎裏ルートなら普通に逃げる。しかし、命子の妄想は杞憂《きゆう》に終わった。

「私たちはあなたの修行魂に火を付けられた者たちです。そこで本日、修行部を発足することに決めました」

「修行部ですか？」

まるで日常系のアニメにでも出てきそうな部だなと命子は思った。きっと少人数で修行っぽいことを時に笑いを交えてわいわいやるのだ。そして部室にはこたつがあるに違いない。

「はい。そこで羊谷さんに部長をお願いしたくここに来た次第です。この話、受けていただけませんか？」

ちなみに、この先輩は命子神輿の際に、『命子ちゃーん』と凛々しさを微塵《みじん》も見せない陽気な笑顔で呼んでいたが、今は苗字で呼んできていた。よそ行きの言葉遣いなのだろう。

「部長……」

その言葉が凄くそそる命子であった。中学生の頃は部長と呼ばれる連中が一目置かれていたものだ。それに自分が就任する。……悪くないぞ！

だが、同時に面倒くさそうでもある。部活予算会議、部員勧誘、時には先生に呼び出され、修行をしたいのに部長になったことでその足枷になるまいか。

しかししかし、部長という称号はやっぱり素敵である。

「ぬぅ……っ！」

どうにかして美味《おい》しいところだけ食べられないものか。サザエは好きだがキモは食べられない命子は考えた。

「メーコはシャチョさんのほうが似合ってるデス！」

ルルが笑顔でそう言った。

「ルルさん、会社の部長ではありませんわ。部活動に社長はいませんのよ」

ささらはそう言ってソフトなツッコミを入れるが、命子はその瞬間、ペカリと豆電球した。

そうだ、発想を変えればいい。苦労する部長ではなく、苦労しない部長になればいいのだ！

「め、名誉部長ならやります。実際の束ね役は部長の人にお願いしたいかと」

こんなお願いダメかな、とサザエのキモをちゃんと食べなさいと言われて育った命子は思った。

しかし、先輩は驚愕に目を見開く。君臨すれども統治せず……これが王の器かっ！

「実に素晴らしいアイデアです。わかりました。羊谷さんは永世名誉部長になっていただきます。部の運営は部長やそのほかの者がやりましょう。羊谷さんは、ただ修行に打ち込んでいただければそれで構いません。その姿こそがお手本となるでしょうから」

「うまぁ」

なんて美味しい役職か。完全にサザエの身の部分である。もっきゅもきゅしておる。

「一つだけお願いがあります。部の理念を考えていただきたいのです」

命子は腕組みをして、ふむ、と頷《うなず》く。さっそく貫禄を出す作業に入っていた。そんな命子の前にあるのは、ウサちゃんの顔に見立てた俵型おにぎりが入ったキャラ弁である。

命子の脳みそがキュピキュピと回り要望をまとめると、おもむろに口を開いた。

「己を鍛え、新たな時代を生き抜く。鍛えるのは体でも精神でも構わない。修行せいっ！　そんな感じのことをカッコ良くアレンジしていただきたいです」

貫禄を演出するために途中まで閉じていた目が、修行せいのところでカッと開く。

「わかりました。ご期待に応えましょう」

この日、風見女学園に修行部が創部され、羊谷命子永世名誉部長が爆誕した。卒業をしても永遠に名誉部長である。

初代部長には話を持ちかけてきたこの凛《りん》とした先輩が就任。

そして、命子が考えた活動理念は数日後にこう変化した。


乙女よ淑女《しゅくじょ》たれ。その心に凛と咲く誇りを宿せ。

乙女よ修羅たれ。その体を暗雲切り裂く刃となせ。

乙女よ修行せい。己を磨き、新たな時代を華麗に生き抜くのだ。


中二病系女子が大活躍した結果だった。

「そうそう、あとお神輿は禁止です。ささらが死んじゃう」

命子は一応念を押しておいた。

本日は命子神輿が行われたわけだが、それはＧＩＦ動画となり世間を賑わせる。それと同時に風見女学園に『修行部』なる意味不明な部活動が発足したのが密かに告げられることになった。


ところ変わって風見中学校。

ここでは紫蓮もまた朝から注目の的だった。

物静かで中二ルックな紫蓮は学校で浮いた女の子であった。そうさせた原因はつい最近卒業した命子にある。命子が在学中の紫蓮は、命子にべったりだったため友達なんて不要だと思っていたのだ。

小学校の頃も命子の卒業とともに一人ぼっちになる期間があった。けれど、紫蓮は命子と家族だけがいればいいタイプの人間だったので、誰からも関心を持たれないのはむしろ気が楽だった。

その落ち着いた日常が今回の事件で崩れ去ったことに、登校した紫蓮は気づいた。中二病真っ盛りの少年少女が集まる学び舎から龍を倒した少女が誕生すれば当然であろう。

「あ、有鴨《ありかも》先輩だ！」

「有鴨さん有鴨さん。凄いじゃない！」

「有鴨先輩、しゃ、しゃ、シャインくだしゃい！」

校門に入るなりグイグイ来られた紫蓮は、眠たげな目をしながら内心であわあわした。

「わ、我、サインはやってない」

「しゅん……」

緊張で噛み噛みな後輩の少女は、用意したサイン色紙を胸に抱いてしょんぼりだ。紫蓮は眠たげな目でそれを見つめながら、内心でぴゃわーとした。

紫蓮は命子を思い出す。そして、己に命子を憑依《ひょうい》させたつもりで言葉を紡ぐ。これはお買い物からお焼香の仕方まで、人生のさまざまな場面で命子をお手本にしてきた紫蓮の秘密の特技だった。命子と出会った四歳から続けてきたため、もはやそのトレースヂカラは達人の域に踏み込んでいた。なお、命子はお焼香の仕方を間違えているため、必然的に紫蓮も間違えて覚えている。

「わ、我はたまたま一番乗りだっただけ。この新しい世界で、我とあなたとほかのみんなの差はほとんどない」

紫蓮はそう言って、後輩の少女の頭に手を置く。春の日差しを受けた髪はポカポカしていた。

「この町には世界一の女の子が作った修行場がある。励め。励んで素敵な女の子になれ。誰もが最高の物語を紡げる世界になったのだから。我はもう我の物語を始めているよ」

今年入学したばかりの背の小さい女の子だったので、紫蓮は命子の姿を重ねて見る。よしよしと頭を撫でてあげた紫蓮は、颯爽と校舎へ向けて歩き出した。

龍を倒した少女の後ろ姿を後輩たちがはわーと見つめる。頭を撫でられた少女は、ぽとりとサイン色紙を落として、自分の頭に両手を乗せ、トゥクンとしながら紫蓮の後ろ姿を見送った。中一にとって中三はとても大人っぽく見えるものなのだ。クール系ならなおのことである。

その日以降、トゥクンした後輩の少女はふわふわな白いお洋服を封印し、代わりに暗黒の雲を纏《まと》うようになった。腕に包帯を巻く日は近い。紫蓮は中一の少女の心に禁断の種を植え付けてしまったのだ。

当の本人は——あんな対応で大丈夫だったかなとドキドキするのだった。

一揆も起こせる青空修行道場

放課後になると、命子たちは風見女学園の生徒を引き連れて青空修行道場へ向かった。その数は百を超えていた。もはや中隊規模である。

この子たちは多くが修行部の部員だ。普通の部でもなかなかない部員数だが、そうなったのは風見女学園が部活動のかけ持ちが自由だからであった。

修行部は修行することが活動だ。運動部はそれそのものが肉体の修行、文化部はそれそのものが技術や精神の修行なのだ。だから修行部の活動と合致しているのである。

その修行とやらは、それぞれの部でやれば十分なのではないかという意見も聞こえてきそうだが、学園からは創部の許可が下りた。なにせ、創部のための用紙に部員の名前が数百名分ギッシリ書いてあったからだ。普通こういうのは創部条件ぎりぎりの五人やそこらで、多くても十人程度なのだが、それなのに数百人って。なによりも世界的英雄が永世名誉部長になっている部活を否定するのが怖かった。ひよったのである。

なお、修行部顧問はほかの部活動の顧問をしていなかったアネゴ先生になった。胃が死ぬ日は近い。

そんな意味不明な部活だが、入部する女子は現在も増殖中だ。

地球さんＴＶで見せた命子たちの四泊五日の冒険は、夢と現実の狭間で生きる少女たちの心に将来への希望の炎を燃え上がらせた。誰だって物語の主人公になりたい。たった一度の人生をどこにでも転がっている量産型の人生にしたい若者なんていやしない。現実がひっくり返ってファンタジーが顕現した今、本来なら嘲笑されてしまうような夢が手の届くところまでやってきている。ならば、この波に乗らないでか！　部の活動もなんかふわふわして緩いし！

今日来ているのは帰宅部だった子がほとんどなのだが、そんな中には、命子が数日前に青空修行道場にぶち込んだ悪《わる》っ娘《こ》たちの姿もあった。超だりぃ、とか言いながらもみんな真面目に頑張っていたのだ。彼女たちは、さまざまな人に触れて少しずつ変わってきていた。馬鹿馬鹿しくてダサくて青臭い。そんな修行の場に少しだけ愛着が湧いてしまったのだ、ムカつくことに。だからついでに修行部にも入部したのである。

そんな団体を引き連れて途中まで行くと、中学生の一団と遭遇した。女子が多いものの風見町立風見中学校は共学なので一部男子もいる。

そして、その中学生たちの先頭には死んだ目をしながら歩く紫蓮の姿があった。

「し、紫蓮ちゃん⁉　こ、これは、死んでる……っ⁉」

「生きとる」

「こんな目ぇしちまって……いったい誰にやられたんだ⁉」

「強いて言うなら地球さん」

「おのれぇ地球さんめ！　こいつめ！」

命子はその場に屈んで、てしぃとアスファルトを叩いた。特になにも返事はないが近くのありんこがやべぇやつがいると慌てて逃げていった。

そうこうしている間にも命子率いる女子高生の軍勢と紫蓮率いる中学生の軍勢がぶつかり合っていく。中坊は大人びた女子高生たちに気圧され、戦うまでもなく大人しくなる。

そんなこんなで中学生と合流したことで、なんかもうよくわからない集団になった。

「羊谷先輩だ」

「ねえねえ、私、昔抱っこしたことあるんだけど大丈夫かな？」

「それ殺されちゃうかも」

「ふぇええええ⁉」

女子中学生たちがそんなことをこしょこしょと話す。

彼女たちは命子の母校の生徒なので、命子のことを知る子も多くいる。その中にはかつて命子に粗相を働いた子もいた。中学時代の命子は小さいだけのマスコットキャラだったので、後輩からも舐められまくっていたのである。あるいは愛されていたとも言う。

しかし、命子は今更そんなことでどうこう言うつもりはない。ファンタジー化した世界を楽しむことに夢中で、つまらない意地悪をしている暇なんてないのだ。


さて、命子たちが老師と出会った頃、青空修行道場はまだまだ小規模な団体だった。

奥行二十メートルほどの河川敷の広場を上流から下流へ五十メートルくらい使って、みんなで回避術を学んだり、剣のお稽古に励んだ。それは次第に膨れ上がって、命子が最後に見た時は上流から下流へ百五十メートルほどまで使っていた。

しかし、命子がダンジョンに入っていた五日……事後処理をしていた昨日を入れて六日の間で恐ろしいことになっているではないか。修行する人がそこら中にいるのだ。距離にして川上から川下へ二キロ。人の数はとてもではないが把握しきれない。

命子たちが使っていた場所から少し上流は草がかなり茂っていたはずだが、そこも綺麗に刈り取られ、使用されている。修行者の中には命子たちの出会った老師のほかに、近所の道場主が指導者として加わっているようだった。全員が一線を退《しりぞ》いていそうな高齢者だ。

「なんなん、この集団。もしや一揆の前触れ？」

「メーコ、おまいうデスよ？」

「ルルさんはわたくしの知らない日本語をよく知ってますわね？」

「おまいうは有名なニッポン語デスよ？　パパが言ってたデス」

「ルルのパパとは一度お話ししたほうがいいかもしれないね」

そんなことを話しながら命子たちが近寄ると、小学生のリーダー・金子蔵良《かねこくらら》が駆け寄ってきた。

「命子お姉さまーっ！　しゃ、しゃしゃらお姉しゃまーっ！　しえんおねぇ……ひうぐぅ……っ！」

「おーっ、蔵良ちゃん！」

駆け寄る蔵良は途中で涙腺が決壊し、涙をポロポロと落としながら命子に飛びついた。

「ふぁああんあんあんあんあん！」

「心配かけたね。ごめんなー、ほら、よーしよしよしよし」

命子は声を上げて泣く蔵良を抱きとめて、よしよしと頭を撫でてあやした。自分の顔の隣で。まだ小学生なのに身長が命子と一緒なのである。

「しゃしゃらお姉ちゃーんぁああんあんあんあん！」

「みなさん、ただいま戻りましたわ！」

「紫蓮お姉ちゃん、無事で良かったよぉーっ！」

「ぴゃ、ぴゃわー……わ、童《わらべ》たち心配かけた。ごめんなさい……」

交流のあった少女たちが練習用の棒を放り出して、命子たちの下へ集まってくる。青空修行道場ができたばかりの頃から参加していた子たちは蔵良のようにワンワン泣いて、命子たちの帰還を喜んだ。

そんな中には萌々子もおり、一緒になって泣いている。山で泣いたがこれは別腹であった。

その泣き声は女子高生や中学生の間に飛び火していく。もらい泣きの連鎖だ。

その中心にいる命子と紫蓮、ささら、そして、あまり関係のないルルもまた泣き始めた。

そんな様子を、青空修行道場とはどういうものかを日本のお茶の間へ、いや、世界のお茶の間へ届

けるために撮影に来ていた日本や世界各国の報道陣が見ていた。

「と、撮りてぇ……っ」

「我慢しろ。クビが飛ぶぞ」

しかし、彼らは決して命子たち四人を映さない。なぜなら日本政府から固く禁止されているからだ。マスコミの煩《わずら》わしさを知っている大人たちは、命子たちの人生が変な方向へ曲がらないように配慮してくれたのである。世界のために行動した結果がそれではあまりにも不憫《ふびん》だから。もちろん、命子たちが記者会見などを開いてくれるのならその限りではないが、命子たちにその意思はなかったので尊重された形だ。

そして、報道陣もまた自分たちの職業の恐ろしさをよく理解しているため、小さな英雄たちの冒険のエピローグをカメラに収めるのを止めた。滅茶苦茶撮りたいが、大人として格好つけたかった。

というか、この条約を破ればあらゆる業界から袋叩きにされる恐れがあった。特にライバルの局に大変なネタを与えることになってしまう。『世界を救った英雄のプライベートを無断撮影！』みたいな見出しで。命子たちのファンは世界中で急速に増殖しているため、他局の動きによっては本当に上層部の首が入れ替わるかもしれない。

そんな大人の事情はさておき。

みんなで一頻《ひとしき》り泣いたあと、蔵良が代表して言った。

「命子お姉さま、ささらお姉さま、紫蓮お姉さま、そちらはルルお姉さまですね。お姉さま方、ご無事でなによりでした！」

「うん、ただいま」

蔵良の言葉に、命子が代表して返した。

「お姉さまたちがおっきい化け物を倒した動画を見ました。感動でした！　さすが命子お姉さまたちです！」

「う、うん！　まーね。へへっ、まーねっ！」

「ふふっ、それほどのことでもないですわ。うふふ」

「まあ我らにかかればぱ」

「んふふぅ、シュバババってやって一瞬だったデスよね？」

命子お姉さまたちは、小学生に褒められて凄くいい気持ちになった。

「ちょっと蔵良ちゃん。私のお姉ちゃんなんだけど」

「あっ、妹よ！」

命子は萌々子を発見してテンションが上がった。弟妹のことが可愛い兄や姉というのは、友達に自慢したいものなのである。命子もその類《たぐい》で女子高生たちにむふぅーとドヤ顔を向けた。下の弟妹がいる女子高生たちはその顔の意味を理解し、そうでない子は首を傾げる。

そして、萌々子もまたお姉ちゃんが褒められて気持ちがいい。

「お姉ちゃん、お疲れ。お母さんも来てるよ」

萌々子の言葉に周囲を探すと、サポートエリアでさっきのシーンを見て泣いている命子ママの姿があった。その隣で紫蓮ママとルルママも泣いている。ささらママもいるが、彼女は空が凄く好きなようだった。いや、よく見れば多くの大人が空を見つめていた。青空修行道場から見上げた空はずっと見ていたいほどに美しいのだ。そんな中には馬場の姿もあった。

「大人は涙腺がザコだな」

「ほっほっほっ、そう言うでない」

身も蓋《ふた》もない命子の感想に笑いながら答えたのは、みんなの師匠であるサーベル老師だった。

「あっ、老師！」

「命子嬢ちゃん。ささら嬢ちゃん。紫蓮嬢ちゃん。よう帰ってきたの。そっちの嬢ちゃんは一緒に冒険した娘じゃな。お主もおかえり」

「老師、ただいま戻りました。老師のご指導のおかげで無事に帰ることができましたわ」

老師の挨拶に、ささらが深く頭を下げる。命子と紫蓮もそれに倣って頭を下げた。ルルも一拍遅れる形でニコニコしながら深くお辞儀する。

「ほっほっほっ。わしの教えた技術で若者の命が救われたのなら、武術家としてこれほど嬉しいことはないの」

そう言って笑う老師は、命子たちの後ろにいる軍勢に視線を移す。

「今日はお主らも忙しかろう。挨拶回りもせんとならんからの。次来た時にわしの下へ来るが良い。まあ今日くらいゆっくりせいよ」

「はい、わかりました！」

命子の元気なお返事を聞いた老師は満足げに頷いて去っていった。

そんな老師の後ろ姿を見つめる女子高生たちの中で、特に中二病を患《わずら》っている娘たちがうずうずする。師匠がいる人生が凄くカッコ良く感じるのだ。これは命子も同じだった。だから、命子は老師を『先生』ではなく『老師』と呼ぶのである。

「老師はゴンさんたちと一緒に方々《ほうぼう》を探してくださってたんですよ」

蔵良の言うゴンさんはサーベル老師の次に来た大人で、子供たちに工作を教えてくれている大工の元棟梁《とうりょう》だ。みんなからはゴン爺《じぃ》とも呼ばれる筋肉がムキムキなお爺ちゃんである。

「そっか。ありがたいね。あとでゴン爺にもお礼を言わないと」

命子たち三人は頷きあった。老師が言うように、今日は挨拶回りになりそうだ。

「まあ、ひとまずそれは置いといて。蔵良ちゃん。ちょっと見ないうちに凄いことになってるね」

「はい。ほかの県から来る人もいます」

「おいおい、ほかの県から修行に来るとか正気かよ」

そうやって恐れ戦く命子を、仲間たち三人がじーっと見つめる。おまいうである。

「ちょうど、お姉さまたちがダンジョンに落ちた日からそういう人が徐々に増え始めて、命子お姉さまの演説の効果でドッカンと来ました。修行場もこんなですので、風見町は今、空前の好景気に入っているそうです！」

「ほう、修行景気か。意味不明だな。でも、そうなるとお土産用に修行饅頭《まんじゅう》を作らんとならんね」

「あっ、それなら松五郎さんのお店がすでに試作に入ってます」

「なにぃ、マツ爺め！　上手いことやりやがんぜ。ついでにしば漬けをセットにしてもらおう！」

命子はお饅頭を食べるとしば漬けやたくあんが食べたくなる子だった。

ふむふむと命子の戯言《ざれごと》を蔵良はメモする。のちに大ヒットすることになる『修羅っ娘饅頭』の制作秘話である。小さな袋に入って同梱されているしば漬けがなんともありがたい箱詰めのお菓子だ。箱には萌え絵師によるコスプレチックな和装の美少女が描かれているぞ！

「それで、これってシステムはどうなってんの？」

以前までの青空修行道場は、仲間に入れてぇ、と言えば簡単に参加できた。しかし、今はどうだろう。二キロって。もはやなにがなんだかわからない。

「よくぞ聞いてくださいました！　それを説明する前に、まずはみなさんにこれをお渡しします」

蔵良はお友達が持ってきてくれたＡ４サイズの紙を命子やその後ろの軍勢に渡す。二十枚程度しかないので、複数人で見る形だ。

「それは現在の青空修行道場の位置関係をまとめたものです！」

定規で引いたマス目の中に、どこでなにを教えているのか可愛らしい文字で紹介されていた。色ペン多用の挙句にフルカラーで印刷され、全てファイルに閉じられて破損の防止がなされている。子供のお小遣いでは作れないような出来栄えだ。

「これ、どうしたの？」

「サポートのおじいちゃんや大学生のお姉さんたちと作りました！」

命子は蔵良の組織運営力に恐れを抱いた。

「そ、そっか。凄いね、蔵良ちゃんは」

命子が褒めると蔵良は、えへへ、ともじもじした。

「それらは貸し出し用ですので、あとでサポート広場に返却してください。みなさんだと次回からはスマホで青空修行道場のサイトから見取り図を見てもらった方が早いかもしれませんね」

よく見れば、この案内図にはＵＲＬとＱＲコードがついていた。

「ガチすぎる」

「あんた、ＱＲコードの作り方なんて知ってる？」

「知らないわよ」

女子高生たちがどよめいた。

「あ、あー。うん、これな……」

命子クラスになるとＱＲコードの読み込み方法すら知らない。小四までは、寄り目にすると絵が浮かび上がるという嘘を信じていたほどだ。というかＵＲＬの意味すらもよくわかっていない。命子は専ら日本語で検索する子なのである。

「参加方法は前と一緒で、自分の学びたい場所に行けば簡単に参加できます。武術なら各武器の道場で、工作ならゴンさんや職人さんのところへ。トレーニングや柔軟を教えているところもあります」

蔵良の説明を受けて、命子は河川敷を眺める。

子供からお年寄りまで、たくさんの人がいろいろな活動をしている。

例えば――

河川敷のメインゾーンでは、多くの子供や大人が回避術を学んでいたり。

お年寄りの指導の下で子供たちが棒の角取りをしたりニスを塗ったり、女の子に防災頭巾の縫い方を教えていたり。

おばちゃんは近場の水道から水を得て、粉末飲料で大量にジュースを作っていたり。

またある小学生は、パソコンを使って大人たちとなにかしていたり、スマホの使い方をお年寄りに教えている子もいる。

さらに、派出所の警察官や町役場の職員と一緒に、ボードに貼り出された風見町のマップを見て、なにやら議論している集団もいた。

複雑になりすぎているので、インフォメーションもある。

そんな彼らにマスコミがインタビューしている風景もあった。

「……」

命子は規模が大きくなりすぎている青空修行道場の姿に戸惑い、指遊びを始めそうになった。それを両手で持つ案内図の紙がそっと押し止めてくれる。いくら困惑したからといって、小学生の前で指遊びはダメなのだ。汝《なんじ》、威厳あるお姉ちゃんたれ。

しばらくして蔵良の説明は終わった。

「おっと、もうそろそろ戻らないと。そうそう、初めて来た人はサポートの場所がありますから、そこで詳しいお話を聞けます。近日サイトを充実させますが、それまではそちらを使ってください。それでは失礼しますね！」

蔵良はそう言って土手を降りていった。それを追って、待てぇと萌々子やお友達も走っていく。

萌々子が途中で転び、蔵良に世話を焼かれて一緒に手を繋いで走っていく。

「羊谷命子。近日サイトが充実するって」

「うん。私が小六の頃とかどうしたら魔法少女になれるかしか考えてなかったわ」

「我も冥王《めいおう》の魔眼作ってた」

命子たちはなんだか凄い敗北感を覚えた。

「え、えーっと。そういうわけで、この組織はこのように自由に技術を学ぶ場になっています。ケガのないように各々の修行に励んでください。では解散！」

命子はみんなの自主性に期待した。ぶん投げたとも言う。

すでに青空修行道場に参加して慣れている子はこの時点で散っていく。

「おぅじっちゃん、生きてるか」

そんなことを言いながら数日前に連れてきた悪っ娘がサポートエリアに行くのが命子には印象的だった。少し天邪鬼《あまのじゃく》だけどあの子はきっともう大丈夫だろう、と命子は思った。

命子は土手の上を移動しながら、二キロにもおよぶ青空修行道場を眺める。

みんな棒とか持っているし、やはり何度見ても一揆の前触れみたいな集団である。

我ながら恐ろしい集団の種をこの地に蒔いてしまったものだと、命子は本日何度目かわからない戦《せん》慄《りつ》を覚えるのだった。

そんな命子の下へ、先ほどまでささらママと話していた馬場がやってきた。

未だ命子の周りにはたくさんの女子高生がいる。酷いことを言われたらどうしようと二十八歳の馬場は少し怯《ひる》み気味だ。

「こんにちは、命子ちゃん」

「あ、馬場さん！」

命子の明るい声に馬場は癒しを得る。

馬場は命子だけでなく、紫蓮とささらとルルも呼び止め、命子たちと別れて修行場に溶け込んでいく女子高生たちの姿を見つめながら言った。

「命子ちゃんは国家転覆とか考えてる？」

「考えてませんけど、一揆の前触れみたいな集団だなってさっきから思ってます。ぷぷーっ！」

「命子一揆ね。笑いごとじゃないわ。絶対歴史書に載るわよ」

「ダンジョン入れろ、わっしょいわっしょいって感じですかね」

「ひうっ」

わっしょいの音頭にささらが小さく悲鳴を漏《も》らした。

なにがあったか知らない紫蓮と馬場は、ささらに注目する。

「ささらちゃん、どうしたの？」

「い、いえ。なんでもありませんわ」

「ババどーの、ガッコでこういうのやったデス！」

「あっ、ルルさん⁉」

ルルがスマホを操作して、本日撮影されたルル神輿の映像を馬場と紫蓮に見せた。

「なにこれ、超楽しそう！」

スマホから顔を上げた馬場は女子高生三人を見る。その瞳の輝きは風見女学園の生徒たちと完全に一致していた。歳が歳ならあっちサイドに加わることだろう。

ささらの目に絶望の影が差したので、命子は馬場を窘《たしな》めた。

「馬場さん、ダメですよ。それで今日はどうしたんですか？」

「ハッ、そうだったわ。今日は命子ちゃんたちに今月と来月のスケジュールを教えてもらいに来たの。ほら、地球儀の寄贈式のお話ししたでしょ？　あれを済ませちゃいたいのよ」

「あー、その件ですか」

馬場の言葉に、命子たちはダンジョンから帰った翌日のことを思い出した。

修羅っ娘レポート

無限鳥居のダンジョンがある風見山から下山した命子たちは、その日のうちに事後処理をすることにした。一番大切な地球儀はすでに空輸していたので、大人たちは今日でなくてもいいという考えだったのだが、命子たちは元気いっぱいだったため、とっとと済ませてしまいたかったのだ。

場所は風見町の公民館。若干古ぼけた建物だが、自衛隊の仮駐屯地よりは幾分か要人と話すには適している。つまり命子たちはひっそりと要人にランクアップしていた。

「教授教授ぅ！　ただいまぁ！」

「命子君、無事でなによりだ！　おーよしよし！」

「くぅーんくぅーん！」

出迎えた人物を見るなり、命子はダッシュ一番、幻影のしっぽをふりふりしながら飛びついた。

教授は白衣を着た目の下のクマが酷い研究員の女性だ。なお、命子が勝手に言っているだけで別に教授ではない。

「むむっ、今日は犬臭くない！」

命子はガバッと教授の胸から顔を上げて、驚いた。

「はっはっはっ、命子君に久しぶりに会うからね。慌ててシャワーを浴びてきたのさ」

教授はたまに髪から洗ってない犬の臭いがする残念美人であった。

このやりとりを見た馬場は嫉妬《しっと》の炎を燃やした。

昨晩、私と再会した時はこんなこと起こらなかったのに！

そんなふうに思う馬場は教授と自分の決定的な違いに気づいていない。再会の瞬間に腕を広げる。コツはそこにあった。命子はノリがいいので、馬場がそうすれば普通にハグしてくれただろう。

一方、命子が大好きな紫蓮は眠たげな目をしながらぷくぅと頬《ほほ》を膨らませる。

命子と戯《たわむ》れる教授がそんな紫蓮に目を向けた。

「有鴨紫蓮君だね？」

「む、むい！」

紫蓮は嫉妬心からライバルに強気な態度を取ろうとするも、一方では大人なので礼儀正しくしなければとも考え、「むっ」と「はい」が混ざったよくわからない返事をした。中坊は出だしで一本先取された形である。

「ダンジョンで君が作った武器は素晴らしかったよ。有り合わせの物で二日間も魔物を殴っても壊れない物を作ったのは実に見事だった」

「そうなんですよ、教授！　紫蓮ちゃんが作った灰王の剣がなかったら、やばかったかもしれないんだよ。ねっ、ささら、ルル？」

「はい。とてもお世話になりましたわ」

「ニャウ！　途中で売っちゃったのが惜しかったデス」

「っっっ」

みんなに褒められて紫蓮は無表情で俯《うつむ》き、もじもじした。チラッとこの場に同行している母親に視線を向ける。紫蓮ママは、照れている娘を嬉しそうに微笑んで見つめていた。

ちなみに、話に上がった灰王の剣は四本作られたが、そのうちの三本は妖精店で売り、一本だけ命子が持ち帰っている。これは思い出の品なので命子は大切に保管することに決めていた。

さて、そんな一幕から始まって作成された資料は、通称『修羅っ娘レポート』と呼ばれ、世界初のダンジョン攻略レポートとしてのちの世に残されることになる。正式名称はもっと長い。

地球さんTVというチート動画がネット上に公開されてしまったが、この質問会では大きな成果がいくつもあった。命子が冒険手帳にいろいろと書いていたからだ。

地球さんTVでは正確にわからない地図情報は非常に有用だし、現時点では研究がそこまで進んでいない【合成強化】による武具の強化推移はかなり価値が高かった。ほかにも、魔物に何発ヒットさせれば撃退できるか、妖精店の魔物素材の売値一覧、冒険中に不思議に思ったこと、自分たちに不足している持ち物や能力など、とてもマメに記載されていた。

「ううむ、素晴らしいよ命子君！　君は学者になるべきだ」

「私もそうだと思った！　あっ、これはルルが発見した天ぷらの美味しい食べ方です！」

最初は質問者サイドと回答者サイドで分かれて座っていたのだが、その垣根を越えて教授と命子は隣り合って座り、まるでプリクラ手帳でも見ているかのように二人で冒険手帳を開いてキャッキャする。

「えっ、ていうか二人とも仲良すぎない？」

「馬場さん。そりゃ私と教授はマブダチですしね」

「ははは、今度ラーメンを食べに行く約束もしていたからね」

「仲良すぎない!?」

ねーっと教授へ笑顔を向ける命子を見て、馬場は愕然《がくぜん》とするしかなかった。

質問会は終わり、今度はダンジョンで取得した物の引き渡しになった。

「凄い量ね」

目録を見た馬場は、苦笑いした。

「これでも少ない方ですよ。妖精店で売ったり、できる限り【合成強化】に使いましたし」

目録にある魔物素材の多くは、最終日である五日目に魔力の都合でどうしても【合成強化】できなかった残り物だった。もちろん、この目録に記載されているのは一般の魔物素材だけではなく、武器やアイテムも入っている。

「自分たちの手に負えない物を国に渡してくれたのはとてもいい判断だったわ」

「まあ修行する時間がなくなっちゃいそうですしね」

命子はテレビカメラに向かって寄贈する物品を明確にしている。地球儀、レシピ、回復薬だ。自分たちが持っていると厄介なことが起こりそうな物を全て国に押しつけた形だ。

この場にいる全員が配られた目録を見ながら、どれを国に渡すかチェックしていく。

追加で、妖精店で使われているお品書きのカタログもコピーして渡した。原本は四人のものだ。

ほかに、魔物素材から少量のサンプルを渡す。残りは売らずにとっておく。ボスドロップとして手に入れた龍の皮と二本の牙は、紫蓮がいずれ武具を作る時のために貸金庫に保管してもらうことにした。『絆の指輪』のレシピも同じ扱いである。

そして、ダンジョンクリアで手に入れたダンジョンで使える硬貨・ギニーの話になった。

「ギニーはどうしますか？　もし必要ならお貸ししますが」

「ありがとう。でも、それは大丈夫かな」

意外にも断られて、命子は少し驚いた。

強力な武具が買えるギニーはかなり重要なものだ。命子は道中の宝箱で六千ギニーを手に入れてなければ、一人くらい死んでいたんじゃないかと客観的に分析している。これは教授や世の中の学者も同じ意見が多かった。それほどまでにギニーは価値があるのだ。

「実は、自衛隊もすでに妖精店を発見してるのよ」

「え、そうだったんですか？」

「ええ。各ダンジョンの十層にお店があったわ。自衛隊は今、防具を揃えるためにギニーをかき集めているのよ」

「え、じゃあ、なおさら……」

「命子さん。自衛隊の人数でギニーを集めたら、わたくしたちの持っているギニーは雀《すずめ》の涙ですわ」

「ありがたい申し出だけど、ささらちゃんの言うとおりなのよ」

言うなれば、命子の申し出は大企業に数千円をプレゼントするような話だ。社員一人に数千円プレゼントならとても喜ばれるだろうが、大企業そのものに渡してもありがたみは薄いだろう。

命子がなるほどなぁと人海戦術の威力に思いを馳《は》せていると、ルルがおずおずと手を挙げた。

「ルル、どうしたの？」

「あ、あの、ババ殿、ワタシ……あっ、ワタクシの一万ギニーを使って、キスミアの人に防具を買ってあげてほしいデスわよ」

遠慮がちに言うルル。

ルルは、自分の育ったキスミアの軍隊についてよく理解していた。

キスミアという国は世界でも類を見ない極めて特殊な立地にある小国で、軍隊は他国への備えではなくレスキュー隊としての意味合いが非常に強かった。そのため軍の規模はとても小さく、ダンジョン探索もそこまで進んでいなかった。だから、ルルが申し出た一万ギニーでもかなり助かるのだ。

ルルの申し出を聞いた命子たちはハッとさせられた。

無限鳥居で得た物品は全て日本にあるダンジョンで手に入れられた物だが、その所有権は個々人にある。きっと、ルルは自分の取り分をキスミアに贈りたかったのではないだろうか。回復薬の一部はキスミアに贈ってもらうことになっているが、明言したのはそれだけだった。

ちなみに、ルルは『殿』が凄い敬称で、ささらの言葉遣いが凄い敬語だと思っていた。

命子と紫蓮とささらは顔を見合わせて、頷き合った。

「わたくしの一万ギニーもキスミアの人のために使ってくださいですわ」

「私も同じく」

「我も使ってほしい」

ささらと命子と紫蓮は手のひらから出現させた妖精カードから一万ギニーを引き出す。

三十枚の硬貨がルルの手に渡った。自分のものも合わせて四十枚、四万ギニーである。

「みゃ、みゃー。シャーラ、メーコ、シレン……メルシシルー！　ありがとうデース！」

ルルは眦《まなじり》に涙を溜めて、三人へ百点満点の笑顔を向けた。

馬場はうっと目を細めた。カルマが認識できる前から社会で働いていた馬場の目に、その光景は眩しすぎた。老齢の鉱夫みたいにその光をしまってくれと言いたかった。

「わ、わかりました。あなたたちのお金ですしそれは可能でしょう。キスミアと話し合い、どんな物を贈るか決めたいと思います」

「ニャウ！　あっ、は、はい。ありがとうございマスデスわ！」

正式な場所なので、ルルは言葉を改めてお礼を言った。改めたことで逆に変になっているが。

命子たちはそんなルルに微笑んだ。

馬場はやはりそんな命子たちの笑顔に、うぅっと目を細めた。凄い聖属性。助けを求めるように同僚の書記官へ視線を向けると、一生懸命に調書を書いていた。いや、書いているふりをしていた。彼女もこの聖属性を食らいたくなかった。

最後に、報酬の話になった。

命子の瞳がキラリと光る。自分で言うのもなんだが凄いことをした自覚はあった。きっと四百万円くらい貰えるだろうと確信していた。一人百万円だ。これより少なかったら値段交渉人・羊谷命子の腕の見せ所である。報酬額の引き上げ方はラノベで学んだので知っていた。今こそ実践の時だ。命子は紫蓮たちにいいところを見せるために、ふんすと腕まくりした。

まず、四人とその親たちに見積書が渡される。

命子は、さぁてどうやって料理してくれようと勇んで資料をめくった。

「「「っっっ!?」」」

仲間たちが息を呑む中、命子は見積書の見方がわからなくて困った。

「ささら、これどこが偉いやつ？」

命子は隣に座るささらにこしょこしょと教えてもらう。提示された金額に驚いているささらは、震える手ですっと指さして教えてくれた。

命子は改めて、いかにして金額を上げてやろうかと気合を入れて桁を数えだした。

「ふ、ふーん……」

すっかり金額を把握した命子は資料をテーブルに置き、袖をまくった両腕を胸の前に配置する。レッツ指遊びタイム。

命子を困惑の渦に引き込んだ報酬額は、一人当たり十億円だった。

命子はまさかこれを全額貰えるとは思わなかった。なにか違う数字だと思ったのだ。そもそも地球儀は寄贈したわけで、自分たちが貰えるのは、情報や素材のサンプル代だと命子は考えていた。

「命子ちゃん、十億円も貰えるって。やったわね？」

馬場がにこやかに言う。

命子は指遊びをしながら、ほぇーとそんな馬場の顔を見る。やっぱり十億円貰えるらしい。

「な、なんでこんなに貰えるんですか？」

「地球儀の返礼ね」

「でも、地球儀は寄贈したわけだし……あれ？　もしかして寄贈だと売るっていう意味でしたっけ？」

「そんなことないわ。でも、寄贈してもらった方がお礼をすることはあるわ。今回のことで国がお礼をしないのはありえないのよ」

命子はそういうものかと納得した。

「でも、こんなにいっぱいお金をもらって、どうしよう？」

命子は現実味のない金額が怖かった。自然とこの部屋で頼りになりそうな人を探した。同い年の仲間たちと自分の両親をスルーして視線を止めたのは、切れ長の瞳をした麗人ささらママだった。

ささらママは、大きな金額にビビッてへにょりとした瞳をする命子としばし見つめ合う。その隣で、スルーされた命子パパがあれぇと二人の間で視線を行ったり来たりさせる。

ささらママは少しだけ口角を上げると、スッと手を挙げた。

「申し訳ありませんが、発言してもよろしいでしょうか」

「は、はい。笹笠さんどうぞ」

馬場はできる女風のささらママの発言に、若干怯《おび》えつつ許可する。

ささらママは立ち上がると、落ち着いた声色で話し始めた。

「我々はこの報酬額で文句はありませんが、ダンジョンでの活躍でこれほどの報酬を提示すると、ダンジョンの一般開放後に一攫千金を狙う者の屍《しかばね》があとを絶たなくなると危惧します。まだ世界が変わって間もない時期にそれはあまりに軽率かと思います。それに、そうなれば命子さんの言っていた『人が死なないように国に導いてもらいたい』という願いに反しませんか？」

「う、うむ！」

馬場とささらママの間で顔を行ったり来たりしていた命子は頷いた。人死はいかん。そんなことがあれば、ダンジョンが開放されてもすぐにやっぱりやめますってなってしまう。

ささらママの言葉に、馬場はしばし考えた。

これが、人類が長年積み重ねてきた分野での大金の収入ならばわかる。例えば、野球選手が年俸何億も貰うような話だ。なぜこれならわかるかと言えば、彼らの努力は多くの人に理解ができるからである。自分たちがスマホで遊んでいる間、彼らはバットを何万回も振り続けていたと想像できる。

しかし、今回の件は少し違う。地球がファンタジーに変わってまだ一か月経っていないのである。そこに来て、たった一回の探索で莫大な富を得た少女が四人。命子たちのプロフィールを調べれば、一か月前にどれほど弱かったかなんてすぐにわかるし、そもそも地球さんＴＶで強くなっていく過程を多くの人が目撃している。

そんな命子たちに対して、カルマはプラスだし筋肉もムキムキでつよつよな我々はどうか。か弱い少女たちの大金星には、そんな甘い誘惑が隠されていた。

実際には筋肉がムキムキだろうとも、バネ風船の攻撃が直撃すれば内臓が破裂する。ファンタジー化した地球で、『筋肉＝強い』という方程式はもう古いのである。しかし、その古い常識に引きずられている人の方が遥かに多くいるのが、新時代の黎明期である今の状況だ。

ダンジョンの開放がどのように実現するかまだわからないが、ささらママがいう屍の山は現実的にあり得る未来だろう。それはカルマがプラスの人たちにだって起こり得る。

「そ、それは報酬額を低くしてもいいというお話でしょうか……？」

「いえ、そうは言っていません。しかし、形を変えてはいかがかというご提案をしたいと思います」

「と、申しますと？」

命子は、ささらママと馬場へ交互に視線を移す作業に勤《いそ》しむ。その表情はキリリとしているが、胸の前では高度な指遊びが展開されていた。さっぱり話の終着点がわからなかった。

「まず、一人一千万円をいただきます。素材のサンプルや情報料などを合わせて、あくまでこの冒険で娘たちが得た報酬はこれだけです」

「そ、それだけですか……？」

それはさすがに安すぎるのではないかと、馬場は思った。

「命子さんはダンジョンを探索する組織を作ってほしいと考えているのですよね？」

「はい！」

ささらママに問われて、命子はにぱぁと笑った。ささらママはほんのわずか微笑むと、すぐにキリリとした顔を馬場に向けた。馬場はそのまま微笑みを向けてほしかった。

「この組織がどのように運営されるようになるか私は存じ上げません。しかし、未知のことに溢れかえった世の中ですから、有益な情報を逃さないために情報に対して賞金を与える制度が必ずできるでしょう。この最高額には今回の件が前例となって残るのではないですか？　日本政府がこの先どれほど報告されるかわからない素晴らしい情報の数々に、例えば何度も億を超えた賞金を払えるのであれば、今回、我々の娘たちにも同様の評価をしていただければと思います」

「そ、それは私の一存ではちょっと……」

馬場は命子みたいに指遊びしたくなった。

つまり、ささらママは今の段階から安易に前例を作るなと言いたかった。

「で、では残りの報酬の支払いはどうなさるのでしょうか？」

「残りは文化功労賞のような年金のつく報酬にするのです。おそらく、そうすれば人々の欲望を抑えつつ、命子さんの理念に反しない形で娘たちの行いに見合うものになるのではないですか？」

「な、なるほど」

「文化功労賞は喩えです。娘から聞きましたが、近々、地球儀の寄贈式典を行うというお話ですね？　その際には各国の要人が出席されるのではないですか？　ならばそれにふさわしい世界各国の連名の賞を作ってしまえばよろしい。人と人が争う時代が終わった新時代の幕開けを記念して」

命子は、う、うむ！　と頷いた。人と人が争う時代はもう終わったのだ。これからの世の中はダンジョンなのである。

「もし各国が賛同しないのならば、賛同する国だけで賞を贈ればいいと思いますよ。いかがでしょうか？」

馬場は、これは手に負えない案件だと、一旦席を外して上司に連絡することにした。

馬場は上司から、世界各国を巻き込んだら一人十億円を遥かに超えちゃうと思うけど、と言われた。十分にあり得そうだった。

一方で、一回の冒険の成果で十億円という目に見える形で金を与える危険性も理解できる。それを成したのが四人の女の子たちともなれば、危うさは相当なものだろう。

それがなかなか手に入らない功労賞に置き換えられたならば、なるほど話は少し変わってくる。

功労賞とは狙って取れるものではない。崇高な努力や想いの果てに、多くの人々の称賛を得られた人物が受賞するものだ。かつ、ルールを無視してダンジョンで成果を挙げた場合にも審査で反対されるので、欲望に対するある程度のストッパーとしても期待できる。さらに、この案は今後こういったものが発見された時に秘匿《ひとく》されづらくするという側面もある。

上司はすぐさま政府上層部に伺いを立て、この案は可決された。

そして、命子たちの今回の報酬も表面上は一千万円ということになった。

よくわからないけど、命子たちはとりあえず一千万円をゲットしたのだ。親はそんな大金を持たせたくないので、銀行に預けたあとに月にちょっとずつ引き落とせる形にした。

月にどれくらい欲しい？　という質問に対して、命子は「いち……に、二万円！」と勇気を出して答えた。許可された。命子の月のお小遣いが五倍に跳ね上がった歴史的な瞬間である。

お小遣いアップにテンションが上がる命子とそれを祝福する自分の娘の元気な笑顔を見て、ささらママは小さく笑うのだった。

そして、このささらママの計略により四娘の下へ全世界から莫大な報酬が集まり、それに加えてお金で買えない世界的な称号を手に入れることになる。命子は十億円という金額にビビッて助けを求めたのに。

プイッター戦闘力

事後処理のことを思い出していた命子は、お世話になったささらママに視線を向けた。なにやら青空修行道場のサポートエリアにある机でパソコンを操作している。ささらママは本日初めてこの場に来たはずなのだが、すでに中心人物みたいな席に座っていた。そして、なぜか命子と紫蓮とルルの母親に滅茶苦茶懐かれていた。

「命子ちゃん？」

馬場に声をかけられ、命子はハッとした。

「すみません。ささらママに萌えてました」

「「えぇぇえ？」」

ささらと馬場が同時に命子の発言に驚いた。二人にとって、ささらママに萌える要素はなかった。

「えっとなんでしたっけ。そうそう、私たちのスケジュールですね？」

「そうよ」

「私はいつでもいいけど……寄贈式に使うのはレプリカなんですよね。本物はどうしたんです？」

「本物はすでに設置したわ。東京にね。今、国連で観測チームが組まれて、世界各国にダンジョンの場所を教えているわ」

「いっぱい見つかりましたか？」

「想定よりも遥かに多く見つかったわ。山や森はもちろん、建物の中にもたくさん見つかってるわ」

「ほう。ダンジョンが多いのはいいことですね」

「お偉いさん方は吐きそうだろうけどね。まあそれは大人が頑張ることだから気にしなくていいわ」

「海の中にはなかったんですか？」

「海は見つかってないわね。ダンジョンは生命を強くするって話だし、海の中にないってことはないでしょう。たぶん、これからできるんじゃないかって考えられているわ」

「ワクワクしますなぁ」

命子は未だ見ぬダンジョンに思いを馳せてときめいた。

「おっと話がそれましたね。当日はどこでやるんですか？」

「東京のでっかいホールよ」

命子はほわほわーんと合唱コンクールをする場所の親玉みたいな建物を想像した。風見町の文化会館ホールしか知らないので、ぷしゅんと想像が途切れた。

「わかりました。それじゃあ、三人ともスケジュールはどうなってる？」

「あー、とりあえずこちらの希望としてはこの中のどこかがベストね。でも、無理そうならスケジュールは調整できるわ」

馬場から向こうの希望日を提示された命子たちは、話し合った末に明日からほぼいつでもオッケーだと告げた。悲しきかな特に用事の無い女子高生たち。ゴールデンウィークの前にレクリエーション大会があるくらいだ。

「それじゃあひとまず、ここら辺には予定を入れとかないでね。すぐに協議して追って日取りを連絡するから。あっ、そうそう、予定では一泊二日になるからね。一日目は簡単なリハーサル、二日目に本番。最高のホテルでお泊まりできるわよ」

「ひゃっふーい、ついに私もスイートルームに泊まる日が来たか」

スイートとは決して言っていないが、スイートになるだろう。

「みんなのお母さんとも話したけど、だいたいのことはこっちが準備するから安心していいわ」

とりあえずこの件は追って連絡するということになり、馬場の公的な用事は終わった。

しかし、馬場的にはここからが本番だった。

「そういえば命子ちゃん、プイッター見たわよ」

実は馬場はSNSのプイッターが大好きだった。高校生の頃から始めて、暇さえあれば呟き、大切に大切にフォロワーを集めてきた。

「え、そ、そうですか？　えへへ」

命子は無限鳥居の事後処理が終わったあとに、帰宅してからプイッターを始めた。事後処理のあとに馬場がすんごい勧めてきたからだ。それが昨日のことなので、プイッター歴は一日となる。
そんな命子のプイッターの自己紹介がこちら。

《指貫手袋で顔半分を隠している命子の画像》
闇羊《やみひつじ》★迷子《めいこ》
@#####
普段は女子高生をしている。
しかしてその正体は数奇なる運命の下に集いし、ドラゴンスレイヤーの一人。
ここはいろいろな発見をメモ・発信していく場所の予定。返信はできないかもです。
43フォロー中　３３００万フォロワー

たった一日で、凄まじいフォロワー数になっていた。そして、まだまだ増殖中。
その初めての投稿がこちら。

《魔導書が魔法を宿している画像》
プイッター始めました。なう。
『良きかな』３０００万以上

馬場もこのプイートを見た。

闇羊★迷子 やみひつじ　めいこ
@######

普通は女子高生をしている。
しかしその正体は数寄なる運命の下に集いし、ドラゴンスレイヤーの一人。
ここはいろいろんな発見をメモ・発信していく場所の予定。返事はできないかもです。

43フォロー中　**3300万**フォロワー

プイート	やりとり	メディア	良きかな

闇羊★迷子 @######
プイッター始めました。なう。

　#### 　3000万

ふふふっ、と初々しいプイートにご祝儀で『良きかな』を押してあげたのが昨晩のこと。その時はまだ『良きかな』も一万くらいだった。さすがねぇ、などと馬場も思ったものだ。しかし、今朝、馬場が見てみたら恐るべき数のご祝儀『良きかな』が集まっていた。一か月後にはどうなっているのか見当もつかない。

その後のプイートにも命子は『ご飯なう』などと入れて、『良きかな』を掻っ攫《さら》っていく。どうでもいいプイートだ。しかし、凄い勢いで『良きかな』が押されていく。

馬場は危機感を覚えた。いや、別に嫉妬しているわけではないのだ。『良きかな』の魅力は計り知れない。こいつのせいで潰れてしまったり、バカな行動をする子だっているのだ。ここは大人としてしっかりと教育しておくべきだろう。

決して、自分のフォロワー数が、プイッター歴二十四時間未満の闇羊★迷子さまの足下にも及ばないことに嫉妬しているわけではないのだ！

「いーい、命子ちゃん。君は君らしくあればいいんだからね。決して数字やほかの人に踊らされてはダメよ？　世の中には『良きかな』を得たくてアホなことをする人がいるでしょ？　ああいうことはしちゃダメだからね？」

「あ、はい。プイッターは投稿するだけして、あとは基本的に放置ですから」

「ひぅっ⁉」

これが強者のセリフ。馬場は足がガクガクし始めた。

命子はプイッターの存在をすぐに忘れる。誰かに言われて、「ハッ、そうだ。なうしないと」となるのだ。初プイート以外は全てそれだった。

「私のよりもルルのプイッターの方が凄いんですよ」

「ワタシのはキスミア語なんデスよ。メーコたちとダンジョンに入ってから、見てくれる人がとってもとっても増えたんデース。んふふぅ！」

ルルのプイッターはキスミア語版だ。キスミア語は使用者数の少ない言語だが、欧米人にとって習得する分においては日本語よりも容易だった。

そのフォロワー数は一億を超える。プイッターユーザーは地球さんTVを見た人から順に命子たちのアカウントを探し、唯一以前からアカウントを持っていたルルのフォロワーになっていった。そして、まだまだフォロワーは増殖中である。

もはや馬場には理解の及ばない領域だった。世界中のプイッターユーザーがフォローしちゃってるんじゃないかとすら錯覚する。そんな人数がフォロワーになったら、馬場は仕事を辞めてフォーチューバーになる自信があった。

「さ、ささらちゃんと紫蓮ちゃんはやってないのよね？」

「わ、わたくしはプイッターはちょっと。なにを書けばいいかわからないですし」

ささらはもじもじしながら言った。

「我も掲示板サイトはたまに書き込むけど、プイッターとかはやってない」

紫蓮はそんな感じだった。ちなみに、あまり荒れている掲示板は怖いし悲しくなるので使わない。

「適当にそこら辺の草を引っこ抜いて撮影して、『草なう』って書いとけばいいんだよ。そうすれば二人とも『良きかな』五百万はいくんじゃない？」

「そうなんですの？」

「んなわけないでしょう……っ！」

馬場は両腕をぬぁっと振って、声を振り絞ってツッコんだ。

「二人とも信じちゃダメよ。ううん、ささらちゃんと紫蓮ちゃんならたぶん、そのクソプイートでも五百万くらい本当にいくかもしれないけど、常人は無理だから」

ささらは、やっぱりよくわからない世界ですわ、と思いながら静かに頷いた。一方、紫蓮はプイッターを割と理解しているため、今の自分たちなら本当にそれくらいいくだろうと思った。

馬場は一つため息を吐き、命子に注意しようと口を開きかけて、けれど止めた。『ファンがいるのだから、あまりクソプイートしちゃダメよ』と言おうとしたのだ。

しかし、もしかしたらそういう不思議ちゃんなプイートをファンは求めているかもしれない。女子高生だった日々がずいぶん昔のことになってしまった自分では表現できない『羊谷命子ワールド』に、自分が口を出してはいけない気がしたのだ。

馬場は、自分のプイッターを見てくれる五千人のフォロワーたちを大切にしようと思った。

【総合】カルマスレ　ＰＡＲＴ１０８０【相談不可】

１　名無しの花使い
ここはカルマについて語るスレです。書き込みを送信する前に、ネットの先に心を持った人がいることをちゃんと理解して送信しましょう。
また、ここは相談スレではありません。相談者はこちらへ【ＵＲＬ】
次のスレ立ては９７０がお願いします。やり方がわからない人は尋ねるか、９７０番近くになったら書き込みを控えましょう。
[redacted]

110　名無しの花使い
新しい情報が公表されたぞ。【政府サイト　善行保険ＵＲＬ】

111　名無しの花使い
見た見た。悪事の常習性とマイナスカルマの関係だろ。

112　名無しの花使い
やっぱり俺たちの考察通りだったな。政府もきっとこのサイトを見てんだぜ。

113　名無しの花使い
いや、あいつらは善行保険で多くのデータが手に入るから、たぶんこんなサイト見てないんじゃないか？　あっちは毎日のようにガチの悪党が相談に来るわけだし、効率が段違いだろ。

114　名無しの花使い
マイナスが加速し始める場合があるみたいだけど、これってどういうことなの？

115　名無しの花使い
それについてはこのコピペをどうぞ。

【俺はネットで暇さえあれば誰かを煽《あお》ってたんだが、最初のうちはマイナスがついても1点や2点だった。カルマログには書いてないけど、俺の行動から考えて、むしろほとんどが0点だったんだろうな。ある日、「もうやめて」って言ってきた中学生に追い討ちをかけてプイッターをやめさせたことがあった。俺は腹を抱えて笑って興奮した。カルマログを見ると、その日から目に見えてマイナスが動き出していた。たぶん、お目こぼしの0点判定がなくなったんだろう。一日にマイナス30点は当たり前になった。その追い込んだ子がどうなったかは知らないけど、俺が外道に堕ちたと判断されるほどに傷つけたんだと思う。この書き込みを最後に俺はネットをやめる。俺はネットをやってはいけない性格の人間だった。クソみたいな人生経験だが、データ収集に使ってほしい。

※出典・カルマスレPART108　名無しの花使い578の独白より】

こういうことだな。

116　名無しの花使い

た、たしかに最低なクズやな。

117　名無しの花使い

このスレのPART100前後はこんな悪のエリートばっかりだったぜ？

118　名無しの花使い

ていうか、日常的にやり続けてたってことはこいつのカルマはどこまで堕ちてるんだろう。

119　名無しの花使い

こいつは極端な例だよ。普通の人はどこかで小さな悪さをしても、日々の生活を頑張ってれば、ちゃんとプラスになる。そもそも生まれた時にご祝儀で500点貰ってスタートするんだぜ？

120　名無しの花使い

とにかく日常的に悪さを繰り返すのと、ほかのところでなにも善いことしてないやつはやばい。

121　名無しの花使い

じゃあ初犯のカルマの減少は割と少ないのか？

１２２　名無しの花使い

悪事の程度やその時の状況、そいつの人生背景にもよるがな。どうしようもないクズが金欲しさに殺人を犯した場合、初犯判定は限りなく無に近いらしい。この初犯判定ってのは本気で更生していると復活するみたいだな。あー、初犯判定ってのは俺が勝手に言ってるだけだ。

１２３　名無しの花使い

俺の印象だと日本の刑法よりも緩い印象だな。

１２４　名無しの花使い

カルマシステムは法律を参照しているわけではないしな。

１２５　名無しの花使い

俺は、カルマシステムはどっちかというと破滅に対してのストッパーに思える。

１２６　名無しの花使い

はぁー、なんでこんなことになったのか……。地球さんのファンタジー化は最高だが、カルマシステムだけマジで余計だわ。

１２７　名無しの花使い

カルマシステムだけ搭載しなかったら、この世こそが地獄になっていただろうけどな。地球上に悪党が所有している土地がどんだけあると思ってる？　善悪混合の一般サイドと悪党で構成された組織じゃ、後者の方が圧倒的に成長速度は早くなるだろうよ。１２５がストッパーって言ってるけど、俺もその意見には賛成だな。悪が使うには強すぎる力だよ。

128　名無しの花使い
そんな現実的な話はいいんだよ。俺にチートをくださいって愚痴だよ。
129　名無しの花使い
そのやりとり何回も聞いたわ。
130　名無しの花使い
あーあ、この世は弱肉強食じゃねえのかよ……。
131　名無しの花使い
この世は弱肉強食かもしれんが、それを当てはめると人間も上位者の決めたことに逆らえんのだがな。つまり今の地球人類の状況がまさにそれだ。
132　名無しの花使い
そのやりとりも定期。
133　名無しの花使い
はぁー、死にたい。でもマイナスカルマだし死ねない。せめて地獄が本当にあるのかはっきりしてくれないかな。
134　名無しの花使い
地獄がなかったら死ぬのか？
135　名無しの花使い
死なない。俺も子供の頃みたいに光の道に返りたい。

修行本格始動

朝のニュースを見て、命子は噴き出しそうになった。

SYUGYOUSEI

そんなローマ字が胸に書かれたTシャツを着た海外の人々が、海を越えて、自主的に修行している光景がニュース番組で取り上げられていたのだ。ちなみに、背中には『修行せい』とカッコイイ行書体で書かれている。色は、赤、青、黄、緑、黒から選べるぞ。

場所はヨーロッパのフェレンス。ルルの故郷キスミアの隣の国だ。市民公園に集まったたくさんの人が短い木の棒を両手に逆手持ちして、シャシャッ、シャシャッとやっている。どう考えてもNINJAを見据えた修行だ。それを証拠に額に忍者のハチガネを巻いている人が多数見られた。

命子は、『修行せい』と自分で言っておきながら、そのTシャツが凄くカッコイイと思った。牛乳でパンを飲み込みながら、命子ママにアレアレと指で教えてあげる。

「わぁー、カッコイイ。あれ欲しい！」

「わかるわぁ。くれないかな、一着」

「えー、一着だとお母さんの分がないじゃない。二着にして？」

「私も欲しいから三着にしてよ」

欲しいといってもどこに言えばいいのかわからないのだが、命子は黒Tシャツがめっちゃ欲しかった。馬場さんに言えば取り寄せてくれるかな、などと考えながら命子はもむもむとパンを食べた。

ちなみに命子パパはまだ寝ている。

ピローン、とテロップが移動して別のニュースに切り替わる。

『またもツキノワグマです』

そんな一言から始まったのは、ツキノワグマが山から下りてくるというニュースだった。命子は無限鳥居に入る前にも、同じようなニュースを一度だけ見た覚えがあった。その時はシカだった。

今回のニュースではツキノワグマが警察により追い払われている風景が流れている。

物理法則が変異した結果、銃や弓の威力が非常に弱くなってしまった世の中なので、警察はさすまたや撃退スプレーを持って追い立てていた。

ニュースキャスターの説明とともに、画面ではツキノワグマが大きな音に驚いて山へ帰っていく。チラリとカメラを見て項垂れるように山へ入っていく姿が、命子にはどこか悲しんでいるように見えた。

「最近めっちゃ動物が人間の近くに寄ってくるんだって。この前ちーちゃんが野良猫の集団ににゃーにゃー言われたって」

萌々子が少し世俗を離れていた命子にそんなふうに教えてくれた。

「へぇ、人間を舐め腐り始めたのかな？」

「動物さんも仲間に入れて欲しいんじゃないかしら？」

命子と命子ママの意見が真っ向から対立する。命子は、そっちの方が女子力が高そうだな、と次回

7:05 東京
7:08 神奈川
フェレンス パリ
SYUGYOU SEI
修行せいして
家族や友人を守るのさ！

こういう話題が上がったらそう答えることにした。

本日は土曜日なので時間をぶつ切りにした朝練はなく、朝から普通に修行だ。

命子と紫蓮は萌々子を連れて河川敷に行くと、ちょうど、ささらとルルも来たところだった。

朝の挨拶を交わす命子は、むむっとした。

その視線の先には、いつぞやの一キロで帰る兄ちゃんの姿があった。同じく以前一緒に走っていた大学生のお姉さんに叱咤《しった》激励されながら、腕立て伏せをしている。

「やはりあやつは強くなるな。私の睨《にら》んだとおりだ」

「そうですわね。あの方は、目の輝きが違いましたから」

「うむ。我もやつはやると思っていた」

命子とささらと紫蓮が土手の上で腕を組み、うんうんと知ったような口を利いた。ルルは一キロで帰る兄ちゃんの存在自体初めて知ったのだが、同じようにうんうんとする。萌々子は、ふぇええっ、とスポコンみたいなことを言い始めた姉たちに驚いた。

そんな評価をされているとは露《つゆ》知らず、青年は腕立て伏せを十二回でギブアップした。やつが強くなる日はいつになるのか。

命子たちの適当な発言はともかく、実際に青年の目の輝きは違っていた。

地球さんのレベルアップ以前の全てを諦めてしまっている男の目ではなかったし、命子たちが出会った当初の、前を走る女子大生のお姉さんのお尻ばかり見ていた男の目でもなかった。

今の彼は、目指すべき場所を見つけたような熱い炎を宿した漢の目をしていた。たまに女子大生のお姉さんのおっぱいをチラ見するが、そこが目指す場所ではないはずだ、たぶん。

昨日は挨拶回りなどをしたため修行していないが、本日からは違う。

龍を倒してレベルが12まで上がり、ジョブにも就いている。これらの恩恵を引っ提げて、来るべきダンジョンの一般開放へ向けて本格的に修行を開始するのだ。

というわけで、四人は各々が強くなるために修行をすることにした。

まず、新参者のルルは自分に合った道場を探すところからだ。

ルルは古武術道場の門戸を叩いた。

この道場は無手も武器も使う流派だ。同じ青空修行道場内の棒術や剣術と被っている部分も多いが、構えや技がより破壊に特化していた。戦国の世で生まれた技術だけに物騒なのである。

とはいえ、道場主は現代を生きるお爺ちゃんだ。スマホをテチテチして無邪気に笑う少年少女たちに殺しの技を伝承することはなく、ほかの道場と同様に倒すことよりも生き残ることを主眼において教えている。

「仲間に入れてクーダサーイ！」

ニコニコしながら門戸を叩いたルルに対して、道場主のお爺ちゃんが殺気を飛ばす。

クワァッ！

にこぱぁーっ！

それはまるで柳の如し。

道場主の目には、己の放った殺気が笑顔の少女の身体をするりと抜けていくのが見えた。

地球さんＴＶで有名になったルルの下に弟子たちがわらわらと集まり、嬉しそうにご挨拶をする。

そんな光景を見て、道場主はゴクリと喉《のど》を鳴らした。この少女、計り知れぬ、と。

「あんねぇ、ゲン老師の弟子になると、みんなクワァッてやられるんだよー」

「クワァッて、ねぇーっ？」

「ねぇーっ！　なんだろうねぇ、あれ！」

そんなゲン老師の道場でルルの修行が始まった。

ゲン老師は六十年愛用し続けている指貫手袋をキュッと引き締めた。

ついに運命が動き出したか……っ。

ゲン老師はこじらせていた。


「じゃあ行ってくる」

「頑張ってね」

「うん」

紫蓮は命子と別れると、棒術の道場に足を運んだ。

元々、青空修行道場には棒術の先生はいなかった。この先生が教えに来るようになったのは、命子たちがいなくなっている間のことだ。だから、紫蓮も武術の基礎はサーベル老師に教えてもらっていた。しかし、自らの武器を棒と決め、さらには都合よく棒術の先生がいるので、ルルと同様に自分に合った場所で修行することにした。それこそが強くなるための最適な道なのだから。

だが、新しい環境が苦手な紫蓮である。チラッと振り返り、命子も一緒に来てくれないかなと思う。

なんなら今日もこの場に来ている母でもいい。習いごとの初日に親が同伴するのはよくあることだし。

「ふ、ふんすぅ！」

いやいや、そんな弱気ではだめだと紫蓮は気合を入れた。

仮にも龍を倒した四人のうちの一人なのだ。超巨大犬に襲われた幼き頃のあの日、命子に守られるだけだった自分を超えたのだから、この自分を元に戻さないように自信を持ってことに当たらなければならない。

紫蓮は棒術の先生であるお爺ちゃんの下へ行く。

「こ、こにちは」

「おやおや、こんにちは。よう来たね。待っとったよ」

地球さんＴＶで棒をぶん回していた紫蓮である。同じ武器を扱う先生からすれば、自分のところに来てくれるだろうという期待は当然あった。

「わ、我。弟子入りしたい……です」

「うんうん。もちろんいいとも。お嬢ちゃんが棒を使う姿を見て、私もぜひ教えたいと思っていたんだよ。よく来てくれたね」

「あ、ありがとうございます！」

紫蓮はよそ行きの言葉遣いで元気にお礼を言った。

そうして、ちゃんとできたかなと命子をチラリと見る。少し離れた芝生で座って見ていた命子はにこりと微笑んで頷いた。紫蓮はむふぅと一つ自信がついた。

ウォーミングアップを終えたささらはサーベル老師の下へ行った。

「老師、改めまして、ただいま戻りましたわ。老師の教えのおかげでこうして無事に帰ってくることができましたわ」

昨日は各所に挨拶回りなどしたので老師への挨拶もそこそこになってしまった。本日は改めて帰還のご挨拶から始まった。

「うむ。ささら嬢ちゃんや、立派だったの。どれ、龍滅を成したその力を見せておくれ。そうじゃの、そこに立ってみなさい」

河原を背にしてささらを立たせた老師は、その対面に立った。

「構えるのじゃ」

「え？　は、はい」

ささらは練習用の木の棒を握り、スッと構えた。

対するサーベル老師は、木の棒を杖にしてその場に佇んでいる。

しかし、次の瞬間、ささらはハッとして木の棒でガードしながら体を捻った。

だが、ささらの大げさなアクションに反して、サーベル老師は一歩だって動いていなかった。

サーベル道場に通う少年少女たちがゴクリと喉を鳴らした。いや、少年少女だけではない。参加している大人たちも、刮目《かつもく》して見ている。今、漫画の世界みたいな凄いことが起こっていると。

「か、髪が斬られましたわ」

冷や汗をかきながら、ささらはかすれた声で言った。

けれど、その髪は一本も斬られていない。

「ほっほっほっ。女子《おなご》の髪を斬ってしまうとは申し訳ないことをしたの。しかし、今のを躱《かわ》すとはまっこと見事じゃ」

「今のはもしや殺気でしょうか？」

「左様じゃ」

「やはりこれが……」

ささらは無限鳥居でこれに似た感覚を何度か体験した。一番強く殺気を感じたのは龍からのものだったが、ほかにも市松人形がゾクリとするような攻撃の気配を放つ魔物だった。

「これからも精進せいよ」

「はい！」

サーベル老師の言葉に、ささらは真剣にお返事するのだった。


ささらのやりとりを離れたところから見ていた命子は、あれなんて漫画だろう、と思った。

「私も挨拶に行ったらやられるのかな？　絶対に食らうじゃん。マジ勘弁だわぁ」

はぁーオチ担当オチ担当、などと呟きながら、一本の草に【合成強化】をかけまくる命子。

その近くには八歳くらいの幼女が座っていた。

「よし、次は負けないぞ！」

「のぞむトロロだー！」

命子と幼女の持つオオバコの茎が真ん中で絡まる。草相撲である。

すでに命子は四戦四敗。もうあとがない。いや、すでにコテンパンすぎて終わってる感はある。

しかし、命子には秘策があった。命子が手に持つオオバコの茎は、【合成強化】がなされたオオバコなのだ。

素材はそこら辺に生えている草を使用。素材を地上産のものにした場合、効果がほぼないと検証してわかっているが、おそらくゼロではないと命子は考えていた。ほぼ同じ強度のオオバコならば、このほんのわずかな強化でも勝敗を分けるはず。

命子は魔力を全て使ってオオバコを強化した。これにより、今のこいつはオオバコの茎業界で精鋭兵士クラスにまで戦闘力を上げたはずだ。実に大人げない。

対する幼女は、平兵士級のオオバコの茎である。

負けられない戦いが始まった。

「「はっけよーい」」

「のこったのこった、えいえい！」

「ののったののった、えいえい！」

草相撲は腕力ではない。命子が力を全開でやってしまえば、幼女のどちらかの手からオオバコの茎が離れてしまう。それはノーゲームだ。だから命子は絶妙な力加減で茎を引っ張る。

「のこったのこった、えいえい！」

「ののったののった、えいえい！」

二人の少女のかけ声とともに手に汗握る戦いが繰り広げられる。

そして、その時は来た。

「あーっ！」

「また勝ったぁ！」

負けた。

「あはは、負けちゃったかぁ。強いね？」

「うん！」

命子は微笑んで幼女の勝利を称えた。まるでわざと負けてあげているような態度だ。

そうして命子は、そろそろお姉ちゃん行くね、と少女の頭を撫でてから立ち上がった。

まったねぇ、と幼女に声をかけられる命子の手は、悔しさのあまりギュッと握り締められていた。

絶対なる信頼をおいていた【合成強化】が敗北したのだ。おのれぇ幼女め！　命子の爪がもうちょっと長かったら、あるいは血が流れていたかもしれない。

命子は、保管してあるダンジョンのドロップ品をオオバコの茎に合成しようか本気で悩んだ。あれならばかなりの強化になるはずだ。そうしてできあがったレジェンド級のオオバコの茎ならば絶対に勝てる。

しかし、命子は己の戦っているものの正体を知らなかった。

幼女は、硬いオオバコの茎の中に細いエナメル線を仕込む恐ろしい技術を実現させていたのである。

さらに茎の外皮は切れないように少量のニスでコーティング済み。

そう、幼女のオオバコの茎は平兵士の皮を被った化け物だったのだ。

オオバコの茎ＶＳエナメル線の長き戦いが幕を開けた。

幼女にフルボッコにされた命子は、ささらと同様に改めて老師に挨拶する。

「老師。昨日は気を使っていただいてありがとうございました。改めて、無事に帰ってくることができました」

命子たちは、老師に対してかなり真剣に接していた。

ささらは礼儀正しいので。

紫蓮は人見知りなのでオラオラした態度ができないため。

そして、命子は師匠がいるという人生がカッコイイと思う中二病なので。紫蓮はこの分類にも当てはまるハイブリッドな子である。

「うむ。お主もよく頑張ったの。特に龍滅の折に見せたあの見切りは見事であったのう」

「龍滅……老師、その言葉、頂いてもよろしいでしょうか？」

「お主はちょっと変わった子じゃの」

あ、あれは魔導書士の羊谷命子だ。

な、なに、あれが龍滅の一角の……っ⁉

ぽわぽわーんとそんな会話をされる自分を想像する。シチュエーションはスイングドア式の酒場だ。マスター、コーラで、つって。凄くカッコイイ。

「それよりも見切りじゃ。見事であった」

「ふぇ？　あ、はい。見切りですね。ここで学んだ回避術のおかげです」

「ほっほっほっ。そうかそうか。どれ、冒険の旅でどれほど強くなったか見せておくれ。そこに立って構えてみなさい」

きたかぁと命子は諦めた。

命子はささらと同じように河原を背にして立つと、木の棒をサーベルに見立てて構えた。

「あ、あれは、明鏡止水《めいきょうしすい》だわ」

「知っているの、蔵良ちゃん」

「うん、この戦い、どちらかが死ぬ……っ」

「「「っっっ！」」」

蔵良の発言に少年少女が驚愕し、一緒に観戦していた大人たちは説明役を咄嗟にできなかった自分たちを恥じた。一度はやってみたいことの絶好のシチュエーションだったのに。

明鏡止水――そう、この時、命子は明鏡止水していた。

目は半眼、それに意味はない。

身体は脱力の極み、これにも意味はない。

全ては漫画やアニメで見切りの極意に至った人がこんな感じだったのでやっているだけ。だが、思いのほかしっくりくる。漫画は嘘を言っていなかったのだ。

なお、蔵良の発言は少しばかり間違っていた。明鏡止水な命子はさらさら攻撃をするつもりがないので、仮に死ぬとしたら命子一択なのである。

対面三メートル先に立つ老師が白い眉に隠れた瞳をギンッと見開く。

命子の体がスッと横に動いた。

ザンッ！

「う、腕が斬られました」

避けられなかった。

「ほっほっほっ、お主にその領域は早すぎるの。しかし、殺気を察知するだけでも大したものじゃ」

「でもでもー。言い訳っぽいかもしれないですけど、ベストの時なら躱せたかと思います」

「いや、それは別に言い訳でもなんでもなく事実じゃろう。龍滅を成した時の回避は今のとは比べものにならんほど見事であった。常在戦場を心得とする者であろうとも、真に力を発揮するのはやはり大一番の戦いじゃ。しかし、人の中で生きる者ならばそれでいいのじゃよ」

命子はコクンと頷いた。そして、なんか含蓄がありそうな言葉を貰ったので今度パクろうと思った。命子は隙あらばいいこと言いたいのである。

そんなやりとりを観戦者たちがキラキラした目で見つめる。

回避してみせたささらも凄いが、命子は斬られたにも拘らず尊敬を集めた。命子に向けられたそれはリアルさゆえの尊敬だった。

ここで学べばそんなことができるようになるのだろうか。挨拶代わりに殺気を飛ばされて、おいおいご挨拶だな、などとカッコイイことが言える日がくるのだろうか。期待が否応なしに増していく。

というかサーベル老師が強すぎる。一部の人たちは、世の中にはスポーツ格闘技の枠に収まらない達人が本当にいたのだと、唾を飲み込んだ。

「命子ちゃん、今のマジ⁉」

トボトボしながら近くに来た命子に、女子高生が尋ねる。

「うん。龍滅したからかな。殺気とかがなんとなくわかるようになってた」

命子はさっそく龍滅を使った。こういうふうにコツコツ使うのが二つ名ゲットへ至る近道なのだ。

「命子ちゃんちっちゃいのにやべぇ！」

「ちっちゃくないけど。こんなのみんなもすぐに追いつけるよ。私だって一か月前はザコの極みだったもの。きっと蔵良ちゃんにすら喧嘩で負けるレベルだったよ。あとは、どこまで本気になるかじゃないかな？　あと私はちっちゃくないけど」

「本気……」

自分は本気になっているだろうか。女子高生たちは己の内面に語りかける。ちっちゃいことを気にしている命子の発言はドスルーだ。二回も言ったのに。

サーベル老師は、そんなふうにしょんぼりする命子を白眉に隠れた目で見つめ、内心ではとても驚いていた。

目がいい。

サーベル老師は、今の試験でまだ本人すらも気づかない命子の才能の片鱗を見つけるのだった。


「さて、嬢ちゃんたちが帰ってきたことだしの、少しお話をしようかの」

サーベル老師はそう言って、門下生たちに注目させた。

「お主らはダンジョンでの嬢ちゃんたちの戦いを見てどう思ったかの。あー、龍ではなく、道中の戦いじゃ」

その質問に、女の子が答えた。

「凄くカッコ良かったです！」

「うむ、カッコ良かったの。では、どのように戦っていたかの？」

「魔法を使ったり、シュババババァってやったりしてました！」

「う、うむ。そんな感じだったの」

サーベル老師は、ちょっと埒が明かないな、と思って答えを言うことにした。

「嬢ちゃんたちの戦い方は、こうじゃ」

サーベル老師は、深く腰を落として斬撃を放つ。

さまざまな角度から攻撃を放つが、その全てが下方にいる敵を想定しているものだった。

門下生は、そうそうこんな感じだった、と頷く。

「一方、本来のサーベルでの戦いはこうじゃ」

サーベル老師は、戦闘方法を変え、しっかりと立って変幻自在の斬撃を披露する。時には大きく踏み込んで下方を狙うが、それはオマケみたいなものだ。

それを見ていた蔵良がハッとした。

「戦い方が全然違います！」

一目瞭然のことだったが、こういう反応をされると嬉しいのが指導者というものだ。それは若干妖怪じみたサーベル老師も例外ではない。

サーベル老師はクルンと木の棒を回し、トンと先端で地面を突く。命子は勉強になるわぁ、とクルン・トンを今度真似しようと思った。

「今、わしが戦っていたのは人じゃ。そして嬢ちゃんの真似をした動きは杵ウサギを想定した。杵ウサギを想定した動きは全て、本来のサーベル剣術にはない動きなのじゃ。野のウサギなど銃や弓、あるいは罠で狩るのが普通じゃからの」

ふむふむ、と門下生たちは頷いた。

「これからの世界は多くのものが変わっていくじゃろう。そして、そんな変わり行くものの中には、武術も入っておる。武術は本来、人を制圧する術なのじゃ。人の体と他流派の技を研究し尽くし、これに対応する。それが武術であった。わしが知っている武術もこれじゃ。しかし、これから先の武術は魔物を制圧する術に変わるであろう。そう、新たな武術が生まれるのじゃ」

「新たな武術……」

ゴクリと門下生たちが喉を鳴らした。大人たちも例外ではない。新武術なんてウキウキである。

「お主らはその片鱗をすでに見ているはずじゃ。命子嬢ちゃんが使っていた本と剣と魔法の融合武術。ああいったものがこれからの世にどんどん現れるじゃろう」

命子は口をムニムニしてニヤけるのを我慢した。カッコ良さを求めて練習した魔導書と剣の融合武術が、なんか壮大な感じで肯定されて嬉しかったのだ。

「わしのサーベル道場に限らず、ほかの武術を学ぶ際にもこのことを念頭において基礎を学ぶといい。極めて殺傷能力の高い小さな魔物にどう対応するか、回避能力が高い浮遊する人形にどう対応するか、あるいは自分の何倍も大きな龍にどう対応するか。もちろん、戦うだけではなく逃げる術として想像するのもいいじゃろう。そういった技術が集まれば、やがて『対魔の術理』が花開くことになるじゃろう」

老師の話が終わり、門下生はどぉっと息を吐く。

新武術――胸熱な話であった。

この話を境にして、青空修行道場では対魔の術理が話し合われるようになる。

剣を上から下へ振っても、腕の可動範囲の都合上、剣の攻撃域は下方に対して驚くほど狭い範囲にしか届かない。立っている人を斬るにはこれが基本の攻撃だったが、余裕で人の体をぶっ壊す体高五十センチ程度の魔物を斬るには不合理な斬撃だ。必然的に重心を深くした攻撃が多用されるわけだが、これを『型』とするにはどうすればいいか。

そんなふうに対魔の術理は新時代の武術の設問となり、世界中の武術家が考えるようになる。

地球さんプレミアムフィギュア寄贈式典

首都高を黒塗りの要人専用車が列を連ねて走る。

物々しい警護のついたこの様子を目撃したドライバーは、いったいどんなお偉いさんが乗っているのかと想像を膨らませ、これにぶつかったら一級のテロリストと勘違いされるのではないかと、自主的に車間距離を大きく取った。しかし、残念。中にいるのはロリでした！

車の中は広々としていて非常に綺麗だ。冷蔵庫までついている。これはもう命子的には土足厳禁なので、新品のローファーを脱いで靴底を裏返しにして端っこにちょんと置いている。紫蓮とささらとルルもそれに倣って靴を脱いでいた。

この場には馬場も同席しており、馬場は土足上等だった。命子にマジかよこの人みたいな目を向けられているが、知らんぷりだ。

本日の四人は学校の制服姿だ。命子たちは風見女学園のブレザーで、紫蓮は風見中学校のセーラー服。普段は着崩しているルルも今日はブレザーを羽織ってピシッとしていた。

車の後部座席は六シーターで向かい合わせになっている。このシート一つだけでほかの車が買えるんじゃないかしら、とささらが密かに思うほどのふかふか具合だ。

「相変わらず狂気に満ちた町だぜ……」

閉まった窓の縁に指を引っかけて流れる高層ビル群を見ながら、命子はカッコつけた。

東京には三回しか来たことがない。今回で四回目だ。遠足で一回、秋葉原に一回、コミックの狂乱祭に一回。その全てで命子は迷子になった。一瞬の油断が方向感覚を失わせる。まったく恐ろしい町である。特に有明の巨大迷宮。なにあれ。

「ささらは東京に来たことある？」

「ええ。結構来ますわよ」

「ふむ、そうか。ルルは？」

「飛行機が羽田に降りるデスから、ニッポンに来るたびに来てたデス。アキバハラでニャーニャーするんデス」

「ふむ、そうか。紫蓮ちゃんはおばあちゃんちが東京にあるからな」

「うん。東京の田舎」

おかしいなぁ、と命子は思った。

外国で暮らしていたルルですらたくさん来てニャーニャーしているらしい。風見町は東京から決して遠くはないのに、それでも自分は四回目……一番の東京素人だ。なお、ルルは秋葉原をアキバハラと覚えている模様。

アンニュイな感じで外を眺める命子の様子を見て、ささらが紫蓮に尋ねた。

「命子さんは東京が苦手ですの？」

「羊谷命子は東京に行くと必ず迷子になる」

「違いますぅ！　私の座標こそが正しいのであって、それ以外の空間がすでに迷子なんですぅ！」

「哲学的デス」

「我歩く、すぐに我迷子つってな！」

「羊谷命子は考えない迷子である、ですわね？」

「おっ、ささらそれだ！　バカにしやがってこいつぅ！」

「ひゃーん!?」

ゴングが鳴った。キャッキャである。

馬場はそんな命子とささらを見てニコニコだ。本日は可愛い子とお出かけでめっちゃ楽しい。

ルルもキャッキャに混ざり、ささらが淑女にあるまじき姿でぐでんとしたところで終了した。

「ねえねえ、みんなはお土産なに買う？」

それからすぐに別の話題に切り替わる辺り、最高に女子女子していた。

「我は東京バナメロン」

「ワタシもトーキョーバナメロンがおすすめデス！」

「なるほど東京バナメロンか。ささらは？　え……し、死んでる！」

「ひ、ひん……」

「くすぐりすぎたデス」

ルルの言うようにくすぐりすぎた。命子はささらが気安い冗談を言ったことに嬉しくなっちゃったのだ。その結果、ふかふかシートの上に汗を浮かべて目が虚ろなお嬢さまができあがった。

「みんな、お土産買う時間なんてないわよ」

「え、そういう集い？」

「そういう集い」

「そういう集いかぁ。でもホテルには売ってますよね？」

「今日泊まるホテルは、言えばそういうのを手配してくれる感じのホテルよ」

「そういうホテルかぁ」

命子はちょんと窓際に指を引っかけて、高層ビル群を眺めた。

「でけぇっ！」


さて、命子たちは地球さんプレミアムフィギュア寄贈式典に出席することになっている。

連れていかれた施設はとても大きな建物だった。この式典はワールドクラスのイベントなので、日本のみならず各国からも偉い人が出席する。そのため貸し切りである。

本日はリハーサルを行い、本番は明日。

命子とルルは別にそうでもなかったが、ささらと紫蓮はすでに胃がキリキリしていた。しかし、二人はそれを包み隠して平静を装い、プルプルしている。

多くのスタッフが式典の最終チェックに動く中、命子たちを乗せた車が会場正面入り口に横付けされた。白い手袋をした女性スタッフが車のドアを開けると、命子たちはローファーを履いているところだった。いろいろなお偉いさんを迎えた経験のあるスタッフだったが、車内で靴を脱いでいるパターンはあまり見ないので動きが一瞬止まるが、そこはプロ。

「はわわわ……こ、こんにちは！　ちょっと待っててください」

「お気になさらずごゆっくりご準備ください」

命子たちは気遣いの言葉を貰うも、慌ただしく車から降りた。

ぞろぞろと建物に入場すると、本日お世話をしてくれる人たちが並んでおり、命子たちの来訪とともに深く頭を下げる。

大人にそんなことをされた命子たちは、慌てて深々とお辞儀を返す。普通はそんなふうにお辞儀を返されることのないスタッフたちは、四人の初々しさに疲れた心身が癒された。

そのあとも人とすれ違うたびに命子たちはお辞儀をされた。

馬場は、気になるなら会釈ぐらいでいいんだよ、と教えてくれる。けれど、自分たちは丁寧にお辞儀されて、こちらが会釈では非常に気まずく、やはりちゃんとお辞儀することになった。馬場は苦笑いである。

式典会場を見た命子は、ほけーっと口を開けた。

廊下の時点で綺麗な建物だなぁと思っていたけれど、会場は予想よりも凄かった。命子は風見町の文化会館に毛が生えた程度の場所だと思っていたのだが全然違う。

舞台は磨き上げられ、明るい照明に照らされてピカピカと輝いている。座席も地方の文化会館と比べるのも烏滸がましい座り心地の良さそうなものが並んでおり、いったい何人入るのだろうかという規模だ。これはきっと、合唱コンクール世界大会レベルの会場なのだろうと命子は思った。

リハーサル自体は一時間程度で終わった。

基本的には、別に間違えてもなにも問題のない式典だ。さすがに地球儀を渡す人がまるっきり違う人だったら問題なので、そういった流れが説明されたわけだ。


その後、命子たちはホテルに移動した。

「馬場さん馬場さん。小娘を泊めるんだから、もうちょっと手加減しても良かったと思うよ？」

命子たちの泊まるお部屋は、全力全開でスイートしていた。

スイートルームに泊まれるとはしゃいでいた命子だったが、その内装を見て焦った。

なんなら修学旅行で泊まるような寝るだけのお部屋で良かったのだ。むしろそっちの方が遥かに眠りやすいだろう。

それに対してここはどうだろうか。ベッドの布団を乱していいのかすらわからない有様。さらにお風呂がどういうわけか二か所もありおる。片方なんて青く光っている。照明一つとっても計算されつくした様子で、それに照らされる家具も気品が漂っている。目を瞑り、適当にピッと指をした場所にあるものは百％高級品という部屋であった。

「まあまあ。五人で仲良く泊まりましょう！」

馬場はニコニコしてそう言った。

そう、馬場も付き添いで同じスイートルームに泊まるのである。

なお命子たちの家族も同じホテルの大変いいお部屋に泊まっている。

「ていうか、ここ馬場さんが泊まりたかっただけじゃないですよね？」

「そ、そんなことないわよ。私は未成年の四人のお目付け役なんだから。そんな不純なことこれっぽっちも思ってないわ。お仕事だもの。ところでこれ、ウェルカムフルーツよ。食べてみましょう？」

へぇ、と命子が興味を示して手を伸ばすが、

「ちょっと待てーい！」

馬場にビシィッと待ったをかけられる。この姉ちゃんテンション高いなぁ、と命子は思った。

「いーい、みんな。こういう時はまず撮影です。それをウィンシタなり、プイッターなりに投稿します。それがＳＮＳの遊び方なのです」

命子はふんふんと頷く。そういえば外食するとご飯を撮影している人がいるなと思い出す。どうやらこういうところが本来のウィンシタ映えスポットらしい。

命子はスマホで撮影し、『果物なう』とプイッターにあげた。

しかし、教えてくれた馬場は撮影すれどもアップはしない。お仕事中だからだ。指先がウズウズして仕方がないが、我慢なのである。

そうしてウェルカムフルーツを見て楽しむと、

「はい、あーん」

と馬場がカットされたパイナップルを命子の口に放り込んだ。ペカーッと目を見開いた命子に、馬場はにっこりと微笑んだ。

「さっ、せっかくだしスイートルームを全力で楽しみましょう！」

「ニャウ！」

元気にお返事をしたのはルルだけだった。

ささらと紫蓮は本番を想ってプルプルし、命子は、ウェルカムフルーツうまぁ、ともしゃつきまく

る。緊張するささらと紫蓮が心配なので、命子は二人のお口におっきなブドウを突っ込んでおいた。

その後、なんだかんだで四人と一人はスイートルームを楽しんだ。

「紫蓮君、見たまえ。明日にはこの夜景の全てが私のものになるのだよ」

ふわふわのバスローブを着た秘密結社の総帥が東京の夜景を見つめながら、ワイングラスに入ったブドウジュースをくるんと揺らして部下に言った。

「はっ。もはや我ら結社の勢いを止められる者はいないかと」

「ふっふっふっ、大ダンジョン教団に栄光あれ！」

「ひゅーひゅー良きかな良きかな！　命子ちゃんも紫蓮ちゃんも超クール！　かぁー、プライベートならガンガンプイッターに投稿したのに！」

秘密結社お抱えカメラマンの馬場は、最高に楽しんでいた。

「あははははっ、もうルルさんったらーっ！」

そんな三人の耳に、お風呂に入っているささらとルルのはしゃいだ声が届く。

「シャーラ、大人しくするデス！」

「ひゃーん！　もうっ！」

「うにゃにゃにゃにゃにゃにゃっ！」

「ひゃ、ひゃーん！」

「「……」」

ちなみに、キャッキャする二人が入っているのは、青いライトがムーディな方のお風呂である。花びらも浮いてるぞ！

急に静寂が舞い降りた窓辺で、総帥は魔都の夜景を遠い瞳で見つめながらくいっとブドウジュースに口をつけた。

「人生いろいろ……か」

総帥は深い味わいのブドウジュースをワイングラスの中でくるんと揺らして、人生の味を学ぶのだった。


地球さんプレミアムフィギュア寄贈式典が始まった。

出席者の席には、日本内外から集まった要人たちが着席している。命子は誰が誰だかさっぱりわからないが、政治に詳しい人が見ればとても驚くような顔ぶれだ。そんな席の最前列には一般人な命子たちの家族が座っていた。親はみんな、娘たちよりも緊張した面持ちである。

命子たちは壇上に設けられた席だ。本番の命子たちの服装は無限鳥居で手に入れた和装である。武器は持っていない。さらにプロの手により薄くお化粧が施されているものだから、四人の姿はため息が出るほど可愛らしいものとなっていた。

「これより、地球さんプレミアムフィギュア寄贈式典を行います。一同御起立をお願いいたします」

式典進行者のオジサマの告知に、命子は口をムニムニした。同じく、テレビの向こうで生放送を見ている人たちも噴き出しそうになる。厳かなのに固有名詞が完全にギャグである。しかもオジサマの声が渋いのでなおさらじわじわくる。

「これ笑うとお尻を叩かれる式典なんだよ」

命子は立ち上がりながら、ボソボソと言った。

「っ！」

隣で付き添い役をする馬場が急所を刺された。

馬場はあの番組が大好きだった。ここ十年近く、除夜の鐘を聞いた覚えがないほどに。馬場は必死に笑いを堪えた。笑ったらクビ、笑ったらクビ、と内心で唱えて気持ちを落ち着かせる。

一方、ささらと紫蓮は緊張でそれどころではなく、ルルはそもそもその存在を知らない。この中で一番笑ってはいけない馬場だけが大変なことになった。

しかし、ご安心。テレビの向こうの掲示板でも同じことが言われているから。馬場の仲間はいっぱいいるのだ。もっとも彼らは笑ってもなにも問題のない高みの見物勢であるが。

壇上には、中央を挟んで命子たちの反対側に大国の代表やその代理が数名立っている。

その中央に内閣総理大臣が立ち、ほかの人とともに礼をする。

命子たちもお辞儀した。この時、紫蓮のトレース能力がその力をいかんなく発揮した。命子の動きをほぼ誤差なく真似しているのだ。もはや紫蓮は全てを命子に委ねていた。大変危険な行為である。

一同が着席すると、総理が挨拶を始めた。

地球の理が大きく変わった中で、一致団結して頑張りましょうといったお話だ。

それに続いて壇上にいる各国の要人も似たような挨拶をするが、こちらについては、命子たちはほとんどなにを言っているかわからなかった。

そうしてお話が終わると、いよいよ命子たちの番となる。

「続きまして、地球さんプレミアムフィギュアの寄贈を行います。羊谷命子殿、流ルル殿、笹笠ささら殿、有鴨紫蓮殿」

「はい！」

命子たちは名前を呼ばれた順に元気にお返事して席を立った。

ルルの名前が二番目に呼ばれたのは少し政治的な配慮があったが、命子たちは誰がどの順番に呼ばれても大して気にしなかった。

席を立つ命子たちの姿に、おーっと出席者の中から小さな歓声が上がる。同時に、壁際にいる各国の報道陣がカメラのシャッターを切った。コスプレ和装の命子たちが激写されまくる。

本来なら代表者が一人で向かうものだが、この式典では四人全員だ。

壇上では、左側に各国の要人たち、右側に命子たちという少し変わった配置になる。

ルルと紫蓮の服は太ももがこんにちはしており、それがスポットライトを浴びてキラッキラと輝いている。しかし、そこに目が行けば社会的に終わると出席している誰もが理解していた。カメラに映っている壇上にいる大人たちは特に。そう、大人たちの間で絶対に視線を下げてはいけない式典が始まっていた。

対する命子は、中学生の卒業式よりも緩いな、という感想を抱く。あの時は生徒が名前を呼ばれても歓声はまったく上がらなかった。偉い人が集まってるけどそんなものなのかな、と世の中の不思議を想う。

命子が代表して途中でスタッフからレプリカの地球儀を受け取り、総理の前まで進んだ。

テレビでよく見る偉い人が目の前にいることも、これまた命子には不思議な感じであった。

一か月前は、この人と直接会うことなんてないだろうな、と思っていたのに。人生とは本当にわからないものなんだと命子は一つ学ぶのだった。

「地球さんプレミアムフィギュアです。どうか世界のために役立ててください」

「その役目、必ずや果たします」

命子が手渡す地球儀を総理はしっかりと受け取った。

総理の後ろで立つ各国の要人も神妙な顔で頷く。

この瞬間を切り抜いた写真は、翌年から歴史の教科書に載るほどに有名な写真となる。

命子たちは総理たち、出席者、カメラマン、もう一回総理たちと順番に礼をする。あっ、馬場さんにもしておこう。そんなふうに命子が過剰に礼を振りまいたせいで、ささらたちもそれに付き合う形で礼をする。えっ、多くありませんこと、とささらの目がグルグルし始めた。ルルはニコニコで、紫蓮はコンマ一秒以下の誤差で命子の動きにシンクロしていた。

こうして命子たちは一仕事終えた。しかし、式はまだ続く。

「続きまして、緑光星宝《りょっこうせいほう》勲章の授与式を行います。みなさまご起立をお願いします」

命子たち四人以外の出席者が全員、先んじて席を立つ。

地球儀の寄贈式典は命子たちの勲章授与式でもあった。この式で、各国連名の感謝の意を載せた勲章を内閣総理大臣が代表して授与することになる。

総理は舞台左手に立ち、やはり命子たちが出席者の席に背を向ける形にはならない位置取りだ。不思議な形式の寄贈式であり、授与式であった。

さて、緑光星宝勲章なんて今まで存在しなかった。これは新しくできた勲章だ。

命子たちのやったことは偉大だが、同時に恐ろしいまでの危うさも秘めていた。

十五歳の少女たちができることならば、自分たちもできるはず――そう考える者は現状ではあまりいない。地球さんTVで見た龍の咆哮にみな心底肝を冷やしたからだ。

しかし、そこに多額の報酬がドンと積まれればどうなるか。喉元過ぎれば熱さを忘れるというが、龍の咆哮で感じた恐怖を忘れて無茶をする人は多く出るだろう。

人が死なないように安全に強くなれるよう導いてくれ、と言っていた少女が間接的とはいえその引き金を引くのはあまりに皮肉で不憫である。

だが、功績には正当な評価が必要だ。その評価を手っ取り早く形にする手段として大金を与えるのは間違っていないが、この時期にそれはしたくなかった。

ゆえに、ささらママの提案に乗っかる形で日本政府が各国に呼びかけ、この勲章ができたのである。これがどれほどの効果を発揮するかわからないが、少なくともルールを守らない者に対して勲章が贈られることはそうそうないので、やりようによっては大きな効果を発揮してくれるだろう。

なお、日本は勲章にいかなる副賞もつかないが、これは多くの国から贈られる勲章のため年金はつく。しかもとんでもなく高額でかつ非課税の年金が。

「羊谷命子殿」

「はい！」

ここからは、一人ずつだ。

命子の元気なお返事が会場に響く。

馬場に軽く促されて席を立った命子は、総理の前まで歩み寄る。

全ての出席者、そして生放送で見ている視聴者がその姿を眼に焼き付けた。

命子の前で総理が勲記を読み上げる。それは勲記というよりも感謝状に近いものだった。

「羊谷命子殿。

貴殿は、人類史が始まって以来直面したことのないこの混迷の中において、世界の人々に対してとても大きなものを与えてくださいました。

我々は、貴殿の世界平和を願う崇高な精神を心から讃えるとともに深く感謝の意を表します。

２０××年○月○○日。　世界七十億の人類より」


最後に。

「ありがとうございました。我々は、心からあなたたちを誇りに思います」

そう付け加えて、命子に勲記と共に勲章が贈られた。

立派なケースに収まった勲章は、地球の姿が刻まれたメダルだった。地球の周りはエメラルド色の石で装飾されている。

命子は嬉しかった。

生まれてこの方、個人が選ばれる賞状を貰ったことがなくて。

スポーツはダメだから、お習字や読書感想文を頑張ってみたけれど、やっぱり上には上がいて。

そうして、中学に上がる頃には、賞状なんて貰わなくてもいいかな、なんて思うようになって。

小学校の頃、壇上に上がる人たちを凄いなって見ていた自分が、年月を越えて、今、こうして讃えてもらっている。

お辞儀をして勲記と勲章を貰った命子は、むふーっとした。

滅茶苦茶嬉しかった。

ペコリペコリと頭を下げる中で、命子は、出席者の最前列にいる家族の姿が目に入った。

父と母と妹が、我がことのように喜んでくれている。

万雷の拍手が鳴る中、勲記と勲章を持った命子は、ひまわりのような明るい顔で笑うのだった。

以降、この勲章は一国や二国では収まらない規模の『地球さんに大きく関わる』偉業を達成した者に各国賛同の下で授章されることになる。

その名前の由来は、地球さんＴＶにおける我らの母星が翡翠色の光を放っていることから。そんな星の上で人類に対してかけがえのない宝を与えたという意味だ。

その受章者は、決して出席者に背を向けて勲章を貰わない。この勲章は上から下に授けるものではないからだ。

新しい世界において、特別な勲章の一つとなる。

【刮目して見よ】地球さんプレミアムフィギュア寄贈式典　ＰＡＲＴ３

１　名無しの出席者

ここは地球さんプレミアムフィギュア寄贈式典のテレビ出席者のためのスレです。

ドレスコードはスーツやドレス等、式典にふさわしい服装でご参加ください。紳士淑女の集いですので、他者を貶《おとし》めるような方はご退席ください。また、９６０番目に発言した方は次の会場（スレ）のご用意をお願いします。

■■■【ワクワクが止まらない人たちの雑談が朝から続く】■■■

510　名無しの出席者
あっぷねぇ。寝過ごすところだった。

511　名無しの出席者
弛《たる》んでるな。あいつらを見てみろ。もう完全に仕上がってるぞ。

512　名無しの出席者
す、凄ぃ。昼間っからビールに焼き鳥だと？

513　名無しの出席者
ば、バカ、冗談言うな。命子教信者の人たちだよ（小声）

514　名無しの出席者
すみません。511の人に言えって脅されました。

515　名無しの出席者
その後、511の姿を見た者はいない。

516　名無しの出席者
冤罪だよ!?

517　名無しの出席者
で、命子教の人たちはどうしたの？

518　名無しの出席者
なんでも、この日のためにスーツを新調したらしいぞ。しかも初めて美容院にも行ったたって。

519　名無しの出席者
全裸待機よりガチじゃないですか。

520　名無しの出席者
さっきから時計ばっかり見てる俺がいる。アニメを待ちわびた幼き日に戻ったよう。

521　名無しの出席者
わかりみが深いが、アニメを待ちわびるのは子供の専売特許だと思うなよ？

522　名無しの出席者
俺は今日に限って録画レコーダーが故障しないかハラハラしてる。

523　名無しの出席者
わかりみがマリアナ海溝。俺もアニメが最終回になるといつもハラハラする。

524　名無しの出席者
はっ？　全然わかってねえじゃねえか。アニメの最終回じゃあ比べ物にならねえよ！

525　名無しの出席者
おいおい、喧嘩すんなって。な？

526　名無しの出席者
そうだぞ。平和のために僕たちへ素敵な贈り物をしてくれた子の式典をこれから見るんだから。

そんなギスギスした心で臨んじゃダメだよ？

527　名無しの出席者
うるせえ！　こちとら時計の針が一秒で一秒しか進まなくて気が立ってんだよ！

５２８　名無しの出席者
重症で草。
５２９　名無しの出席者
シッ、始まるよ！
５３０　名無しの出席者
キターッ！
５３１　名無しの出席者
おふぁーっ！　四人娘がお座りしておるわい！
５３２　名無しの出席者
出だし美少女とはエネーチケーもわかっておるな。
５３３　名無しの出席者
尊いよぉおおおお！
５３４　名無しの出席者
なんか今日は四人ともいつにも増して可愛いな。薄っすらお化粧してるのかな？
５３５　名無しの出席者
俺のやってるソシャゲとコラボしないかな。五十万までなら課金する。
５３６　名無しの出席者
個人的に命子たんの隣のお姉さんとお付き合いしたい。
５３７　名無し出席者

わかるわー。家の中で超甘えてもらいたい。

538　名無しの出席者
ぐっ、お茶噴いた！

539　名無しの出席者
地球さんプレミアムフィギュア寄贈式典って、クッソｗｗｗ

540　名無しの出席者
おい司会、ふざけていい場所じゃねえんだぞ!?

541　名無しの出席者
ダンディボイスな司会者：強いられているんだ……っ！

542　名無しの出席者
一瞬にして厳かな式典が笑っちゃいけない会場になったな。

543　名無しの出席者
あっ、命子たんも今ので口ムニムニしてる！　きゃわわわっ！

544　名無しの出席者
ささらたんが一生懸命すぎて胸がいっぱいだお。

545　名無しの出席者
紫蓮ちゃんもお姉ちゃんに頼りたそう。眠そうな目だからわからんけど。

546　名無しの出席者
お前が紫蓮ちゃんの表情から内心を語るとか百年早いわ。それはお姉ちゃんである命子ちゃんだけがわかるんだ。それが果てしなく尊い。

547　名無しの出席者

あーっとっと、オッサンは映さないでいいから。俺はルルたんの元気なお顔を見に来てんだよ！

548　名無しの出席者

そう言うな。本日の主役の一人なんだから。

549　名無しの出席者

うんうん、イイコトイウナー。じゃあ、そろそろささらたん映そうか？

550　名無しの出席者

画面を見てるお前らの顔を動画で見たいわ。

551　名無しの出席者

スクリーンにリアルタイムで反射してるだろう？

552　名無しの出席者

画面オッサン：俺たち（しゅん）

画面美少女　：俺たち（ガタガタッ！　カワーッ！）

画面オッサン：俺たち（チベットスナギツネの顔）

画面美少女　：俺たち（満開のキモイが咲いたような笑顔）

553　名無しの出席者

しばらく各国のオッサンのターン！

554　名無しの出席者

ソシャゲやろ。

５５５　名無しの出席者

なんだ、トイレ休憩か。

■■■【総理や各国要人による式典の挨拶中】■■■

６３０　名無しの出席者

やっと終わったか……。

６３１　名無しの出席者

お、いよいよ命子たんたちの出番かな？

６３２　名無しの出席者

ひゃっふーい！

６３３　名無しの出席者

お前ら今までどこ行ってたんだよｗｗｗ

６３４　名無しの出席者

おっ、やっと再開したか！

６３５　名無しの出席者

うむ、やはり命子ちゃんはいいお返事をするな。ロリッ娘は元気があってよろしい！

６３６　名無しの出席者

今のお返事をリピート再生しながら今日は寝ようっと。

６３７　名無しの出席者

しっかし、この子は本当に度胸があるよな。俺だったら生まれたての小鹿みたいになってるわ。

６３８　名無しの出席者

たしかに総理大臣の前はやばいよな。

６３９　名無しの出席者

俺なんてコンビニの女性店員さんの前でも足がガクつくからね。絶対に無理だわ。

６４０　名無しの出席者

僕、高校のころに総理と話す機会が一度だけあったけど、緊張してろくに喋れなかったですよ。

６４１　名無しの出席者

そういう集いあるよね。俺のクラスメイトも同じこと言ってたわ。

６４２　命子教信者

おぉおおお、おぉおおおお、おぉおおおお！

６４３　命子教信者

今、命子さまは神格化なされた！

６４４　命子教信者

総理よ、本日を国民の休日にするのだ！

６４５　名無しの出席者

命子教信者は本日も荒ぶっておるわい。

６４６　名無しの出席者

君たち、タイミング合わせる訓練でもしてるの？

６４７　名無しの出席者
世界のために使ってくださいって完全に女神が人に神のアイテムを渡す構図じゃないですか。
６４８　命子教信者
実際にそうだが？
６４９　名無しの出席者
なんか命子たんのクソ度胸を見てたら、子供のお遊戯会を見に行って舞台女優ばりの演技を見せつけられた気分になったんだが。
６５０　名無しの出席者
それ凄くわかるわ。俺もしっかりしなくちゃって思えてきた。
６５１　名無しの出席者
でも、しっかりするのは明日からだよ！
６５２　名無しの出席者
やっぱり俺はささらタソがぷるぷるしてるのがたまらんですわい！　もうご飯五杯目だ！
６５３　名無しの出席者
奇遇だな、俺もささらたんしか見てなかった。なんでこの子はこんなに可愛いんだろう。
６５４　名無しの出席者
だからさいかわは紫蓮ちゃんだって言ってんだろうが。頭なでなでしながら今日あった出来事をぽつりぽつりと語ってもらうんだよ。
６５５　名無しの出席者

なにそれ、超幸せそう。

656　名無しの出席者
いや、ルルちゃんだろ。どう考えても結婚したら最高に楽しい人生になるはず。

657　名無しの出席者
結婚とかお前ぶっ◯すぞ。ルルたんは俺の嫁なんだよ！

658　名無しの出席者
み、みんな、もう喧嘩はやめて！　自分の歳を考えて！

■■■【推し談義により一時的に加速する】■■■

730　名無しの出席者
えっ、勲章の授章式が始まったぞ!?

731　名無しの出席者
緑光星宝勲章？　そんなのあるの？

732　名無しの出席者
ググレカス。

733　名無しの出席者
ググったけど出てこなかったカス。

734　名無しの出席者
これ、新しく作られた勲章じゃないのかカス？

735　名無しの出席者

命子ちゃんたちに贈るために作ったってことカス？　それ、やばくねカス？

７３６　名無しの出席者

カスカスうるせぇよカスｗｗｗ

７３７　名無しの出席者

察するに地球儀への返礼だろうし、年金とかどんだけつくんだろうな。

７３８　名無しの出席者

日本の勲章には年金はつかん。勲章授与者から功労賞を受ける人が選ばれやすくて、それで結果的に終身年金がつく感じだ。

７３９　名無しの出席者

いや、でも総理大臣が渡すのに伝達式じゃなく授章式って言ってるんだから、これって日本独自の勲章じゃないんじゃないの？

７４０　名無しの出席者

地球儀の価値は天文学的な値段だって外国でやってたぞ。

７４１　名無しの出席者

マジで？

７４２　名無しの出席者

あれ一個で、いつ終わるかもわからない各国のダンジョン捜索にかかる費用がまるまる浮くんだから、世界規模で見れば……まあそういうことだよ。

７４３　名無しの出席者

そんなか……。

７４４　名無しの出席者

それにしてもなんで舞台を横に使ってんだ？　普通は縦に使うんじゃないか？

７４５　名無しの出席者

命子たんのお顔が可愛いからに決まってんだろうがＪＫ！

７４６　名無しの出席者

たぶん、お前らの質問の答えはこのあとの記者会見で発表されるだろ。

７４７　命子教信者

拍手！　みなのもの拍手だ！

７４８　命子教信者

我々は神話を見ているのだ！

７４９　命子教信者

おめでとうございます！

７５０　命子教信者

ばんざーい！　ばんざーい！

７５１　名無しの出席者

お、おう、俺も嬉しいぜ！

７５２　名無しの出席者

お、お前らの気持ち、よくわかるよ、うん！

７５３　名無しの出席者
ふぁ、これは……。
７５４　名無しの出席者
あー、この笑顔は反則だ。
７５５　名無しの出席者
命子たん超嬉しそう。
７５６　名無しの出席者
待ち受けにしても大丈夫かな？
７５７　名無しの出席者
これが聖属性か。
７５８　名無しの出席者
すみません、命子教に入信するにはどうすればいいですか？
７５９　命子教信者
その心こそが入信の証なのですよ。さぁ一緒に讃えましょう。命子さまの笑顔を。
７６０　命子教信者
はい。
７６１　名無しの出席者
お前らのせいで全部が台無しになったよｗｗｗ

第二章

新時代のプロローグ

The earth-san has leveled up!

修行な日常

地球さんプレミアムフィギュアの寄贈式典は恙《つつが》なく終わり、翌日から命子たちはまた学園へ通う。

朝、校門をくぐると多くの女子たちがギュンと命子をターゲッティングする。命子と同じ道を歩いてきた子たちですら、まるで敷地の中が治外法権であるかのように命子に狙いを定めた。

わきゃわきゃと前に出した手を動かしながら、女生徒たちが命子ににじり寄る。

「んーっ、バッテン！」

対する命子は、んーっジャッキン、と腕でバッテンを作った。

わっしょいはなし。

しゅんである。

少女たちは、お祭り騒ぎに飢えていた。

「命子ちゃん命子ちゃん、これこれ！」

そんな中で駆け寄ってきたのは修行部の部長である。

烏《からす》の濡れ羽色の髪をポニーテールにした大和撫子な見た目の先輩なのだが、その容姿とは裏腹にとても陽気な女の子だ。内気な子からギャルまで非常に高い人気を誇っている。

そんな部長の手には今日の朝刊が握られていた。家から持ってきたのだ。なので、部長の家の新聞は本日なしである。

その朝刊の一面には命子が総理に地球儀を渡している瞬間の写真が掲載されていた。

「おー、しゅごい」

「一面よ一面！　超凄いんだから！」

新聞を読む命子の前で部長は興奮を放出するかのように手をブンブン振る。

この日の朝刊の一面は世界中の新聞が式典の写真を使っていた。それどころか先日のうちに都内では号外も配られている。その号外はかなりの部数が配られたにもかかわらず、現在インターネットオークションではかなりの額で取引されていた。

実を言うと、命子たちはすでに無限鳥居の冒険で新聞の一面を飾っていた。命子たちがノーと言えば写真や名前は載らなかったのだろうが、テレビ生放送と地球さんTVで映っちゃった以上は、新聞だけダメというのもかわいそうなので了承したのである。あの時はそんな事情があったが、今回は公式行事なので、命子たちが一般人とか未成年なんてことは関係なく、全てのメディアが報じている。

新聞なんてテレ番くらいしか見ない命子だが、自分が載っているのは何回見ても嬉しかった。

この新聞には、緑光星宝勲章が各国連名の下で贈られた新時代初の勲章であることも書かれていた。命子は知らなかったが、式典のあとに偉い人たちの記者会見があったのだ。そこで話された内容が掲載されている形だ。

「むふぅー、私も偉くなったものよのう……ハッ⁉」

命子はハッとした。目の前で部長がわきゃわきゃと手を動かしているのだ。それに共鳴するようにほかの女生徒もわきゃわきゃと手を動かしている。

命子はじりじりとにじり寄る女子たちに、慌てて腕でバッテンを作って見せた。

しゅんである。お神輿楽しいのに。

「よぉーし！　それじゃあ命子ちゃんの代わりに君をお神輿だ！」

「にゃにおーっ！」

よほどお神輿したいのか、わーっと女子たちが集まり、生贄の女の子がわっしょいされて運ばれていく。生贄女子はチア部のポンポンを振ってノリノリだ。

「恐ろしい学園に通ってしまったぜ」

命子はその様子を見送りながら、ドン引きした。

「め、命子さん命子さーん！」

どこからともなく小さな声で命子を呼ぶ声がする。きょろきょろと見回すと、ささらが校門の陰で半身を出していた。その頭の上にはニコニコしたルルの顔がある。

「よぉーっす」

「お、おはようございますわ」

「おはようデース！」

「それでどうしたの、ささら」

「そうでしたわ。あのその、わっしょいはありませんの？」

「うん。ダメって言ったら関係ない子が生贄になって運ばれてった」

「えぇ？　お、恐ろしい学園に通ってしまいましたわね」

「それ、私も呟いた」

「楽しいデスよ？　だって、シャーラとメーコが一緒のガッコデス！」

ルルはそう言ってささらを背後からギューッと抱きしめてニコニコする。ボディタッチ多めの好意に、ささらは顔を赤くして口をムニムニしながら首に回された腕を手で触れた。命子はたしかにその通りだと思うと同時に、もうそろそろ放課後の教室のドアを開ける際には本当に気をつけようと思った。

昇降口で上履きに履き替えていると、三人のスマホが同時にピロンと鳴った。

「あっ、修行部のグループメールだ」

そこには命子たちが新聞の一面に載ったことの情報が書かれている。

命子に永世名誉部長という永遠《とわ》の業《ごう》を背負わせた風見女学園の『修行部』は、こういった情報を流す広報担当がいるのだ。運営するのは、本来は新聞部にいる子たちである。

今日はビッグニュースをお届けしたが、普段は彼女たちがまとめたお役立ち情報が人気だ。

修行後にお勧めのカフェの情報や練習用の武器の可愛いデコり方、個人のタイプにあった制汗スプレー、はたまた修行場に来るイケメンのお兄さんの情報などを部員の女の子たちはいち早くキャッチできる。女子高生は修行していてもキャッキャなのである。

そんなふうに、修行部は情報を交換し合い、地球さんの新たな理を研究し、実際に修行する。アウトドア派からインドア派まで集うそんな部活なのだ。

風見女学園は部活動のかけ持ちが可能なため、この頃にはついにほぼ全ての生徒が部員になっていた。もうそれは部活ではなく学生会とかではないのかという疑いもあるが、スルーだ。

そして、女子高生のＳＮＳヂカラにより、修行部という意味不明な部活動が日本全国の学校に急速に広がり始めていた。

さて、そんな修行部の永世名誉部長は今日も青空修行道場に向かう。

命子の修行は、まず宿敵との戦いからスタートする。原っぱに割座でポテンと座るオオバコ幼女の前で、命子もまた割座で腰を下ろす。

オオバコ幼女との戦いは、すでに三十戦三十敗と吐きそうな戦績である。しかし、それも今日で終わりだ。ピカピカーッと命子は大切に育てたオオバコの茎に最後の【合成強化】をかけていく。

命子はここ数日、このオオバコの茎一本に魔力を注ぎ込んできた。萎《しな》びないように切断面には濡れたティッシュを巻き、隙を見てはそこら辺のゴミを素材にして【合成強化】をしまくった。

地上産の物は【合成強化】の素材として非常に効果が薄いとわかっているため、これは無駄なことかもしれない。しかし、命子はダンジョン産の素材を使わずに倒すと心に決めていた。ダンジョン産の素材は一般人だと命子たちしか持っていないため、フェアではないと思ったからだ。

男子は丹精込めて作った泥団子を宝物にすると聞く。命子は数日かけて育てたこのオオバコの茎に、それと似た想いを抱き始めていた。

対するオオバコ幼女の得物はポケットから取り出したオオバコの茎。こちらも濡れたティッシュを巻いて萎びるのをケアしている。これがオオバコデュエリストの嗜みなのだ。

オオバコ幼女は濡れたティッシュを丁寧に解き、付着した水分をお洋服でシュッと拭く。オオバコ幼女のお洋服の裾は、オオバコの切断面からにじみ出た成分で緑色のラインが何本も走っていた。その本数はそのまま本日の敗者の数にイコールする。

それによれば本日はすでに三十人近い人が負かされていた。その中には県外からわざわざ来た大人も混じっており、絶対勝てないオオバコ相撲の神がいるという噂は徐々に広がり始めていた。

これが青空修行道場の怪物……。

オオバコ幼女の服の汚れに散ってきたデュエリストの数を見て取った命子は、自分が育てたオオバコ大将軍をギュッと握った。

負けぬっ！

命子は子供と遊んであげている優しいお姉さんの笑顔を保ちつつ、内心で闘志を燃やした。

二人の得物が絡み合い、「はっきょーい、のこった！」の合図で試合が始まる。

「のこったのこったー！　えいえい！」

「ののったののったー！　えいえい！」

「のこったのこったー！　む、むむっ！」

「ののったののったー！　えいえい！」

「のこ……んぇぇえええ⁉　ふ、ふえぇぇえええ……っ？」

「ひゃっふー、またかったぁ！」

命子はまた負けた。数日かけて育て上げたオオバコ大将軍が敗れたのだ。まるで丹精込めて作ったピカピカな泥団子が真っ二つになってしまった男子のように、愕然とする命子。

わ、私はいったい……なにと戦っているの？
A、エナメル線。
「あ、あはは、また負けちゃったかぁ」

命子はそう言って年下の子に花を持たせてあげる優しいお姉さんの笑顔を保ち、オオバコ幼女の頭を撫でてからウォーミングアップに向かった。

またねぇ、と手を振るオオバコ幼女に命子は足がガクガクした。

もはやダンジョン産の素材を解禁するしかオオバコ幼女には勝てぬ！


強敵との戦いを終えた命子はウォーミングアップをしてから、ささらとともにサーベル老師の下でえいえいする。

右にシュッと動いて、えい！

バックステップして、えい！

青空修行道場の空に子供たちの元気な声が溶けていく。

『見習い騎士』のジョブ効果でささらはメキメキと上達するが、魔導書の扱いが上達しやすい『見習い魔導書士』の命子は、剣術に関しては一つ一つ粗を探して直しながら反復練習するしかない。

とはいえ、命子の動きもささらに次いで抜きん出ている。単純にレベルが高いからだ。レベルは即座に強くなる効果はないが、トレーニング効率が上昇する効果があるため、命子ほど真剣に努力をするとどんどん他者を引き離していくのだ。

しかし、少年少女たちの動きも日増しに良くなっていく。彼らのレベルは未だに0のままだが、これこそが若者の吸収力なのだろう。

そんな若者の訓練風景はなかなかに綺麗なものだった。

安全ゴーグルをつけた子供たちがまるでマスゲームのようにステップする。修行を始めて一か月ほどしか経っていないのでバラけることも当然あるが、十分に見れた動きだった。

そんな彼らの後方では大人たちがヘロヘロになっている。体が大きいので力強い動きこそできるが、途中で休憩を挟んだりする者が多い。そういった人は、もうタバコやお酒やめようかな、みたいな遠い目で河原の流れを見つめるのだった。

青空修行道場の休憩は基本的に自由だ。しかし、子供の中には大人が管理してあげなければずっと訓練している子もいる。たとえヘロヘロになっても、周りが頑張っているのに自分だけ休憩するのが後ろめたく感じてしまうのだ。そういう子のために、各道場では適時全体休憩が用意されていた。

命子も土手にある階段に腰を下ろして休憩に入った。ささらと萌々子、それに蔵良やそのお友達も一緒だ。

「今日もテレビ来てるね」

命子は海外のテレビクルーを見て言った。

「今までにないコミュニティですからね。国ごと町ごとのやり方はあるでしょうが、雛形を取材したいのだと思いますわ」

「あーなるほどなぁ」

命子から『修行せいっ！』と世間は煽られたわけだが、実際にどのような活動をすればいいのか多くの人がわからなかった。それが個人のことなら勝手にトレーニングすればいいだけの話だが、地域が一丸となって修行場を形成するとなると途端に意味がわからなくなったのである。そういったノウハウをテレビクルーたちは取材に来ているわけだ。

もっとも命子は決して地域一丸となった修行場を作れと言ったわけではないのだが。これはあくまで風見町の人が勝手に作ったコミュニティなのだ。みんなは命子が町の人のために作ったと勘違いしているが、どちらかというと頑張ったのは蔵良を筆頭にした女子小学生や大人たちである。

「ささらママも大変だね」

「いえ、お母さまのあんなに楽しそうな顔は初めて見ましたわ」

「楽しんでるのか。それならいいね、素敵なことだ」

ささらママとルルママは数か国語を話せるため、どのような運営をしているのか説明する係になっていた。今日も取材陣を案内している。

さらに、母親たちはささらママを中心にして、娘たちが持ってきた情報をまとめたサイトを作り始めていた。すでに命子たちが冒険した映像は公開されており、ここからダンジョン攻略サイトへと発展させていく予定であった。

そうやっていろいろと活動するささらママだけに、命子の目には凄く忙しそうに映った。しかし、娘からするととても楽しそうに見えるのだという。

そんなことを話していると、土手に一陣の風が吹いた。

風にふわりと運ばれてきたのは花の香り。

この修行場の土手には多くの花が咲き乱れていた。それはカルマがマイナスの人たちが初期スキルとして授かった【花】で咲かせたものだ。

【花】は、贖罪の気持ちを込めて使うと、ほんの少しずつカルマを回復させる効果があった。それはコンマ1にも満たない微々たるものだが、これからどうしたらいいかわからない彼らにとって、小さな希望になっていた。

この【花】を咲かせる活動を始めたのは一人の青年であった。

自然と命子たちは棒術道場へ視線が向く。棒術道場ではほかの人から少し離れて紫蓮がお稽古をしていた。紫蓮は無手で棒術の型の訓練をしているのだが、遠目に見ても完成度の高さが窺えた。

命子の視線は、紫蓮から【花】を咲かせ始めた青年へと移された。

「今日もやつは頑張っておるな」

「ええ、いつも頑張ってますわね」

命子たちの視線の先では一キロで帰る青年が棒を振っていた。大学生のお姉さんの喝はない。彼女もまた隣で棒を振っているからだ。命子たちは最初期から修行に加わっていたこの青年やお姉さんに、軽く親しみを覚えていた。

「でも命子お姉さま。あのお兄さん、毎日来ていますよ。お仕事とか大丈夫なんでしょうか？」

「蔵良ちゃん、それは二度と言ってはいけないよ。本人の前でもほかの人の前でも。わかった？」

蔵良はコテンと首を傾げてから、頷いた。

「なぁに、やつが覚醒する時は近い」

覚醒と言う名の休暇終わりだ。あるいは専業冒険者を目指しているのかもしれない。なんにせよ、目覚めの時は近いだろうと命子は考えていた。

「あの人ってさぁ、絶対あの大学生のお姉ちゃんが好きだよねぇ」

「あー、それ私も思ったー」

「ねぇーっ！」

萌々子が女子らしい会話をぶっこんできて、蔵良やお友達が賛同する。

それに対して、命子とささらは顔を見合わせてから、揃って青年に視線を向けた。

「マジで？」

「そうだったんですの？」

「お姉ちゃんたち、女子高生なのに目が節穴かよ。見てればわかるじゃん。チョーチラチラ見てるし、すぐ顔を赤くするし」

小学生に目が節穴と言われた命子は威厳を保つために腕組みして小さく笑った。

「ふっ。な、なんにしてもやつはやる時はやる男よ。私知ってんだ！」

「そうですわね、出会った時とは見違えるような覇気を纏ってますもの」

「我らが見込んだ男だからね！」

「ですわね！」

二人は知ったような口を利いて、うんうんと頷いた。はぐらかしたとも言う。

萌々子と蔵良はすでに聞いておらず、お友達と一緒にスマホを見てキャッキャしていた。

「メーコ、シャーラ！」

「あっルル。そっちも休憩？」

「ニャウ！　ゲン爺の腰がマッハらしいデース」

「あの爺ちゃんは若いルルに対抗してシャシャーッてやるからなぁ」

ささらがサッサッと階段を手で払い、ルルの座る場所を作ってあげる。

メルシシルー、とキスミア語でお礼を言って座るルルに、ささらはニコリと微笑んだ。

ジョブマスター羊谷命子のお泊まり会

夕日に染まった風見町に夕暮れチャイムが鳴る。かつての世界だったらそれは専ら子供同士のお別れの合図だったが、青空修行道場では子供が大人にバイバイする姿も見られる。

大人は——特にお年寄りはそれがとても嬉しいのか、気ぃ付けて帰れよ、と挨拶のたびに言葉を送った。もちろん一緒に同じ家に帰る祖父と孫の姿もある。

このチャイムが現在では青空修行道場の終わりの合図となっている。冬場は早く鳴るのでその時になったらまた考えるのだろう。

そんなほのぼのとした光景に混じって、命子たちもまた帰り支度をしていた。

「にゃにゃ⁉」

ふいにルルが驚きの声を上げた。

「どうしたんですの、ルルさん」

ささらが代表して問うが、ルルはほけーと空中を見るばかり。

「あれ、これってピシャゴーンしてるね」

ルルさん、ルルさん？　とささらが顔の前で手を振るのにまったく気づかないルルを見て、命子はなにかしらでピシャゴーンを食らっていることに気づいた。

「ピ、ピシャゴーンですの？」

「うん。ほら、ステータスでスキルとかの詳細を知ろうとすると起こるあれ」

謎の擬音語が出てきて困惑するささらに、命子は自分語を説明する。それを聞いたささらは、たしかにそんな感じですわね、と納得した。

命子もステータスを見てみると、なんとステータスのジョブの項目から『見習い魔導書士』の文字が消えていた。その代わりにスキルの場所に【見習い魔導書士セット】というものが出現しているではないか。

「むむぅ！　ついにジョブマスターしたか！」

「あっ、我もだ」

ダンジョンを調査する各国政府サイドの人間は【地球さんを祝福した者】を得た人が皆無だったため、スタートダッシュができなかった。だから、一つのジョブのジョブスキルを全てスキル化したのは命子たちが初めてだった。なので厳密には『ジョブマスター』なんて言葉はないのだが、命子は適当にそう呼んだ。

命子はさっそく、スキル【見習い魔導書士セット】について内容を知りたいと念じてみる。

「うなっ」

ルルの隣で命子もピシャゴーンを食らい、ほけーとし始めた。

二人の様子を見て、ささらが紫蓮に言う。

「紫蓮さん。わたくしたちは少し待ってま」

「ぴゃわっ」

「えぇぇえ!?」

ささらが言いきるよりも早く、紫蓮がほけータイムに突入した。

「ささらさんは気苦労が絶えなさそうです」

お姉ちゃんと一緒に帰るつもりで近くにいた萌々子が真顔で言い、ささらは困った顔をする。

しばらくすると順番に正気に戻っていく。

「ふむふむ、なるほど。こいつぁいいな」

ピシャゴーンによって知り得た情報によると、どうやらジョブマスターになるとボーナスが付くようだった。

まず、マスターしたジョブの全てのジョブスキルが永続的に使える状態になる。これはスキル化という現象があるため当然だ。これが無かったらむしろ弱体化してしまう。

それではなく、もう一つの効果が嬉しい。ジョブマスターになると、ほんのちょっぴりそのジョブに関連する能力が上がるようなのだ。命子の【見習い魔導書士セット】の場合、魔法攻撃力がほんの少しだけ上昇するらしい。微々たるもののようだがマスターした特典だし、嬉しかった。

ささらは、そんなふうに自分の中で理解する三人を見比べる。

「それでどうでしたの？」

「説明するのもいいけど、ささらもやってみた方が早いよ」

「え」

未だに多くの人がいる河川敷でほけーとした顔を晒すのが恥ずかしいささら。淑女たるもの、無闇《むやみ》にお口をポカンと開けるべからずなのである。

「恥ずかしがってんのかよ、こいつぅ！」

「ひゃーん、なんですのーっ⁉」

命子がわき腹をくすぐり、ささらは芝生の上に転がってキャッキャする。

「閃いたデス！　シャーラ、こうすれば恥ずかしくないデス！」

「ふえ？　ルルさもがぁ」

ルルはそう言うが早いか、芝生の上でぜーはーと赤い顔をして座るささらの背後に立つと、自分の体操服の裾を引っ張って、服とお腹の間にささらの頭をすっぽりと入れた。修行が終わったあとなのでルルの服の中はしっとりぬくぬくの空間だった。

「これでシャーラの顔は見えないデス！」

ドヤァとするルルのお腹あたりで、理解が追い付かないささらのほけーっとした顔が体操服越しにくっきりと形作られる。決してピシャゴーンを食らった顔ではない。

命子は指をさして大笑いし、紫蓮はささっと萌々子の目を隠した。

「るるるるルルさーん！」

ようやく思考が追い付いたささらは、真っ赤な顔で服の中から抜け出した。

「そんなはしたないことしてはいけませんわ！」

「にゃ、にゃーっ！」

叱られてびっくりしたルルは、猫みたいな声を出してへにょんとした。

そんな二人の横で、腕組みをした命子がうむと頷く。

「第一回、緊急お泊まり会を実施します！」

「唐突」

「そりゃ紫蓮ちゃん。女子高生だもの。唐突は専売特許よ！」

緊急お泊まり会が実施されるようだった。

「あっ、あそこデース！」

「ホントですわね」

薄暗くなった道の先を指さして、ルルが言う。そこには一軒の家の前で立っている紫蓮の姿が。

「お待たせしてしまってごめんなさいですわ、紫蓮さん」

「ううん。我、今来たとこ」

実際にささらから電話が来て、付近に着いた旨を告げられて命子の家から出てきたのだ。本当に今来たところだった。

「こっちが羊谷命子のお家。あっちが我のお家」

紫蓮は隣同士の両家を指さして二人に教える。

「本当に隣同士なんですわね」

「うん。我が四歳の時からお隣」

案内役の紫蓮はインターホンを押した。すると、家の中の命子と通話が始まる。

『こちらカオティック・デスアビス』

「我、ファンタズム・ヴォイド・オメガ」

『ひゅーっ、オメガちゃんでしたか！』

「そういうお主はデスアビス」

『死の深淵だよ。それで首尾の方はどうだ？』

「我、目標の二人を確保。直ちに帰還する」

『Cの三から帰還しろ。ほかのルートはやつらに抑えられている』

「了解。健闘を祈る」

『たぶん健闘を祈るのは私の役目だ』

そんな会話を聞いてささらがくすくすと上品に笑う。お泊まり会が楽しみすぎて、すでになんでも楽しいスイッチが入っていた。

紫蓮は指示された通りにルート・Cの三から入った。またの名を玄関とも言う。

すると、玄関ホールで命子が正座して待っていた。

「おいでやすぅ。遠路はるばるよう来なはったなんなん」

「おいでしたでやんすデス」

命子がうろ覚えのはんなり歓迎文句を口にし、ルルがジーパンをちょこんとつまんでカーテシーのポーズをしながら、よくわからないセリフを返す。混沌はすでに始まっていた。

「本日はお招きいただきありがとうございますわ。これはつまらないものですが、良かったらご家族のみなさんでお召し上がりください」

ごっこ遊びにささらが参戦し、手土産を命子に渡す。

「まあまあ、これはご丁寧にありがとうございます。むむっ、やっふーい、クッキーだぁ！」

命子は手土産の袋を覗き込んでペカーッと顔を明るくした。

「というわけで我が家へようこそ！　まあ突っ立てないで上がれや！」

命子はシュバッと立ち上がり、ささらとルルを迎え入れた。

「お邪魔しますデース！」

「お邪魔しますわ」

命子は二人を迎え入れ、まずはリビングに通す。その後ろから紫蓮が続く。

すると、玄関ホールからリビングに通じる引き戸が自動で開いた。

「こちらは自動ドアになっています」

「えっ、ご自宅に自動ドアがついてるんですの⁉」

ささらは驚きつつ、自動ドアをくぐった。すると、引き戸の横に萌々子が座っていた。

「お姉ちゃんにやれって言われました」

全員が入り、萌々子が最後の仕事で引き戸を閉めた。

「萌々子さんも大変ですわね」

苦笑いするささらだが、本当に大変だとは思っていない。きっとこんなお姉ちゃんがいたら凄く楽しいだろうなと羨ましく思う。

リビングに入ると、お料理の香りが漂ってくる。

「いらっしゃーい」

台所から命子ママがパタパタとスリッパを鳴らしながらやってきた。

「命子ママデース！」

ルルは命子によく似た童顔な命子ママの登場に、テンションが上がった。もっとも、この子の場合はだいたいいつもテンションが高いのだが。

「きゃーん、ルルちゃん、こんばんはー。まあまあ元気いっぱいね？」

ルルが命子ママとハイタッチしてキャッキャし始める。命子は自分の母親の女子高生みたいなキャッキャ具合に複雑な心境になった。

「本日はお世話になります」

友達のお家でお泊まりする経験が一度もないささらは、緊張しながらお辞儀をする。

「ささらちゃんも楽しんでいってね？」

「はい！」

タイミングを見計らい、命子が言った。

「実は本日は特別ゲストが来ています。なんとあの方です！」

台所からほんわかした顔の女性が現れた。

「じゃじゃーん。紫蓮ちゃんのお母さんですー」

紫蓮ママが、ささらとルルにご挨拶する。その口調は非常にのんびりしている。

紫蓮ママは、紫蓮もお泊まり会に参加するのでお料理の手伝いに来ていた。羊谷家と有鴨家は非常に仲がいいため、今日に限らず、二人の母親はこうして一緒にご飯を作ることがよくあった。

「紫蓮ちゃんと仲良くしてくれてありがとうねー？」

「ニャウ！　紫蓮ママもこんばんはデース！」

「はわー。これが若さー」

ルルが紫蓮ママにも絡み、命子ママを巻き込んでキャッキャする。三人で手を繋いでぴょんぴょんジャンプするが、紫蓮ママだけテンポが遅い。

「母、母。お料理してて」

紫蓮が恥ずかしそうに紫蓮ママに言う。

「えー、もうちょっとお話ししたいー」

そう言う紫蓮ママの背中をぐいぐいと押して台所に封じる。

そんなこんなでご挨拶を済ませ、命子は自分の部屋にささらたちを案内した。

綺麗にされた階段を上りながら、命子がささらとルルに説明する。

「紫蓮ちゃんのお母さんは、若い頃に速度低下の呪いをかけられちゃったんだよ」

友達の親を使ったギャグなので、ささらは微妙に返答に困った。

「母は昔、烈風の断罪者と呼ばれた有名な殺し屋だった。でも、あの時、我が人質に取られたばかりに。あの日以来、我の母は車のギアの『N』をナチュラルと言う女になってしまった」

紫蓮にとってもこれは持ちネタになっていた。お外では母親をネタにし、お家では膝枕で耳かきしてもらう甘えん坊が紫蓮の実態である。

「ここが二階のトイレね。あっちが萌々子の部屋で、こっちが私の部屋」

「まあ、ここが命子さんのお部屋なんですのね」

「意外にも綺麗デス！」

「おいおい、お部屋が綺麗な女の子・オブ・ザ・イヤーに輝いた私に向かって面白い冗談を言うね」

命子の部屋に入ったささらとルルは物珍しそうに見回す。

ルルが言うように、命子の部屋は綺麗に片づけられていた。部屋を片付けないと萌々子に怒られるからだ。羊谷家において、一番しっかりしているのは萌々子なのである。

「あんまり広くないけど、まあ好きに腰かけてよ」

命子の言葉に、各々が好きなように座っていく。ささらだけはみんなの行動を見てどんなふうにくつろげばいいのか参考にした。

三人が座ると、命子はクローゼットを開けた。

「見て見て。馬場さんが持ってきた武器庫」

クローゼットの中には、小ぶりのロッカーが一つ入っていた。かなり頑丈なカギがついている。

「ワタシの家にも持ってきてくれたデス！」

「わたくしもいただきましたわ」

「我も」

無限鳥居で命子たちは武具を数点持ち帰った。

それらは、現代科学では解明できない凄まじい破壊力を持っている。例えば、【合成強化】で鍛えられたささらのサーベルは、地球上のあらゆる刃物をひと薙ぎで両断できてしまう攻撃力があった。

当然、これらは従来の銃刀法に引っかかるため、四人は所持免許を貰い、厳重なロッカーに収めておかなくてはならなかった。

そんな経緯で貰ったロッカーだが、命子は凄く気に入っていた。自分の部屋に武器庫があるというのが中二病患者として堪らないのだ。これは紫蓮も同じでロッカーの開閉回数はこの中で一番多い。

そんな自慢をしてから、命子は別の話題に移った。

「さて、本日のスケジュールはこうなってます」

命子はささらがお泊まりド素人だと見破っているため、今日のスケジュールが書かれた紙を渡した。

円形の時間割だ。ルルにのぞき込まれながら、ささらはそれを真剣に覚えた。

まあ、たいしたことは書いてない。ご飯、お風呂、自由、就寝、起床、それだけだし、そもそもこのスケジュールが守られる保証は皆無。

「にゃー、超美味しそうデース！　ねっ、シャーラ？」

食卓に並んだ夕飯を見て、ルルが絶賛した。

「は、はい！　とても美味しそうですわね、ルルさん」

「んふふぅ、ニャウ！」

ささらは無邪気に感想を言える友人に尊敬の念を覚える。同じように美味しそうと感じるささらだけど、それをどうやって表現していいのかわからないのだ。だから、会話に混ぜようと声をかけてくれるルルにとても感謝した。そしてその感謝は、一緒にお風呂に入りたいゲージを上昇させることに繋がる。

本日の晩御飯は、クリームシチューと揚げ物だった。揚げ物はエビフライにミニコロッケ、ねぎまの牛串揚げである。

「さあ、召し上がれ」

「どんどん食べてねー」

命子ママと紫蓮ママがニコニコしながら席に着いた子供たちに言う。

ちなみに、本日の命子パパは隣の家で紫蓮パパとゲームをして遊んでいる。この二人もまた仲良しだった。

夕飯を食べ、命子の部屋で雑談しながら順番にお風呂に入っていく。

ささらとルルがパジャマ姿で手を繋いで戻ってきた。

ルルはニコニコで、ささらは口をムニムニしつつ楽しげである。私のお家のお風呂なんだけどな、と命子は思った。

さて、二人が戻ってきたことで、いよいよパジャマパーティーが始まった。

「さて、今日みんなを呼んだのはほかでもない！　みんなでジョブについて話し合うためです！」

命子は本日の議題をバーンと発表した。そこに恋愛トークなどが入り込む余地は一切ない。そう、本日はパジャマパーティーと銘打った作戦会議なのである！

「ささらはちゃんとピシャゴーンしてきましたか⁉」

「し、知りませんわ！」

命子の質問に、ささらはプイッと赤らめた顔を背けた。

「恥ずかしがってるのかよ、こいつぅ！」

「ひゃーん！」

河川敷に続いて再びキャッキャ。若干、ささらはこれを狙っていた感がある。こういうのが凄くお友達っぽくて好きなお嬢さまに仕上がりつつあった。

お風呂上がりの女子高生のくねくねした動きに、これはいかんと紫蓮が同席する萌々子の目をそっと隠した。命子がくねくねしたなら普通の女の子のじゃれ合いに見えるが、火照った顔のささらがやると若干のエロさがあるのだ。

「ゴホンッ！　それでそれで。みんなは次、なんのジョブに就くの？」

「命子はなににするんデス？」

命子の質問をルルがそのまま返す。命子は待ってましたとばかりにもじもじした。

「えー私ぃ？　今悩んでるんだよねぇ」

命子は、みんなにどれと悩んでいるのか打ち明ける。


さて、ここでジョブについて少しまとめよう。

ジョブは、地上での経験が反映される『一般系ジョブ』と、ダンジョン内での行動が反映される『ダンジョン系ジョブ』に分類されている。

まず、双方ともにジョブスキルを三つ得ることができる。使い込むことでジョブスキルはスキルへと昇華して、別のジョブに変えてもそのスキルを使用することが可能だ。これを『スキル化』という。

本日は命子たちの手によって、ジョブマスターになるとちょっぴり強さにボーナスがかかることも発見された。

また、ジョブはジョブスキルだけが恩恵ではなく、ジョブそのものにも体の動かし方を学んだり、ステータスを向上させる成長促進機能がついている。これは努力しなければ機能しないのだが、死に物狂いで頑張れば、か弱い少女たちが短期間で龍を倒すまでになれる高い性能を持っていた。これに加えてレベルアップでも成長が促進されるため、新世界の努力の結果は目に見える形で現れるようになっていた。

一般系ジョブのジョブスキルの構成は、日々の生活を潤したり仕事に便利なものが多い。

対するダンジョン系ジョブは、魔法や必殺技、攻撃力アップ、魔法武器の生産など、ファンタジーな力を得る類のものが多い。魔物と戦う場合は確実にこちらの方が有効だ。

そんなダンジョン系ジョブは、ダンジョン内でそれらしい行動を取れば割と簡単に手に入り、命子たちは無限鳥居での冒険でかなり多くのダンジョン系ジョブが選択可能になっていた。ただし、ほとんどのものが『見習い』と付く。

これらのことを踏まえたうえで命子の話に戻ろう。


「えーとねぇ、えへへ。これとこれとこれで悩んでるんだ。どうかな、へへっ」

命子は自分が選択可能なジョブを書き留めた冒険手帳をみんなに見せて、恥ずかしそうにもじもじした。その姿は、まるでいくつか選んだお洋服のどれが似合っているか意見を言ってもらいたい少女のよう。しかしてその実態は、ご存じのとおり魔物をぶっ殺すためのジョブ選択である。

ずらりと並んだ命子の選択可能なジョブ一覧。その中には丸で囲ったものが三つあった。それをピックアップするとこうなる。

一般系ジョブ　『修行者』
ダンジョン系ジョブ　『魔導書士』『冒険者』

「命子さんもやはり『修行者』がありますのね」

「やっぱりささらたちも?」

命子の質問に、三人とも頷いた。

『修行者』は最近出現したスキルだった。たぶん、真剣に修行したためそれが命子たちを表す要素の一つだと認められたのだろう。そんなふうに一般系ジョブは、ダンジョン内でそれらしい行動を少し取れば出現するダンジョン系ジョブよりも、出現難易度が高かった。

「もう決めてる顔してる」

「ほう、バレたか。さすが紫蓮ちゃんだ。そう、人の意見を聞きたそうにしていたのはポーズだ！」

命子のもじもじはポーズであった。特に意味はない。そういう遊び。

「でも、決めてるっていうのはちょっと違うんだよね。いろいろと調べて、良さそうなジョブにしようかなって思ってるわけ。そこでね、みんなにもいろいろとジョブに就いてもらって使用感とかジョブスキルとかを教えてほしいのさ」

四人とも無限鳥居で同じような体験をしているのでダブっているジョブがたくさんあった。例えば、『見習い料理人』がそうだ。全員が『杵ウサギのお肉』で料理をしたため、このジョブが出現したのだ。ちなみに、一般系ジョブにも『料理人』が存在するが、こちらは覚えられるジョブスキルが全然違うものだった。

「そうそう、今度教授のところに行くつもりだから、ありきたりな『見習い系』は調べなくて平気だよ。教授に言えば自衛隊のデータから教えてもらえると思うからね」

普通はそんなこととしてもらえないのは当然だが、命子はマブダチなのでたぶん教えてもらえる。まあ、情報をもらうだけでなく、最先端の情報を提供しているからこそであろう。

「というわけで、とりあえず私は『冒険者』をしたいと思います！」

『冒険者』はダンジョンをクリアすることで解放されるちょっと変則的なジョブだ。絶対にいいスキルが揃っているはず。なによりも世界で初めて『冒険者』になるという栄誉がここにある。

「じゃあ、見ててね。うぉおおお、私は今日から『冒険者』になるぞぉー！」

命子の宣言がご近所に轟《とどろ》いた。お外で犬がわぉおおおんと共鳴した夜の九時。命子は『冒険者』になった。しかし、威勢のいい宣言とは裏腹にピシャゴーンしてしまい命子はほけーっとする。見ててね、と言われたので見守っている仲間たちの耳に、お外で元気に遠吠えする犬の声がちょっと虚しく聞こえた。

しばらくして戻ってきた命子は、ハッとすると腕をパタパタさせながら驚きを露わにした。

「ふわわっ！　このジョブ、【アイテムボックス】があるよ！」

「ガタッ！」

命子の言葉を聞いた紫蓮が、ガタつかないカーペットの上でガタついた。


『冒険者』ジョブスキル　【リペア】【アイテムボックス】【生存本能】

これが『冒険者』のジョブスキルだ。そこにはたしかに【アイテムボックス】が存在した。

「【アイテムボックス】ですの？」

「シャーラ。【アイテムボックス】はファンタジー物語で定番のスキルなんデス。物語によって仕様はいろいろデスけど、とにかく荷物をいっぱい持てるようになるデスよ」

「わぁ、便利ですわね」

ささらはほわほわーんとサンタクロースの袋みたいなものを想像した。

そんなささらは置いておき、紫蓮が命子に詰め寄る。

「仕様は仕様は？」

「例のごとく表面的なことしかわからないね。とりあえず、異空間収納系じゃないよ。袋なんかの中身を空間拡張できるスキルみたい」

「なるほど。さっそく試す」

だな、と命子はリュックを持ってきた。無限鳥居でも使ったリュックだ。

「えーと、アイテムボックスになーれ！」

命子が意思表示するがリュックに特段変わった様子はない。

しかし、命子は成功したことを確信した。その理由は魔力にある。

「やばいな、このジョブスキルっていうかジョブ」

「どうしたの？」

「まず、『冒険者』になった時点で40点も魔力が減るね。そのうえで【アイテムボックス】を展開すると常に20点の魔力が持っていかれちゃう。計60点だよ」

「我らの今の魔力だと【アイテムボックス】を使えない」

紫蓮たちの魔力はやっと50点になったくらいだ。命子は無限鳥居に入る前からこつこつと魔力を上げていたため、現在では１００点も魔力がある。『冒険者』になって【アイテムボックス】を使うと40点まで減った。

「見習い系のジョブは10点だし、一般系のジョブはそれ以下だって話だから、上位のジョブに就くほど魔力の減少が多くなるんだろうね」

「やっぱり魔力が肝心なんデスね」

この世界にもたらされたファンタジーは、魔力が非常に重要だと命子たちは再認識した。

「まあいいや、それじゃあ実験してみようか」

命子は【アイテムボックス】をかけたリュックに、どれくらいの量が入るようになったのか実験することにした。

命子はまず、パッと目についたお気に入りのぬいぐるみである『クマーヌ』を入れてみた。中を覗くと、いつも通りのリュックの空間にクマーヌがちょこんと入っていた。

「まあ、クマーヌちゃん。そこが新しいお家ですか？」

「我が眠りを妨げる愚か者は誰だ……」

「ひっ、クマーヌが年がら年中眠そうな目してる子と同じようなこと言い始めた！」

「んーっ！」

命子のセリフに、CVクマーヌ担当の紫蓮が両手を揃えて命子のわき腹に突き入れた。インパクトの瞬間にひねりを加えるのがコツである。

「脇腹やめい！　つーか、なんだこれ。なにも変わってないぞ？」

紫蓮の遊びに付き合ってあげつつ、命子は首を傾げた。

「もっとガンガン入れるデス！」

「だな！」

ルルに言われて、命子はそこら辺にある物をどんどん入れていく。ある程度の物を入れてから覗いてみると、明らかに空間が広くなっておりクマーヌはすでに頭しか見えない。

「わぁ、今このくらい入ってるよ」

命子はリュックの周りの空間を両手でなぞって拡張している大きさをみんなに教え、実際にみんなにも中身を見てもらう。

「まあ、本当にいっぱい入りますのね？　不思議ですわ」

気を良くした命子はさらにどんどん物を入れていく。

すっかり周辺の物がなくなったので中身を覗いてみると、ごっちゃごっちゃになって入っていた。

明らかにリュックの容量を超えた品を入れたが、もはやどれほど入っているかわからない。なにせ、リュックの入り口近くまで物が詰まっているからだ。

「ひ、羊谷命子。クマーヌが死んでるかも。あと、『スベザン』も入れた」

「……や、やべぇ！」

紫蓮の言葉に、命子は慌てて中身を取り出した。

ここで命子は気づく。このスキルはラノベにあるように念じたら目当ての物が手に収まるスキルではないということに。詰めた順に物品は下へいくので、取り出すならば上の物から順に取り出していかなくてはならないのだ。

だから命子は、肝心な時に道具が見つからない青いロボよろしく、詰めた物を上から順番に取り出していく。物が減れば減っただけ拡張された空間は縮小していき、かなり大量に入れたのに常に入り口付近に物があるという不思議な光景となっていた。

「「す、スベザーンッ！」」

命子と紫蓮は叫んだ。『全てのものは俺の斬撃で無に還る　二巻』が、表紙から数ページに渡ってひどく折れてしまっているのだ。表紙に描かれたヒロインの顔面にくっきり線が入っている姿など、作中なら俺の斬撃で無に還る二秒前である。

「あ、あ、あわぁ、く、クマーヌ。お前、いったい誰にこんな……っ！」

そして、最初に入れたクマーヌに変な痕がついてしまっていた。中学の頃、アニメ映画を見に行った帰りに立ち寄ったゲーセンのＵＦＯキャッチャーで、半べそをかきながらゲットした過酷な思い出が蘇る。そのプレイを見ていた紫蓮にとっても胸が締め付けられるような思い出だ。

「こんなのって、こんなのってないよ……っ！」

命子は涙目になりながら、クマーヌのボディをモニュモニュして綿を均一にした。普通に復活してくれた。

「トゥルトゥルーン、クマーヌは何度でも蘇るのだ！　それはまさに不死鳥のごとし。態だけどな！」

「色合いはグリズリー」

命子は復活したクマーヌを高々と掲げ、仲間たちからぱちぱちと拍手が鳴る。

下の階でお喋りしている命子ママと紫蓮ママは、天井から聞こえてくる娘たちの楽しげな様子にほっこりした。その実態は魔物をぶっ殺すための物騒な会議なのだが、そんなことは微塵も感じさせないのが女子高生クオリティ。

「ぬぅ、確実に使えるスキルだけど……こいつぁ検証が必要だね」

命子はそう評価した。少なくとも、ソート機能だとか内部が圧迫されないなどのような物語で謳われる万能性はないだろう。使いこなすには工夫が必要なのは確実だった。

ほかに『冒険者』には【リペア】と【生存本能】というジョブスキルがあった。

【リペア】は魔石を使用して武具を修復することができるいいスキルだ。このジョブスキルは『見習い職人』にも内蔵されている。

ちなみに、【リペア】を使っていると『見習い合成強化士』が出現するため、命子が初期スキルとしてもらった【合成強化】はそうやって覚える。もともと地球に存在しなかった魔法的な現象を行使するスキルは、このように変則的に覚えるものが結構発見されていた。

【生存本能】は未発見のスキルだった。どうやら危機的状況を回避する直観が働くらしい。非常に有用なスキルに思えるが、これも要検証である。

命子のジョブチェンジが終わり、順番にほかの子も続く。

女子高生たちの興奮気味のキャッキャとした声が、夜遅くまで続いた。

教授とのお話

お泊まりをした次の日は朝修行を終えてから、教授を訪ねた。

現在、風見ダンジョンの周りには急ピッチで防衛のための壁が作られているが、自衛隊の仮駐屯地はそこから少し離れた場所に展開していた。一般隊員は天幕で生活しており、現地研究員はプレハブや雑居ビルを借りて研究をしている。命子が慕う教授は天幕群の中にある横長のプレハブだ。

そんな立地にあるので、教授を訪ねる際には多くの自衛官とすれ違うことになる。

「おー、命子ちゃん。無事で良かったなぁ！」

「よぉ兄ちゃん、心配かけたね！」

「命子ちゃんか！　お前、立派に戦ったなぁ……俺は泣いちまったぞ」

「やっほー、オッチャン！　私たちの救助任務に志願してくれたんだってね。ありがとう！」

そんなふうにたくさんの自衛官が命子に声をかけてくる。無限鳥居へ落ちる前に教授と能力測定をしていた際、彼らとも交流があったからだ。

「メーコはいろいろな人とお友達デスね？」

「まーね。この前なんか総理大臣ともルインアドレス交換したし」

「尋常じゃないデス！」

地球儀寄贈式典のあとに、命子は総理とちょっとお話をしてルイン友達になった。オッチャンはぬるぬる動くアニメーションスタンプをたくさん持っているぞ！　あるいは若者に合わせて、代理人に用意させたのかもしれないが。

無事を喜ぶたくさんの言葉を貰いながら、命子たちは教授のいるプレハブに辿り着いた。

「やぁ命子君。それにささら君にルル君に紫蓮君も。元気そうだね」

来訪した命子たちを教授は作業の手を止めて迎えた。

「教授、こんにちは！」

「お邪魔いたしますわ、教授さん」

「キョージュどーの、お邪魔しますデス！」

「お邪魔します」

「私は教授ではないんだがね」

プレハブの中は綺麗に整理整頓されていた。この部屋で命子がお気に入りなのは魔物のドロップ素材のサンプルが収納された棚で、何時間でも見ていられた。

「あれ、新しいソファがある」

「ああ、それかい。君が私をよく訪ねてくると上層部のお偉いさんが知ってね。つい先日無理やり置いていったんだ。まあ、私の新しいベッドみたいなものだね。さっ、遠慮なく掛けたまえ」

ここに来ると命子はいつも予備の椅子に座っていた。それがお偉いさんとしてはいかんと思ったようで、壁際には三人用の長いソファが置かれていた。その分、プレハブは少し狭い感じである。

紫蓮とささらとルルをソファに腰かけさせて、命子はみんなにコーヒーを淹れてあげる。教授はこういう気遣いができない女なのだ。

「はい、アリアリです」

「むっ、ありがとう」

命子は教授と付き合うようになって、コーヒーの淹れ方の専門用語を知った。

「はい、ルルもアリアリ。ささらもアリアリ。紫蓮ちゃんもアリアリね」

「蟻んこが好きなくらい砂糖入ってるデス？」

「あっはっは、違うよ、ルル。アリアリは砂糖とミルクを入れるって意味だよ」

命子はここぞとばかりにその用語をひけらかす。

「なるほど、こういうのみたいな感じデスね？」

ルルは人差し指と中指を揃えて立てたものを横にした。命子は意味がわからなくて首を傾げた。

「ふふっ、ルル君は大人の知識を知っているね」

「大人デス？　んふふぅ！」

教授から大人と言われたルルは、そのサインが梅酢の原液をどのくらい注ぐのか示したものだと思っていた。日本のおばあちゃんに教えてもらったのだ。

「キスミアの飲酒が何歳からかは知らないが、日本は二十歳からだから気をつけるんだよ」

お酒の話だったと知り、命子はルルに尊敬の眼差しを送った。さすが外国育ちだぜと。本人は梅酢の原液を指の本数で測る話をしていたのだが。

「それで、教授はなにしてたの？」

「ん？　動物たちについての報告書を読んでいたのさ」

「おー、動物かぁ」

命子は自然とルルに視線が向き、ルルはスッとにゃんハンドを作ってから答えた。

「最近、外に出ると猫が集まってくるデス。にゃーにゃー言われても日本の猫はなにを言ってるのかまだわからないから困るデス」

「えー、まだって。キスミアの猫ならわかるの？」

「ニャウ。キスミア人ならキスミア猫の言葉が誰だってわかるデス」

「有名なキスミア猫ですわね？」

「ニャウ」

ルルの故郷は『キスミア猫』というほかの地域にはいない変な猫がいることで有名だった。非常に賢く人に従順な進化をした猫として割と頻繁にテレビでも取り上げられているので、その存在は命子でも知っていた。牧羊犬の代わりに牧羊猫として働き、雪山レスキューにはセントバーナードの代わりにキスミア猫がお酒の樽を首につけて遭難者にお届けする。ただ、この猫は国の外に一切出せない決まりなので、日本人で実物を見たことがある人はとても少なかった。

「そう、ルル君が猫ににゃーにゃー言われるように、世界中で動物がなにかを訴えかけてくる事例が頻繁に起こっているんだ。今読んでいたのはこの訴えについての報告書だね」

「わかったんですか？」

「意思疎通が難しい話だから仮説でしかないが、まあほぼ確定だろう。彼らは人と一緒にダンジョンに入りたいらしい」

「あら可愛い。だけど私だって我慢してんだよ……っ！」

自分のお膝をグーで叩いて言葉を絞り出す命子を、仲間たちが生暖かい目で見つめた。

「あの、どうしてそれはわかったんですの？」

教授とまだ一回しか面識がないささらは、少し遠慮がちに発言した。

「単純な話さ。彼らはダンジョンで一緒に冒険すると訴えるのを辞めるんだ。おかわりを求める場合はあるがね」

「へぇ、やつらも強くなりたいのかな」

「彼らは人間よりも生きるために原始的な強さが必要だからね」

命子は地球さんがレベルアップした際に見た動物たちの様子を思い出しながら、彼らの気持ちに思いを馳せた。人間がダンジョンを封鎖して動物たちはしょんぼりしているのかもしれない。それに拍車をかけたのは例の地球儀だし、ちょっとかわいそうなことをしたかなとも思った。

「まあそれはいいんだ。さて、それで君たちの方こそ今日はどうしたんだい？」

世間話から戻り、命子は本題に入った。

「教授、あれからいっぱい発見があったんだよ。その報告に来たのと情報をもらいたかったの」

「ほう。どれどれ」

さっそくお話に耳を傾けてくれる教授に、命子は嬉しくなる。

命子は、物語でたまに使われる大人と少年という歳の差コンビの設定が好きだった。別にボーイズラブを求めているわけではなく、作中で魅せる歳の離れた二人の奇妙な友情が命子の目にはとても魅力的に映るのだ。

教授と仲良くなったのもあるいはそういった話を模したごっこ遊びだったのかもしれない。しかし、今では『もう君とは会えない』などと言われたら泣いちゃうくらい大切な関係になっていた。

命子は嬉々としてジョブマスターになったことや、『冒険者』になったことを報告する。

「なるほど、『冒険者』は非常に有用そうなジョブだね。おそらくその【生存本能】というスキルは難易度不明のダンジョンに入る際に関係するのだろう」

いの一番に【アイテムボックス】が褒められると思っていた命子は、別のジョブスキルに注目されて拍子抜けした。その代わりに紫蓮がハッとする。

「そうか。入る前に適正レベルがわかるんだ……」

「その通り。まあ本当に作用するかはわからないけれどね。しかし、ダンジョンをクリアした者に与えられるジョブに内蔵されているんだ。無関係ではないのではないかな？」

世界中に現れたダンジョンの探索でなにが一番困っているかと言えば、ダンジョンの推奨レベルを調べる方法が命がけである点だ。一応、難易度を示す色の順番は予想がついてはいるものの、この難易度がどの程度の強さを求められているのかはわからないのだ。

この原因は、ダンジョンは入場すると近くに出口がないうえに、外と通信することもできない造りになっているからだ。もし推奨レベル外だった場合は、なんの情報も得られないまま、未探検のダンジョンへ調査に入るような選抜チームが全滅することになる。いや、全滅したかすらも外からでは推測することしかできない。

この悩みが、もしかしたら『冒険者』の【生存本能】が解決するかもしれない。だから、これは命子が思っていたよりも重要な情報だった。

「それで、君たちはどんなジョブにしたんだい？」

一通り説明して、次は紫蓮たちのジョブの話になった。

「我は『棒使い』……です」

よそ行きの丁寧な言葉で紫蓮が言う。教授に慣れていないのだ。

『棒使い』
ジョブスキル【棒技『乱舞』『受け流し』】【棒装備時、物攻アップ　中】【与ノックバックアップ　小】
ジョブ特典『見習い棒使い』よりも高度な武術習熟補正・ステータス成長補正が得られる。

「ふむ、単純に『見習い棒使い』の上位ジョブというわけか。ちなみにだが、ジョブマスターになると武術習熟補正などは継続して得られないのかい？」

教授に尋ねられた紫蓮はチラッと命子を見てから、自分で答えようと決めた。

「たぶんある程度動けるようになったら終わりなんだと思います。……え、えと、あるいは一定の練度まで上達すること自体がジョブマスターになるための条件の一つかもしれません」

途中つっかえたが、紫蓮はちゃんと自分の考えが言えた。少しずつ成長の兆しが見えて、命子は密かにほっこりする。

「なるほど、とても参考になったよ。いやね、自衛隊の連中ときたら、ジョブの特典に気づいた者すらほとんどいなかったんだよ」

「へぇ、やっぱりそうなんですか？」

「そんな予想はあったかい？」

「まあ、教授が言ってませんでしたしね。テレビで公表されてた内容にもなかったし。そうなると自衛隊は気づいてないのかなって思いました」

自衛隊は地球さんがレベルアップする前から訓練で武術を習う機会がたくさんあった。だから、ジョブの武術習熟補正で得られる自分の体捌きの改善点が、自分の武術経験からくるものだと錯覚してしまう人が非常に多かった。しかもレベルアップ自体に成長促進の恩恵がついているものだから、本当に彼らには判別がつかなかったのだ。それは、それだけ昔から真面目に訓練してきた証拠だろう。

一方の紫蓮たちは、武術のぶの字も知らないゆえにこの恩恵に数時間で気づいた。なにせ紫蓮たちは、パンチは腰で力を生むなどといった基礎すらほとんど知らなかったため、レベルアップの恩恵だけでは片づけられない違和感をすぐに持てたのである。

「でも、研究者もダンジョンに入っているんですよね？　気づきそうなものですけど」

「我々は武術系ジョブになる者が少ないんだ。今のところ、研究者がなるのは『見習い魔導書士』か

『見習い職人』のどちらかが抜群に多いね。研究者で武術系ジョブに就いているやつは、恩恵に気づけないあっち側の人間さ」

ちなみに、教授は走るとなにもないところで転ぶ類の女性である。かつて二人で体力測定をしていた際には、命子と腕相撲でいい勝負をした実績があった。

続いて、ささらだ。

「わたくしは『細剣騎士』になりましたわ」

『細剣騎士』
ジョブスキル【騎士剣技『フェザーソード』『ガード』】【防具性能アップ 小】
【剣装備時、物攻アップ 中】
ジョブ特典 盾を持つことを前提とした細剣の武術習熟補正・ステータス成長補正が得られる。

「ささら君の場合は『騎士』ではないんだね」

「いえ、『騎士』というジョブも現れましたが、ひとまずこちらにいたしましたわ」

「なるほど。となると『騎士』は【防具性能アップ】が小ではなく中になり防御特化になるのかな。『見習い騎士』と同じように【自然回復】もつきそうだね。『細剣騎士』の場合は、攻撃と防御を併せ持つジョブか。どちらもいいジョブだね」

教授はパソコンに内容を打ち込みつつ質問し、聞き取りを続ける。

「ワタシは『ＮＩＮＪＡ』デス！」

最後はルルだ。

「ふむ、それは漢字かい？」

「アルファベットデス！」

二人のやり取りに命子がちょっと笑った。

『ＮＩＮＪＡ』
ジョブスキル【ＮＩＮＰＯ『残像の術』『気弾』】【連撃時、物攻アップ　中】
【手足攻撃時、物攻アップ　小】
ジョブ特典『見習いＮＩＮＪＡ』よりも高度な武術習熟補正・ステータス成長補正が得られる。

「ふむ。これも紫蓮君と同じようにそのまま上位のジョブといった感じだね。手足での攻撃にも補正がつくのはとてもいいじゃないか。連撃性に特化しているんだろうね」

「どうデス？　ニンニンデス？」

「うむ、ニンニンだね」

ルルのよくわからない問いかけに対して教授は大真面目な顔で同調した。

「さて、それじゃあ外で必殺技を見せてもらおうかな」

「それがね、教授。紫蓮ちゃんとささらはジョブに就いたら、必殺技を使える分の魔力が残らなかったんだよ」

「そんなに使うのかい？」

「うん。ジョブチェンジで40点減って、みんな残り魔力が10点前後になったの。紫蓮ちゃんの乱舞と、ささらのフェザーソード、ルルの残像の術はどれも16点使うんだって。もう片方の技は使えるみたいだね」

「なるほど。より上位のジョブになると魔力の消費量も多くなるんだね。では、できる検証をしてみようか」

教授がどこかへ連絡してしばらく雑談すると、命子たちは外に出た。

風見町の土地を間借りしているこの仮駐屯地には演習場などといったものはなく、実験に使う小さな広場があるだけだった。そこには教授が先ほど連絡した研究員たちが機材を設置して命子たちを待っていた。

「やる気十分ですね」

「以前は私と君だけだったんだがね」

この実験場で、命子は教授に体力測定をしてもらっていた。当時のほかの研究員はダンジョンやカルマ、変異した物理現象に目を向けていたため、命子の体力事情に対する関心は一段も二段も下がるものだった。しかし、龍を倒した今では、教授が一声かければこぞってデータを集めに来るようになっていた。

ちなみに、地球さんがレベルアップした二日後から、教授がいち早くレベルアップした一般人の能力推移データを集め始めたことは、各方面で非常に高く評価されていたりする。このデータこそが、命子が望む一般人のレベリング制度を進めるうえで欠かせないサンプルの第一号となり、現在始まっているサンプル収集の基礎を作ることに繋がっていた。

「それじゃあまずは命子君の【アイテムボックス】から始めようか。これを使用しよう」

教授が取り出したのは、十リットル入りのポリ袋だった。

「君はこれに【アイテムボックス】をかけたまえ。そのあとでここに用意した、土、砂利、干し草を順に袋の中へ入れていき、層にしていく。それでどのように【アイテムボックス】が作用しているのか調べてみよう」

「おー、なるほど！」

そう感心したのは紫蓮だった。こういう実験が好きなので目をキラキラさせて、教授のお話を聞いている。

すると、一人の人物が命子たちに近づいてきた。

「よぉ、命子ちゃん！」

「藤堂のオッチャン！」

「まだオッチャンって年じゃねえって言ってるだろ、ったく。まあ、二十七じゃあ女子高生から見たらオッチャンか……」

藤堂は、教授の下を訪れる命子によくコーラのグミをくれて可愛がってくれた自衛官だった。身長が高くムッキムキで、男臭い顔立ちの人物だ。

「藤堂君、待っていたよ。さっそくだが実験を手伝ってくれたまえ」

教授は、研究員のほかにもお手伝いの自衛官を数人呼んでいた。そのうちの一人が藤堂である。

教授のお願いに、藤堂はビシッと敬礼して応じた。

教授はたまに洗っていない犬の臭いがしたり、目の下に濃いクマができていたり、髪の毛がぼさぼさだったりする残念美人なのだが、美人は美人なので密かに人気があった。

「じゃあ、始めますよ。アイテムボックスになーあれ！」

命子はそうやって呪文を唱えると魔力が消費されたので、成功したことがわかった。ポリ袋でも効果があるようだ。

「その呪文は必須なのかい？」

「いえ、なんか据わりが悪いので唱えてるだけです。基本的には手で触れながら強く発動を念じれば使えますね」

「なるほど、ほかのスキルと変わらない感じか」

教授が納得するように、ほかのスキルも発動を強く念じれば呪文などなくても使用できる。しかし、命子も含めて、まだまだみんなファンタジー初心者なので、口に出して意思表示する人は多かった。

命子が【アイテムボックス】をかけたポリ袋に、藤堂が土と砂利と干し草を層になるように詰め込んでいく。すると、見る見るうちに膨れ上がり、ポリ袋は自立するまでに広がった。昨日試した命子のカバンと同様に、ポリ袋の口から十センチくらいは常になにも入っていない状態となっている。

「ほう。これは面白いね。明らかに不自然な圧縮の仕方だ」

どんどん詰め込んでいくが、ポリ袋はまるで無限に入るかのように三種の実験材料を飲み込んでいく。ポリ袋の外からは三種の材料がミルフィーユ状に圧縮されていく様子が観測できた。

「藤堂君、そこで一旦ストップだ」

防護メットを被った教授と数名の研究員が、ポリ袋の中に棒を差し込んで中がどうなっているか調査する。それが終わると、また詰め込む作業が再開された。

「凄いな。【アイテムボックス】をかけると二十キロ以上重くならないのか」

ポリ袋の下に設置された測定器のメモリが、しばらくすると二十キロ丁度で止まるようになった。

それ以降、どれだけ詰めても作業の振動でメモリが動く以外に変動がなくなった。

教授たちが揃ってメモを取り、その中には冒険手帳に記載する命子と紫蓮も混じっていた。最近は紫蓮も命子に倣って冒険手帳を常備するようになっていた。

そして、その時は唐突に訪れた。

バンッと大きな音が鳴り、ポリ袋の胴と底面が破裂したのだ。

「おわぁあああ⁉」

「と、藤堂のオッチャーン⁉」

たった十リットルの容量のポリ袋に入っていたとは思えない大量の土や砂利、干し草が近くで作業していた藤堂を軽く吹っ飛ばす。

「救護班」

「い、いや、大丈夫です」

すぐに対応を始める教授に藤堂は慌てて無事を伝える。するとそれ以降、藤堂は嘘のように心配されず、教授たちは今の現象について考察し始めた。泥だらけになった藤堂はもうちょっと心配してくれてもいいんじゃないかと寂しく思った。

「ふむ。【アイテムボックス】は入れ物の容量を増やせ、重さも軽減するが、入れ物内部の強度は変化しないのか……？」

「教授、限界量を超えたのがキーになったのかも」

「我は入れ物が破損すると【アイテムボックス】が維持できないんだと思う」

そんなふうに教授と命子と紫蓮は意見を交わす。ほかの研究員も似たようなものだ。

のちに、判明する【アイテムボックス】の仕様はこうなっていた。


【アイテムボックス】
・入れ物内部の空間を一立方メートル前後まで拡張する。
・どんなに重い物を入れても、持ち上げた際の入れ物の重さが二十キロを超えることはない。
・入れ物の強度自体に一切変化はなく、著しく破損した場合は【アイテムボックス】が強制的に解除され、拡張した空間も元に戻り、内部の物が飛散する。
・また、今回の実験では、外部から見た場合に圧縮されたように見えたが、実際にはそのようにはなっていない。ただし、入れ物自体には通常通り圧力が掛かっており、最下部に入れる物は注意が必要。

「実に興味深い実験だったよ。藤堂君、ありがとう。お風呂に入ってきたまえ」

「はい……」

「藤堂のオッチャン。ありがとう！」

泥んこになってテンション駄々下がりの藤堂の姿は、本来ならいずれ命子が陥っていたものだった。

【アイテムボックス】はこういうことも起こるのだと事前に教えてくれた藤堂の犠牲は、少女の身代わりという非常に尊いものであった。

「さて、次はルル君の気弾というものを見せてもらいたいね」

「ニャウ！」

全員が必殺技を二つずつ覚えたのだが、消費魔力は片方が16点でそれがメインの技だと思われる。そして、もう片方がスキルによってまちまちで、ルルの気弾の場合は4点で使えた。ささらのガードと紫蓮の受け流しも低燃費で使えるのだが、こちらは攻撃を受けなければならないため、実験に向かないのでやらない。

広場の中央に、防弾チョッキを着た木人形が設置された。防弾チョッキからはコードが伸びており、衝撃などを計測している。

「行くデスよ！　ニンニン！」

腰を深く落として構えたルルは、気合とともに手のひらをシュッと木人形へ向けた。

その瞬間、薄紫色の塊が木人形の防弾チョッキを着ていないところにヒットする。

「ん？　弱いな？」

教授が呟く通り、それは必殺技というにはあまりにも弱かった。この木人形は【合成強化】などかけていないため、命子たちの通常攻撃でも破壊は可能なのだが、スキルを使ったにもかかわらず表面がえぐれる程度だった。

「使い方が違うのかな？」

「きっと数秒後に爆発する」

「紫蓮ちゃん、それだよ！」

一般人は無闇に必殺技を使ってはいけないので、命子たちもこの技を見たのは初めてだった。やはり教授と同じように不思議に思う。ちなみに、数秒後に爆発なんてしなかった。

「ニンニン、シュシュシュ！　ニンニーン、シュシュシュ！」

しかし、ルルがシュバシュバと動きながら、残っている魔力で二回ニンニンする姿を見て、この場の全員がハッとする。

「これ、手裏剣だ！」

そう、気弾とは手裏剣のようなものだったのだ。眉間に突き刺して一撃必殺を狙うタイプではなく、牽制に使うタイプの手裏剣である。

「シャーラシャーラ、シュシュシュが超楽しいデス！　まるでＮＩＮＪＡになったみたいデス！」

「ふふふっ、ルルさんはもうＮＩＮＪＡですわよ？」

「にゃー、そうだったデス！」

んふふぅ、と笑いながらささらの腕に自分の腕を絡めるルル。そんなルルの頭をなでなでするささら。結婚するのかな、と命子は思った。

「あの子たちは恋人同士なのかい？」

「ストレート……っ！　教授、今はまだ放っておきましょう」

「まあ、特段私は色恋沙汰に興味はないのだがね」

ラーメン屋さん

プレハブに戻った命子たちは、それから自衛隊が調べたジョブの情報を漁った。

やはり命子たちが持っているダンジョン系ジョブの大半がすでに調査されたあとだった。

「そういえば命子君。さっきの藤堂君が明日から無限鳥居に入るんだよ」

「えーっ、マジか。いいないいな！」

「ははは っ、羨ましいのかい。君らしいな」

「だってダンジョンは楽しいもん！」

ニコニコする命子の姿に、教授はこういう女の子が増える時代が到来する予感を覚えた。

「藤堂さんたちが初めて？」

「うん」

「ずいぶんゆっくりですね。私たちが出たあとにすぐ一回くらいクリアしたのかなと思ってました」

その場合は先ほどの【アイテムボックス】の実験は行われなかったのだが、命子は気づかない。

「こう言っちゃ失礼だが、たしかに無限鳥居は君ら四人でもクリアできるダンジョンだ。しかし、途中帰還ができない仕様だからね。自衛官の命が係わる以上は慎重にもなるさ。特に我々は魔力量が少なかったからね、これを増やしたかったんだよ」

自衛隊のほぼ全ての隊員は【地球さんを祝福した者】を持っていないので、スタートダッシュで出遅れている。藤堂たちもようやく無限鳥居に入った時の命子と同量になったくらいだ。

「まあ必殺技をブンブン使えればボス戦も勝率が上がりますしね」

「うん。装備も万全の藤堂君たちを殺し得るのは夜の魔物以外だとボスだけだろうからね。あれを倒す盤石の態勢はやはり魔力量にある」

命子はうんうんと頷いた。教授との会話が楽しかった。

「あと注目すべきは君が不思議に思った出現する魔物の種類だろう」

「あー、それもありますね。藤堂さんならいろいろな魔物と戦ってそうですからはっきりしますね」

命子たちはあの冒険で、無限鳥居に最初から用意されていると思しき魔物以外では、バネ風船と魔本としか出会っていない。これについて命子は不思議に思った。

それからダンジョンを出たあとに『難易度変化級ダンジョン』という名前を聞いて、昼と夜で難易度が変わるほかに、今まで出会った魔物が出現することで難易度が変わるダンジョンなのではないかという考えが強くなった。

そして、これは後日、藤堂たちの帰還とともに命子の考え通りだったと判明することになる。厳密には、その時にダンジョン内にいる全てのパーティが出会ったランク1の魔物が昼中に出現するダンジョンだったのだ。命子がこんな考察をしたので藤堂たちはある程度の覚悟を持って挑んだが、そうでなかったら藤堂たちはギョッとしたことだろう。

そんなふうにお喋りをしていると、プレハブのドアが叩かれた。

「どうぞ。これは翔子の叩き方だね」

教授が予想した通り、やってきたのは馬場だった。

「はぁ疲れた疲れた。お疲れさま、私。でも今日の私は明日の素晴らしい自分」

そんなことを呟きながらプレハブに入った馬場は、ほぇーと自分を見つめる命子たちを発見して、ピタッと動きを止めた。

「コント、疲れて帰宅したOL」

馬場はそう言って、自分のセリフは全て笑わせるためのものだったのだとすり替えた。

「ご、ゴホン。みんな、今日はどうしたの？」

「ちょっと教授とお話に。馬場さんは疲れたＯＬ強化週間ですか？」

「もうやめて……っ！」

馬場は両手で顔を隠して恥ずかしがった。

「ま、まあ私のことはいいのよ。それよりもあなたたち、ちょうど良かったわ」

「どうしたんですか？　あっ、馬場さんはアリアリですか？」

「えーっ、命子ちゃんがコーヒー淹れてくれるの？　じゃあナシナシで」

「泥水入りました」

命子はブラックコーヒーが泥水だと思っていた。コーヒーと牛乳は三対七。これが人の飲み物なのである。あるいは人と書いてお子様と読むのかもしれないが。

「かーっ、命子ちゃんが淹れてくれたコーヒーは五臓六腑に染み渡るわぁ！」

そうやって一息吐いた馬場は、話を切り出した。

「みんなにね、お仕事のお誘いがあるのよ」

四人は顔を見合わせた。

「ほら、国はダンジョンを一般人に開放するように動いてるでしょ？」

そのセリフに命子のお尻が予備の椅子からぴょんと浮き、着地と同時に居住まいが正された。

「それと並行してダンジョンを探索する人たちの組織も作られようとしているの。ほら、最近、テレビでも取り上げられているでしょ？」

冒険者、ダンジョントラベラー、探索者——名称は決まっていないが、そういった仕事をする組織が近々誕生しようとしている。これを受けて連日のようにニュースで取り上げられていた。

魔物が地上に出てくるようになると地球さんは言っていたし、正直なところ、自衛隊だけでは人数が足りなくなる可能性があるというのが政府の考えだった。しかし、徴兵制をするわけにはいかないし、募集をかけても自衛官はそこまで増えないし。そこで有事の際に活躍できる魔物を倒すエキスパート集団を作ろうというのがこの組織設立の主な目的だ。もちろん魔物素材等を持ち帰って稼いでもらうのも大歓迎である。

流れとしては、指導者をつけた一般人のレベリングが最初で、そのあとに組織の誕生となる。

「いよいよですか⁉」

命子の目がキラキラした。ほかの三人もワクワクした顔だ。

「まだちょっと先ね。で、あなたたちに来ているお仕事のお誘いはそのイメージガールなの」

「イメージガール？」

「そう、イメージガール。あなたたちは未成年だから、後日に親御さんを交えて正式にお話するけど、とりあえずあなたたちの意思確認をしたくてね」

命子たちはほわほわーんとイメージガールを想像した。命子と紫蓮の想像では、水着のお姉ちゃんが浜辺でビールを持っていた。

「今回のイメージガールはおそらくこういうのだろう」

そんな命子たちに教授がタブレットを渡した。その画面には女性自衛官が敬礼するポスターが映されていた。自衛官を募集するポスターらしい。

「わぁ、馬場さんだ！」

「まあ！」

「ババ殿可愛いデス！」

「綺麗」

「れれれ、礼子ぉ！　あんたそれは禁じ手だろうがよ⁉」

そう、それは現在顔を真っ赤にしてキレている馬場の六年前の姿だった。

教授はコーヒーをくいっと飲み、しれっとして言った。

「しかし、君はこのポスターができあがった時、私に自慢してきたじゃないか。私も高校からの友人がポスターになってそれはもう嬉しかったものだ。だから、こうして今でも大切に取っているんだよ。なー、命子ちゃん。可愛いだろ？」

「うん、馬場さん可愛い！　それに綺麗！」

「ぐ、ぐぅうう、もうやめてぇ……っ！」

命子たちにキャッキャされ、馬場は赤くなった顔を隠して悶えた。

しばらくして馬場が復帰し、話が戻った。

「はぁーはぁー……そ、それでどうかな、みんな？」

未だ真っ赤な顔の馬場にあまり触れちゃダメだと思った命子は仲間たちへ視線を向ける。

「私はダンジョン開放に関わることだからやろうかなって思う。でもみんなが嫌なら無理強いはしないよ」

紫蓮とささらはこういうのが得意じゃないので、命子は各人の意思を尊重することにした。

しかし、紫蓮とささらは仲間外れが嫌なコミュ障という共通点があった。だからこそ、無限鳥居か

ら帰った際にはみんなでキメポーズをしたのだ。まあ、あの時はテンションがおかしかったというのもある。特に紫蓮の方は、風見ダンジョンから出た際に見せた命子のキメポーズにときめいていたので割とノリノリだった。

「わ、我はやるけど」

そう言った紫蓮に命子はキュピーンとした。紫蓮が『～だけど』という言葉を使う時は、大抵の場合が精神的に不安な時だった。あとでケアしてやろうと幼馴染は思った。

「わ、わたくしもやりますわ！」

そう言ったささらに、今度はルルがキュピーンとした。ささらが手をしきりに動かしたり握りしめている時は、やはり精神的に不安な時だった。手の震えを隠しているのだ。あとでケアしてやろうと親友は思った。

「もちろんワタシもやるデス！」

ルルは陽キャラなので、すでにノリノリだ。

四人の答えを聞いた馬場は、ホッとした顔で笑った。

「ありがとう。いやー、良かったわ。これでまったくダンジョンに関係ないアイドルがイメージガールになったら、アイドルの子もかわいそうだもの」

世界中を激震させた初ダンジョンクリア者の美少女四人を差し置いて、イメージガールをする女の子。どう考えても辛い。それがたとえダンジョンに入っている女性自衛官でも同じだろう。命子たちが辞退したから採用されるわけだが、そういう裏話は往々にして一般人の耳には届かないものなのだから。

「じゃあ、この件は親御さんを交えて後日もう一度話すから、覚えておいてね」

というわけで、命子たちはイメージガールをすることになった。

お昼時になったので、命子たちは教授や馬場と一緒にラーメンを食べに外へ出た。

最近の風見町は、元からある飲食店が活性化すると同時にかなり多くの店が増えている。これはすでに寂れてしまった駅前商店街の人たちが、土地を貸したりして参入しているパターンが多い。

今の風見町の土地は価値が日々上がり続けているため、滅多なことでは売りに出されない。飲食店のほかにも先を見据えてカプセルホテルを始める人もおり、町全体が過去類を見ない発展の時を迎えていた。今日行くラーメン屋は命子たちが物心つく頃に風見町に暖簾を構えた店で、以前から結構人気があったのだが、ここ最近の売り上げは青空修行道場のおかげで日に日に上がり続けていた。

命子と紫蓮は教授の隣を歩き、お喋りしながら歩く。

「地球さんのレベルアップ宣言にはいろいろ秘密がありそうだよ」

教授の言葉に、命子はその場にしゃがみ込むと、ペシッとアスファルトをぶっ叩いた。

「やい、秘密があるのか、地球さん！」

「ふふっ、それで返事をしてくれたら苦労はないさ」

「教授も試したんですか？」

「もちろんさ。きっと研究者なら誰もが一度はやってるよ。冗談抜きでね」

命子は、自分よりも一回りもお姉さんな教授が大地にしゃがみこんで語り掛けている姿を想像して、萌えた。教授の話が本当なら、きっとお爺さん教授も同じことをしたのだろう。ドリルで穴とか空けたりして。やはり萌える。

「それで、どんな秘密が隠されているんですか？」

「ただ単に多くを語らないだけで、地球さんは隠しているつもりはないかもしれないけどね。そうだな、個人的には動物が我々と同じことを言われていたのかが気になるね」

「え、違うことを言われてたんですか？」

「わからないよ。でもね、日本人と外国人は同時刻に別の言語で説明されていたんだよ。そんなことができるのだし、動物たちに別の内容を話していてもなにも不思議じゃないと思わないかい？」

「たしかにそうですね」

「先ほど動物の話をしただろう？　あれにしても、人と一緒にダンジョンに入るという選択肢はどこから生じたのだろうか。私は地球さんに人間とは別のことを吹き込まれていたからだと思うんだ」

「ふむ。もしそうなら、どんなことを言われたんでしょうね」

「さてね。人間と協力してみなさいとか、人間からやり方を学びなさいとか、あるいは防具を作ってもらいなさいかもしれない。銃や弓の威力が落ちて、彼らは人間に近寄りやすくなったからね」

命子は、いつかニュースで見たあのツキノワグマもそのいずれかを望んでいたのかな、なんて思った。とてもしょんぼりしていたように見えたし、勇気を出して仲良くなりにきたのかもしれない。そう思うと、なんだかかわいそうに感じた。しかし、野生動物との新しい付き合い方なんてまだ構築されていないのだから、少しずつ変えていくしかあるまい。

「最悪、すぐに人間は滅ぶから少し我慢してね、なんて言われているかもしれない」

「黒幕は地球さんのパターン」

「紫蓮ちゃん、それはやべえパターンだぞ。相手がでかすぎて詰みだよ完全に」

「ふふっ、母なる大地に嫌われていたら、それはもう種としてダメだね」

そんな話をしているとラーメン屋についた。

「へいらっしゃい！　おっ、なんだ命子ちゃんたちか！」

「大将、こんにちは」

「かー、別嬪さん六名様ご入店たぁ快挙だな！」

「じゃあ、もうこっちが料金貰わなくちゃならないね！」

「ははは、ちげぇねえや！　あっ、食券はそっちな！」

そんなふうにフレンドリーなここのラーメン屋の大将と息子さんも定休日には青空修行道場にやってきていた。普通のラーメン屋でもこんなだし、風見町はすでに命子の手中にあるのではないかと、馬場は思い始めた。

命子たちは六人掛けの席に座り、食券を渡して各々がくつろぎだす。

向かいの席では、友達との初めてのラーメン屋さんにそわそわするささらがルルにちょっかいをかけられてキャッキャし始める。この二人は放置して、命子たちはお喋りを再開した。

「さっきの続きだけど。地球さんが話した内容の中でも、『先輩のお星さまたち』という発言は研究者の間でも注目されているんだよ」

「言われてみれば、凄い発言ですね。ねっ、紫蓮ちゃん」

うん、と頷く紫蓮。命子は人見知りの紫蓮をお話に混ぜてあげたいのでちょいちょい話題を振る。

「だろう？　この宇宙のことなのか、物語で語られるような異世界のことなのか。そこでもカルマ式ステータスシステムが採用されているという口ぶりだったたし、それを扱える知的生命体がいる可能性は高い。そんな存在とコンタクトが取れれば、現状を打開する知恵を貸してもらえるかもしれない」

「でも、それじゃあつまらないですよ。私は自分たちでやりたいな。まあいっぱい死んじゃうなら答えを教えてもらった方がいいけど」

「ふふっ、命子ちゃんらしいわね」

馬場が好奇心旺盛な命子の発言にニコニコする。

「先輩のお星さまたちの世界には、ダンジョンはあるのかな？」

「きっとありますよ。凄くファンタジーな世界なんです」

「うん。なら、先輩方はダンジョンをどんなふうに運用しているのかな。ダンジョンの中でお店をしている妖精はなんなのだろう。命子君が持って帰ってきたレシピの制作方法はどこから出てきたのか。いろいろ想像は尽きないね」

「はぁ、いっぱい考えるんですね」

「それが私たちの性質だからね」

「そういうのって全部解けそうですか？」

「これから百年なにもわからないままかもしれないし、明日には紅ショウガの研究者がマナや魔力の核心に触れる発見をし、芋づる式にさまざまなことが解き明かされるかもしれない」

教授は、テーブルの端に置いてある紅ショウガのケースを見つめて言った。

「いずれにしても世界の理が大きく変わり、ウキウキしていない研究者はいないだろうね」

「まるでダンジョンが好きな私みたいですね」

「ふふっ、そうかもしれないね」

話している内に、ラーメンができあがった。

「へいおまち！　魚介豚骨、麺少なめ！」

大将は見た目が小食っぽい命子をロックオンしていたが、それは教授のラーメンだ。

命子が手の平を教授の前に向け、大将はコクンと頷いて静かに配膳する。

そうして各々に並盛を配膳していく。命子や紫蓮も昔は麺少なめくらいがちょうど良かったけれど、修行を始めてからモリモリ食べるようになった。

「わぁ！」

ささらが無邪気に手を合わせて喜んだ。お友達とのラーメン屋は初めてなのでテンションがとても高い。その隣の馬場は息を吸うがごとく流れるような動きでスマホを起動し、カシャッと撮影。同じくルルも撮影してこちらはプイッターに投稿した。一瞬で一万『良きかな』がついた。

「いただきまーす！」

「おう、たんと食えよ！」

命子たちの元気ないただきますの声に大将がニコニコして返事する。なお、命子たちは普通の魚介豚骨ラーメンを頼んだのだが、全てのトッピングがプラス一個ずつされていた。女子なのでプラスしすぎない計らいだ。

「アチッアチッ」

教授がアチアチしながら食べる。

命子は萌えた。

「教授、これで食べるといいですよ」

「おっきいスプーンか。賢いね、命子君は」

「れんげですけどね」

「礼子はダメよ。こいつ、興味があること以外は名前すら憶えないからね」

「翔子。私もそれはいけないと思っているんだがね、どうでもよくなっちゃうんだよ」

れんげに麺を載せた教授は、過剰にふぅふぅして食べる。

命子は凄くお世話したくなってきた。

「教授、美味しいですか?」

「うん。美味しい」

「良かったですね」

「うん」

「髪がラーメンに入っちゃいますよ。ほらこうしないと」

「ありがとう命子君」

さっきまでいろいろ語ってくれていた人とは思えない子供っぽい姿に、命子は激しく萌えるのだった。

ジョブ『修行者』

「新しいジョブにしたよ」

命子は屋上の一角で、ささらとルルとお弁当を食べながらそんなふうに切り出した。

昨今では、学園内での命子人気も落ち着き始めていた。とはいえ、有名人が友達というのは凄いことなので、命子のルイングループはとんでもないことになっているのだが。学園内でもかなり話しかけられるので、こうやってささらやルルとお話しする時は場所を選ぶことになっている。

特に、ダンジョンに関わることは一を話せば十まで聞きたがるので、注意が必要だ。

「今度はなんのジョブに就いたんですの？」

「シュギョーシャデス！」

ルルがビシッと命子を指さす。

「なぜわかったし」

えー意外っ、みたいな反応を期待していたのだが。

最近の命子は、ジョブをころころ変えていた。ダンジョンに入れるようになったらあまりジョブを変えたくないので、今のうちに自衛隊のデータベースにないジョブを調査しているのだ。

粗方の調査が終わり、命子は最後に一番就きたいジョブに就いた。それが『修行者』だ。このジョブは一生使えそうなほど便利なジョブスキルが揃っているのだ。

『修行者』

ジョブスキル　【イメージトレーニング】【魔力放出】【負荷】

ジョブ特典　集中力とスタミナのステータスに成長補正がかかると思われる。自衛隊ではあまり実感ができるレベルではなかったので検証が必要。

ジョブスキルを説明すると。

まず【負荷】は、魔力を消費して自分の体を重くすることができる。ただし、体重などは一切変わっておらず、なにかしらの要因で本人だけがそう感じられる。

続いて【魔力放出】は、魔力を垂れ流すことができる。魔力はレベルアップするか使用すると増えるので、ただ垂れ流すだけで危険がないこのスキルは誰もが欲しいものだろう。ちなみに、自衛隊や軍の人は、一般系ジョブの中にたまに含まれているこういったスキルで魔力を上昇させる手段を取った経緯がある。

そして、この三つの中で命子が欲しくてたまらなかったのが最後の一つである。

「たしか【イメージトレーニング】っていうのがあったデスよね？　もう使ったデス？」

二人が目を輝かせて詰め寄ってくる。

その顔にはジョブスキルがどんな使い心地だったのか知りたいと書かれていた。ファンタジー化した日常に適応している二人の姿に、命子は嬉しくなった。

「これが超楽しいんだよ。今まで出会った敵をかなり正確にイメージして戦闘訓練ができるんだ」

「シャドーボクシングみたいなものデス？」

「うーん、ボクシング選手の視点になったことがないからわからないよ。もしかして、あの人たち適当にパンチしているだけかも」

「それもそうデスね」

「へぇ、あの人たち、適当にパンチしてたんですのね」

三人は、ボクサーをディスった。たぶん、彼らは対戦相手を凄く正確にイメージしているはずだ。

「ただし、戦った敵でも知らない攻撃方法まではイメージできないし、新しい攻撃方法を組み込んだりはできないね」

魔法を使わないバネ風船にレーザー光線を吐かせる強化はできない。あくまでも自分が戦った魔物が行った攻撃手段しかイメージできなかった。

「動画とかで見た魔物はイメージできるんですの？」

「ハッ、それはどうだろう。それだったら最高かも」

ささらの疑問を、命子はさっそくメモした。

「それじゃあちょっとやってみるよ。敵は市松人形」

命子はお弁当をしまって立ち上がると、【イメージトレーニング】を発動した。

このスキルは魔力を1点使用する。

その瞬間、命子の目に半透明の市松人形の姿が見えるようになった。一方、ささらとルルの目にはなにも見えない。

命子が構える。

「「えっ？」」

二人が驚きの声を上げた。命子はなぜか徒手空拳の構えだったのだ。

イメージトレーニングなんだから、自分の武器もイメージすればいいのに。それとも武器は反映できないのだろうかと二人は疑問に思う。

「拳が……」

「ニャウ、変デス」

しかも、命子の拳の握り方がなんか変だった。親指がぴょこんと前に突き出しているうえに、手首が反っている。ド素人以前の構えであった。二人の脳裏に、無限鳥居で防御力を検証した時の命子のパンチがフラッシュバックした。これはグネるわけだ。

「シュシュー ッ！」

あとで拳の握り方を教えなくてはと考える二人の前で、命子VS透明市松の戦闘が始まった。

先手を取った命子が、シュシュー ッと威嚇した。それに構わずどんどん近づく市松に、命子は本番のシュシュー ッをした。

ここで、ささらとルルにも市松の姿が見えた。達人が行うシャドーボクシングは第三者にも相手が見えるというが、命子の場合は徒手空拳がザコすぎて市松ならこう動くであろうというのが想像できてしまったのだ。二人の目には、ワンツーパンチを容易に躱した市松が、命子の懐に潜り込んで斬撃を浴びせる姿が見えていた。

「うぁあああ！」

二人の想像とシンクロしたタイミングで、命子が身体を押さえながらガクリと膝をついた。

シンとする三人。

命子はコクリと頷き、立ち上がった。

「えへへ、市松ごときに負けちゃった」

そう言った命子だが、その顔は晴れやかだった。

疑似的とはいえ、敵と戦うのが凄く楽しい。ダンジョンに入れない鬱憤《うっぷん》をこのスキルは慰めてくれるのだ。今後もお世話になるだろう。

いい汗かいたぜ、みたいな命子とは対照的に、ささらとルルは難しい顔だ。

「命子さん。ちょっと……」

「メーコ、手が変デスよ」

このあと、命子は生まれて初めて拳はグーにするだけじゃダメなんだと知った。

「シュシュッ、シュッ、シュシューッ、うなぁあああ！」

昼休みの屋上でロリが荒ぶる声が轟くのだった。

イメージガール

「ふんふふーん、素敵な朝、世界がピカピカ光ってる。そう見えるのはきっと、私の心が今日出会ういっぱいの楽しいを予感してるから」

ポエムを口ずさみながら上機嫌で車を運転しているのは、馬場だ。

風見町の田舎道を安全運転で進んだ馬場は、目的の家に到着した。

「シュシューッ！　オラオラオラッ！　ンーッ！　シュシューッ！」

すると、その家の庭ではロリッ娘が見えないなにかと死闘を繰り広げていた。馬場はいっぱいの楽しいの一つをさっそく発見してニヤケるのが止まらなくなる。

ハザードランプを焚いて車から降りた馬場は、柵の外から荒ぶり系ロリ・命子に声をかけた。

「朝から修行？」

「ズブシュー！」

馬場は、あえておはようと声をかけず世間話から入るクールな挨拶で登場した。しかし、命子はその言葉をスルーして見えないなにかにズブシューとする。

決☆着！　命子は自分にしか見えないサーベルをピッと払って血糊を落とす。

「あ、朝から修行？」

馬場はリテイクし、今度は気づいてもらえた。元気なお日々をパァッと開いて迎えてもらえた馬場は、本日二個目の楽しいをゲットした。

「あっ、馬場さん！　えっ、もうそんな時間⁉」

そう、今日は予定がある日だった。イメージガールのポスターの撮影をする日なのだ。

「ちょ、ちょっと待ってください。すぐに支度します！　紫蓮ちゃーん！」

命子はわたわたと隣の家に向かった。柵をぴょーんと飛び越えてガレージに入る。

馬場も気になったので庭にお邪魔させてもらうと、ガレージで紫蓮がなにやら作っていた。

「あら、ここは紫蓮ちゃんの秘密基地かしら？」

集中していた紫蓮は馬場の声に体をビクつかせてから、胸をドキドキさせつつ無表情で挨拶した。

「おはようございます」

「ええ、おはよう」

「すみません。我、夢中になってた」

「ううん、いいのよ。なにを作ってたの？」

「コート。内側に無限鳥居で手に入れた市松の帯とかを張り付けてる」

見れば、紫蓮は黒いコートの内側にとても丁寧に帯を付けていた。もちろん、その工程には強力な防具を作るために必須となる【生産魔法】が使用されている。

「それって効果あるの？」

「わからないです。でも灰王の剣は地上の物とダンジョンの物で作って、そこそこ活躍した。だからこれもちゃんとした装備がない人用ならそこそこ活躍するかなって思う……です」

「なるほどねぇ」

やっていることは夏休みの工作レベルだが、一概にバカにできることではなかった。

たまに凄い研究をする子もいるが一般的に夏休みの工作が下に見られがちなのは、それらが研究者の真似事だからだ。しかし、ファンタジー化して世界がひっくり返った今、夏休みの工作レベルでも大変な発見が潜んでいることが普通にあり得た。実際に、命子が作った『合成強化レポート』は制作した当時、そのクオリティに反して世界の最先端と同水準のレポートだったのだ。

「あと、絆の指輪を作るための練習でもある……です」

無限鳥居で手に入れたレシピ『絆の指輪』は、今の紫蓮では作れない。技術力はあまり必要ないのだが、魔力量と道具、素材が足りなかった。

紫蓮は作りかけのコートを丁寧に物入れにしまってカギをかけた。

「よし、それじゃあ紫蓮ちゃん、準備するよ」

「うん」

「ご両親にご挨拶するから、そう急がなくてもいいわよ」

と馬場は言うが、命子たちは慌ただしく準備を始めた。

次に向かったのはルルのお家だ。

「二人ともあそこの角の家がルルちゃんのお家よ」

馬場が二人に教えてあげる。

「話には聞いてたけど、本当に風見町のビバリーヒルズに住んでるんだ」

「お金持ち」

「えぇ？　ここら辺は風見町のビバリーヒルズなの？」

「そうですよ。新しい家とかおっきい家が多い地区なんです。あと、菊池デパートもあるし、風見町で一番大きなマンションもありますからね」

「でも羊谷命子が勝手に言ってるだけ」

そんなふうに地元民が町を紹介していると、ルルのお家の前に着いた。

「ルルん家はなんかイチゴジャムが載ったクッキーの匂いがしそうな家だね」

「わかる。木の器にサラダが盛られてそう」

「それ超わかる！　そんでパンの赤ちゃんが載ってそう！」

「クルトンだが」

可愛らしい外観の新築の家を見た命子と紫蓮が勝手なことを言う。馬場は吹き出しそうになった。

特に、木の器にサラダが盛られていそうという件《くだり》は命子同様に凄く理解できた。

ちなみに、命子と紫蓮のお家は陶器の器にサラダが盛られ、パンの赤ちゃんが載っかっていた試しがない。馬場は主に透明なプラスチック容器に盛られている。コンビニ製ゆえに。

馬場が外に出て両親にご挨拶していると、ルルと一緒にささらも出てきた。

二人の家はとても近く、最近の二人は三日に一回はどちらかの家にお泊まりしていた。学園に来る時もいつも一緒だし、青空修行道場から帰る時も一緒で、とても仲良しだった。命子と紫蓮は、こいつらもう一回ぐらいチューしてるんじゃないかなと疑っていた。

挨拶を交わして車に乗り込んできた二人は最初からテンションが高い。

「ねえねえ、ルル。ルルのお家のサラダって木の器？」

「ニャウ。そうデスよ。なんで知ってるデス？　さてはお主、シノビの者デスな？」

命子と紫蓮はハイタッチした。


「羊谷命子、見☆参っ！」

「ニンニン、にゃふしゅーっ！」

「暗黒の淵より我来《きた》るっ！」

「で、ですわ……っ！」

「いいねいいねー、みんな最高に可愛いよーっ！　ささらちゃん、もうちょっと顔上げてみようか！　そうそう！　わぁー、それ凄くいいよー！」

カメラマンが夢中で激写する中、命子たちはポーズを取りまくる。

ここは風見町からちょっと離れた町にあるフォトスタジオ。風見町のフォトスタジオはボロすぎたのでこちらになった。そう、四人のイメージガールのポスター撮影が始まっていた。

その恰好は無限鳥居の和装だ。一般人へのダンジョン開放に向けたこのイメージガール戦略において、衣装はこの装備以外にあり得なかった。

この撮影に伴い、この前の式典同様に四人とも薄っすらお化粧をしている。カメラ映りはお化粧で大きく変わるのだ。

「はぁー、みんな超可愛いわねぇ」

と、馬場が本日何度目かわからない溜息をこぼす。いっぱいの楽しいが心に押し寄せてきていた。

馬場の心を満たしているように、化粧をしたことで四人は花の精もかくやと言わんばかりの可愛らしさだ。素材の良さと若さ、そしてプロの化粧技術がコラボした結果である。

そんな中で、スタイリストの女性は首を傾げていた。このスタイリストはこの業界でかなり有名な人だった。そんな彼女の指先が普通の娘とは肌の質感が違うように感じたのだ。

その原因はレベルアップによる成長限界の向上やトレーニング効率の上昇に起因していた。お肌にいい物を食べ、美顔石鹸で顔を洗い、化粧水をつける。さらによく笑うことで顔の筋肉が鍛えられる。このお肌トレーニングが命子たちのお肌に現れてきていたのである。

この事実は今、各国でひっそりと研究されていた。もしこの情報が洩れたなら、世の女性がダンジョン開放運動を起こしかねないので、あくまでひっそりと。

しかし、各国では女性軍人や女性警察官もダンジョンに入っているため、バレるのは時間の問題であろう。そもそも男性だって顔が引き締まればカッコ良く見えるものだし。偉い人たちはそろそろ胃に穴が空きそうだった。

とまあ、そんなバフ効果を引っ提げて、現在、命子たちは撮影に挑んでいるのである。

命子はカッコイイポーズの模索に必死だ。これまでの人生で脳内に蓄積されたカッコイイポーズ集からいい感じのポーズを引っ張りだして、ビャキーンとする。今やっているのは好きなゲームの超究極奥義のカットインポーズだ。この秘技に貴様らは耐えられるかな感が半端じゃない。ちなみにこれを使うのはラスボス。

紫蓮も命子と同じようなポーズの選び方だ。なにせ幼馴染であり、命子のことがしゅきしゅきすぎるため、紫蓮はいろいろな漫画やゲームを命子とシェアしている。なので、必然的に二人のカッコイイポーズの引き出しは似ていた。

ルルは撮影を全力で楽しんでいる。忍者刀と小鎌の二刀流で今にも連撃を繰り出しそう。しかし、楽しんではいるものの笑顔ではない、眉をキリッとした凛々しい顔だ。時と場合で表情を変えるその姿はこの中で一番プロっぽい。

そんな中で、ささらはとにかく緊張していた。山での記者会見やついこの間の地球儀寄贈式典と、そうそうない修羅場を潜り抜けてなお、ささらはカメラに慣れなかった。別になにも気にしてませんわよ？　みたいな顔をしているが、プロのカメラマンからすればバレバレだ。というか命子たちにもバレバレである。

ささらはカッコイイポーズの引き出しが凄く少なかった。学校の机くらいの引き出しの数だ。一つともいう。片手に刀身を添えて、顔の近くで剣を倒し突きの構えを取るポージングをしている。

「ささら、緊張してる感じ？」

「え、してないですわよ？　いやですわね、してるはずないじゃないですの、おほほほほっ。してないですわよ。おかしなことを言う命子さんですわね」

「そ、そう。でもね、ささら。誰にだって苦手なことはあるんだよ。カメラが苦手な子だって世の中にはいっぱいいるんだよ。だから全然恥ずかしくないんだよ」

命子はにっこり笑った。笑顔の裏では、とてもいいセリフを言ったな、と自画自賛だ。

しかし。

「へぇそうなんですのね。でも、わたくしはカメラとか別に気にしてませんわ」

プイッとそっぽを向いて、ささらの見栄は剥がれない。

「嘘つけよ、こいつぅ！　白状せいやーっ！」

「な、なんですのー!?」

命子はささらをくすぐって懲らしめる。

正座させられたささらは、白状した。

「実は、わたくしあまりカメラが得意ではないんですの」

「全然『実は』じゃないけどな。でも、地球さんＴＶで全世界に私たちの冒険が配信されても普通だったじゃん」

「撮られたあとのことはどうでもいいんですの。だって、もう済んだことなんですもの。でも、撮られている最中がどうにも緊張してしまうんですわ」

「よくわからん生態だな。でも、私たちと写真撮る時は平気じゃん」

「それはだって、お友達との思い出ですもの。楽しい成分のほうが多いですわ」

「素敵だね」

「でも、お友達との撮影でもちょっとは緊張してますのよ？」

「やっぱりよくわからん生態だな」

多くの場合は、撮られている最中も撮られたあとの映像も、素人にとっては黒歴史になり得るものだと命子は思うのだ。おまいうである。

ちなみに、紫蓮も緊張しやすい子だったが、こちらの場合はカメラではなく大勢の人にリアルタイムではしゃいでいる姿を見られることに対して恐怖心があった。なので、ポスター撮影は別に平気であった。

「まあ、ささらは綺麗だから適当にサーベルを構えればいいんじゃないかな？　そんでキュッて口を閉じてキリリッとしてれば万事オッケーよ」

「綺麗だなんてそんな。んー、それでは命子さんがポージングを指示してくださいですわ。わたくしはそのポーズから動きませんから」

「ふむ、面白い。こっちには紫蓮ちゃんがいるからな。萌えから劇画まで紫蓮ちゃんに任せとけばいくらだって教えてくれるからね」

「羊谷命子は無茶ぶりが極まってる」

「ワタシも考えるデース！」

ささらのお願いを受けて、三人はささらのポージングを考える。そこにカメラマンと馬場も乱入して、五人でわいわいとお人形遊びを始めた。

そうしてできあがったささらのポージングは、カメラに背中を向けて顔を横にし、斜め下に剣を払ったポージング。その横でルルが少し妖艶な立ち姿で短刀と忍者刀をそれぞれ逆手に持ってクロスさせる。命子と紫蓮は二人の少し前で深く身体を沈め、各々の武器を構える。

「いいねいいね！　カッコイイよぉーっ！」

カメラマンがカシャカシャと激写しまくる。

ほかに何通りもポーズを変えて撮影し、命子たちは写真撮影の大変さを思い知るのだった。


次の土曜日、命子たちは風見ダンジョンの前に仮設されたイベント会場に来ていた。

本日は命子たちが公式にイメージガールに就任する日だ。

しかし、命子的にはそのあとが重要だった。なんと、イメージガールは就任式のあとに、一般人の代表としてこの風見ダンジョンを少し冒険することになっているのである。

「本日は陽気に恵まれ――――」

ステージの上でお偉いさんの挨拶が始まり、やる気のないシャッター音がカシャカシャと響く。

「ダンジョンをクリアした者は、ジョブに『冒険者』というものが現れます。我々はそれに因んで、ダンジョンに入り活動する一般の方々を冒険者と呼称することに決定しました。この冒険者をどのように育成・指導するか、現在、法案を作成している段階であります」

重要なことなのでちょっとカシャカシャ音の勢いが増す。

「ダンジョンは大変危険な場所です。あの日、ダンジョンをクリアして帰ってきた羊谷命子さんが仰ったように、指導者なくして入れば多くの方が命を落とすような場所です。現在は、法案作成に並行して、指導者を育成している段階でもあります。ですので、今しばらくお待ちください。また、このプロジェクトはキスミア国と協力して行っております」

カシャカシャ音の勢いがかなり増す。

キスミアの件は、報道陣が初めて聞く内容だったのだ。

なんで日本とキスミアが協力しているのかと首を傾げる。別に仲が悪いというわけではなく、キスミアは相当にマイナーな国だからだ。

報道陣は、つい先日政府から発表されたことを思い出す。

ダンジョンから帰った四人は、そこで手に入れたダンジョン内で使える硬貨・ギニーを、キスミアのために使ってほしいと申し出たらしい。理由は単純に、キスミアが流ルルの故郷だったからだ。

これを受けて日本政府はキスミアに装備を贈ることになった。四人が持ち帰った分のギニーだけでなく、日本が上乗せする形でだ。

これにより、日本とキスミア間で強い関係が生まれたのだと推察できた。つまり、流ルルは両国のプロジェクトの懸け橋としてとても大きな存在になっていたのだ。

記者たちは熱心に話を聞くが、キスミアとの協力関係の話はこれで終わった。

「本日はこのプロジェクトのイメージガールの紹介と、イメージガールの方々による風見ダンジョンの探索を予定しております。それでは、みなさんご登場お願いします」

やっと命子たちの出番になった。

命子たちが登場すると、ここからが本番とばかりにシャッター音が凄いことになった。

命子たちはステージの上で横一列に並んでお辞儀すると、一言ずつコメントしていった。

「羊谷命子です。この度、イメージガールをすることになりました。カッコイイポスターを作ったので、ぜひ見ていってください」

命子は、これがスターの浴びるシャワーか、と眩し気にフラッシュの光を見つめた。でも、あんまりいいもんでもないな、とフラッシュの光の中にダンジョンから自分が遠ざかる気配を感じて、あまりマスコミには顔を出さないでおこうと決める。

その隣で紫蓮は、命子の振る舞いをトレースする。

「あ、有鴨紫蓮です。みんなと一緒に頑張ります」

ガクブルする体を必死で抑え込み、よそ行きの言葉遣いで猫を被る。しかし、ポーカーフェイスに定評がある紫蓮だ。テレビの前の視聴者は、クールな子だなと騙され気味だ。

「流ルルデース！　みんなが安全にダンジョンに入れるように祈ってるデスよ！」

ルルは、こういう場面には少なくない憧れがあった。でも、たまにはいいかもしれないけれど、こういう道を目指す気にはなれなかった。龍に立ち向かった命子の後ろ姿を見て、この娘についていこうと決めてしまったのだ。絶対にそっちのほうが楽しいから。

「しゃしゃ、んんっ！　さ、笹笠ささらにぇしゅ！」

盛大に噛んださささらは、顔をボンと真っ赤に染め、涙目になった。

帰りたいゲージが瞬時に沸点へと達し、煌びやかなカメラのフラッシュに仲間たちが感じているような感慨は一切湧かない。というか、いっそのこと声を上げて泣きたいくらいだった。

そんなささらの雰囲気を、ルルがキュピーンと察知する。

「ニャウ！」

ルルがすかさずささらのそばに駆け寄り、にゃんのポーズを取った。

命子はハッとして、同じくささらのそばでにゃんのポーズを取った。

紫蓮は予定にない行動に慌てるが、すぐさま命子の動きをトレースしてみせる。

目がグルグルして混乱の極みに陥るささらもまた、仲間に囲まれたことで無意識の内ににゃんのポーズを取った。

そうして、にゃんにゃんハンドをコツンとしあう。

「コレが女の子の可愛い気合の入れ方デース！　ガッコの修行部で大流行中なんデスよ！」

そう説明したルルにフラッシュが集中する。ルルが言ったように風見女学園では、にゃんハンドのこっつんこが流行っていた。

「それでは、私たちのポスターの登場です！」

これは命子の言うセリフではなかったし、本当はもうちょっとトークが続く予定だったが、ささらが気絶しそうだったため強引に進めた。

命子の勝手な進行によってステージの奥の幕が開き、通常サイズよりずっと大きな命子たちのポスターが現れた。おーっ、と歓声を上げる報道陣がポスターに注目している隙に、命子はステージの袖にいる馬場にアイコンタクトを送った。

『もう帰っていい？』

『もうちょっと、あとちょっとだから！』

『ささらがお漏らししかねない！』

『……命子ちゃん以外は戻って良し』

『ふぇえええ!?』

馬場との高度なアイコンタクトの末、命子をその場に残して三人の退場が決まった。

ささらをみんなに任せて、命子は一人でステージに残る。

チラリとステージの袖を眺めれば、滅茶苦茶凹んでいるささらの背中にルルがピョーンと飛び乗っていた。陽気な励まし方である。紫蓮もなにやら言葉をかけている。

再び お偉いさんのターンが始まり、命子は蒼穹《そうきゅう》を見上げた。思いのほか面倒くさい役を買ってしまったと、軽く後悔であった。

しかし、このあとにはダンジョンが待っている。

狩るぜぇ、バネ風船や魔本をぶっ殺しまくるぜぇ！

命子は後悔を跳ねのけて、ウキウキゲージを上げる作業に取りかかるのだった。

命子たちのイメージガール就任式は生放送だった。

ネット掲示板ではお偉いさんの挨拶に、お前じゃねえんだよなぁ、とやる気のない書き込みが並び、命子たちが登場した瞬間、どこに潜んでいたのか書き込みが激増する。

命子の堂々とした挨拶に、やっぱこの子は違うなぁ、と一同は感心し。

眠たげな目つきでの紫蓮の挨拶に多くの人がクールッ娘なのだと騙され。

ルルのにこやかな挨拶に、急増し始めたルル教信者はキュンキュンし。

ささらの噛みっ噛みな挨拶に、視聴者たちのボルテージが上がる。

そうして、ルルの咄嗟のフォローで始まったにゃんにゃんハンドのこっつんこ。

地球さんTVでもやっていたそれは、男性では決して使用を許されない究極奥義。職人が作ったアスキーアートが掲示板内にて、どかんと表示されるに至る。

完成したポスターがお披露目になると、一般人にも入手する術がないものかネット住民たちは本気で議論しだした。

そんなお祭りが終わるとスレはしゅんとする。祭りのあとの静けさだ。これから命子たちはダンジ

新しい世界が始まった
私は
どうやって生きようか
冒険者協会　今夏始動予定

ョンに入るわけだが、ダンジョン内は生放送ができない。なので、ダンジョンでの様子は編集されたものを後日見る形となる。ネット住民たちは各々の日常へ戻っていった。

ロリッ娘迷宮案内

風見ダンジョンに突入するパーティメンバーは、命子、紫蓮、ささら、ルル、護衛の自衛官一名、民間人のリポーターが一名だ。

ダンジョンには最大で六人一組までしかパーティとして認識されず、別のパーティとスタートの位置を同じ場所にできない。なので、今回の探索では民間人五名に対して護衛は一名しかいない。

そういうと非常に心許ないように聞こえるが、この民間人五名の内の四名は世界トップクラスのファンタジーガールズなので、魔物が一体ずつしか出てこない風見ダンジョンの一階層程度なら余裕であった。

護衛をしてくれる自衛官は、藤堂二等陸尉。この前、自衛隊仮駐屯地に行った際に、【アイテムボックス】の検証に付き合ってくれた人だ。

以前、教授が言っていたように、その後、藤堂は無限鳥居を最初にクリアしたパーティを率いた部隊長となった。それからもう二回、藤堂は別のメンバーを率いてクリアしている。そんな実績もあり、現状で藤堂が世界で最も戦闘力が高い人間とされていた。

一方、そんな中に混じるリポーターさんは、日本の報道機関からクジで決められた一社から派遣された人物だ。民間人の視点でダンジョンについてアレコレ質問する役目である。ぶっちゃけ、真の一般人代表は命子たちではなく、この人物であった。

彼の名前は、鈴木《すずき》夢太郎《ゆめたろう》。三十八歳男性。世間ではバラエティ番組をよく放送しているイメージが強い大江戸テレビのお昼のリポーターである。出演しているのはお昼の時間帯にやっている『あの町突撃！』という番組で、時間が時間なので命子たちは顔も知らない。よくずれる眼鏡がチャームポイントで、人懐っこい笑顔が主婦に密かに人気があった。

そんな鈴木さんは、ダンジョンに入るにあたって安全確保のために無限鳥居の妖精店で買った防具を借りて装備している。そのデザインはコスプレ風戦装束。着物なのにやたらとスマートで、襟首が立っている。そんなスタイリッシュな服装なのに、頭につけているのはハチガネとアクションカメラで、手に持っているのはハンドカメラである。

藤堂もまたコスプレ風戦装束だが、こちらは戦鬼バージョンである。スタイリッシュさを削ぎ落とした代わりに、強キャラ風味が増している。ボスとして登場したらとりあえずポーズボタンを押して深呼吸をしたい風情《ふぜい》だ。武器は大太刀である。

そんな六人がステージで記念撮影をしてから、いざダンジョンへ。


まずは藤堂が突入して、安全を確保する。

そのすぐあとにほかのメンバーが入場していく。

通常のダンジョンは、この瞬間にどの階層へ行きたいか明言することで一度足を踏み入れたことのある階層ならばそこに転移することができた。なにも言わなければ必ず一階層に出る。これは該当する階層に行ったことがない人間が一緒に渦に入っていた場合は使えない。ちなみに、これを発見したのはアニメオタクの自衛官だったそうだ。

白い光が収まると、そこは石作りのダンジョンだった。

「あぁ……帰ってきたぞ。風見ダンジョン」

命子は興奮を抑えきれずに、そう呟く。

ダンジョンに初めて入ってからまだひと月ちょっとしか経っていないのに、命子はひどく懐かしく感じていた。

「全員問題なく合流できましたね」

カメラが回る中、藤堂が言う。

すかさず鈴木さんが問うた。

「この瞬間に敵とは遭遇しないんでしょうか？」

それは素人目線から出た非常にいい質問であった。

ダンジョンに突入したあとの瞬間は無防備になりやすいのだ。

さらに言えば、この瞬間はバランスも崩しやすいことが判明している。人間は五感に頼る生き物だが、瞬間移動というのは未だかつて誰も体験したことがなかった。だから、光に包まれた直後にまったく別の光景に放り出されると、脳が混乱してふらつく人がいるのである。SF物語などで昔から語られている瞬間移動という概念にもかかわらず、それがもたらす症状はこうして現実にできるようになってからやっと判明したのであった。

幸いにして、ここにいるメンバーはそういう症状を出す人はいなかったが、自衛隊や警察などは分母が多いだけあって症状を出す人がある程度の数いた。

鈴木さんの質問に、藤堂が答える。

「転移する場所は毎回ランダムになりますが、目視範囲内に敵が居ない場所が選ばれているようです。ただし、その十数秒後に曲がり角から敵が出てきたという報告はたくさん上がっていますね。ですから、感動して記念撮影などをする時間はありませんが、一つ深呼吸して気持ちを落ち着かせる程度の時間はあると考えて頂いて結構です。もちろん、そのあとはすぐに警戒態勢を取るのを忘れないでいただきたいですね」

「なるほど、よくわかりました」

そんなやりとりをしている間に、命子はさっそく魔導書を浮かせて、いつでも戦闘できるように準備する。紫蓮とささらとルルも、命子が一人で入ったダンジョンを興味深そうに見回しつつ、自然と心身のスイッチが切り替わる。

「ねえねえ、藤堂さん。このまますぐにゲートへ向かうの？」

「はい。基本的に地図を頼りにゲートへ接近しつつ、道中、宝箱探索のため簡単に確認できる行き止まりを目視確認する探索を体験していただくつもりであります」

命子の質問に、藤堂はピッと足を揃えて答えた。

その姿に命子は、ふぇええとのけぞった。

「へいへい、藤堂さん。いつものフレンドリーなオッチャンはどこ行ったのさ。まるで営業のサラリーマンみたいだよ？」

「カメラが回ってるのでやめてください」

「ふぇえええ！　必死に修行して頑張ってる私を腕相撲で毎回ズタボロにしてドヤッてたくせに、いまさらいい子ぶっちゃって！　ちゃんちゃらワロロンだよ！」

命子が教授に能力測定をしてもらっていた際に、藤堂は指一本で命子をねじ伏せてドヤドヤしていた。自衛官たちは女子高生とのふれあいが楽しくて仕方がなかった。……が、それはそれ。今、その事実が明るみに出るのは非常に危険である。

「本当に闇討ちされる可能性があるから勘弁してくれるかな？　すみませんが、今のところはカットでお願いします」

藤堂がそうお願いするが、鈴木さんは意外そうな顔をするばかりでカットするかは承諾しない。

「えっと、お二人はお知り合いなんですか？」

「私がこのダンジョンから生還したのはご存知かと思います。その際にレベルが3に上がったわけです。直感的にレベルが努力の吸収率を高めると考えた私は、すぐさま修行を始めたんです。それでどれほどの効果があるか知りたかったので、自衛隊の研究チームのお姉さんを頼ったんです。その縁で、藤堂さんとも知り合いました。藤堂さんはシュワシュワしたコーラのグミをよくくれるんです」

「えぇええ！　ひ、羊谷さんはあの混乱の最中《さなか》にそんなことをしていたんですか⁉　これが小さな英雄……」

鈴木さんは、マジ麒麟児すぎる件、みたいな顔で驚くとともに、おっぱいのことしか頭になかった高校生の頃の自分を恥じた。

「ゴホン、羊谷さんが協力してくださったことで非常に有益な研究データが早期に得られました。我々自衛隊のデータならいくらでも手に入りますが、小柄な少女のレベルアップによる身体能力推移なんて、あんなに早い段階で手に入るものではないですからね」

「そうだろそうだろ。でも、堅いよ藤堂さん！　あと私は小さくないけどな」

そんな和気藹々としたお話の光景も、鈴木さんのカメラはばっちり映している。

後日編集されてお茶の間に流れた放送での反応は、こうだった。

■■■【後日のとある掲示板】■■■

97　名無しの同行人
この鈴木リポーター、お昼の番組に出てるやつだよな？
98　名無しの同行人
鈴木夢太郎　三十八歳　独身　20XX年大江戸テレビ入社。ラジオの中継リポーターをやっていた経験から、お昼の長寿番組『あの町突撃！』の月、水、金のリポーターに大抜擢される。
99　名無しの同行人
お、おう。詳しくありがとう。
100　名無しの同行人
藤堂二等陸尉はアレだろ、無限鳥居に入ったっていう自衛隊チームのリーダー。
101　名無しの同行人
こいつ、人類最強らしいぞ。
102　名無しの同行人
なにを以てして最強かは議論の余地があると思う。戦闘力が千点で可愛さが五点の藤堂と、戦闘力が八百点で可愛さが一億点の命子ちゃんならどう考えても命子ちゃんに軍配が上がるだろう。

１０３　名無しの同行人
藤堂に可愛さを五点入れてあげたお前は偉い。

１０４　名無しの同行人
俺はいつだって公平に物事を言うように心がけているからな。

１０５　名無しの同行人
全然公平じゃないんだよなぁ。藤堂氏の首筋とか超可愛いじゃん。

１０６　名無しの同行人
それも一つの愛の形だろうな。

１０７　名無しの同行人
っていうか、コイツなんなん。命子ちゃんにこんなにフレンドリーにされて。

１０８　名無しの同行人
ゲームだったら中盤で死にそうなオッサンのくせして！

１０９　名無しの同行人
憎い。

１１０　名無しの同行人
カルマがあろうが憎い……っ！

１１１　名無しの同行人
俺らは凛々しい命子たんしかほとんど知らないのに……。

112　名無しの同行人
あんなフレンドリーに話しかけてもらえて……。
113　名無しの同行人
憎い……っ！
114　名無しの同行人
俺、青空修行道場で命子ちゃんと草相撲したよ。今でもその時に真っ二つにされたオオバコの茎は大切にしてるんだ。
115　名無しの同行人
は？　嘘つくなよ、○すぞ。
116　名無しの同行人
待て待て、お前ら。イライラした時は命子神輿のＧＩＦを見るのだ。【ＧＩＦ動画ＵＲＬ】
117　名無しの同行人
うぁ、光が来るぅ……っ。
118　名無しの同行人
俺、仕事と寝る前に毎日二回ずつ見てるんだ。命子たんももちろん可愛いけど、女子高生が大量にこっちに来るのが凄く好き。
119　名無しの同行人
激しく同意。命子神輿も可愛いけど、個人的に○×高校のＧＩＦ動画もお気に入り。
120　名無しの同行人

じゃあもうここから退出して○×高校の子になってください。

121　名無しの同行人
迂闊《うかつ》なこと言えねえなｗｗｗ

探索は、命子たち四人が主導して行う。

基本的に藤堂は戦闘に加わらず、解説役である。しかし、その解説もわかる範囲ならば命子がしてしまう。

「鈴木さん、ダンジョンは地図が命です。これがあるとないとでは消耗率が大きく変わります」

三十八歳男性が、十五歳少女に一から教わる奇妙な冒険が幕を開けた。

「これは自衛隊が作った一階層目の完成版の地図です。これを頼りに探索するわけですね」

「お話では聞いていましたが、凄い規模の迷路ですね」

「はい。私もこの地図は今回初めて見ましたが、凄く大きな迷路ですね。指でなぞってゴールに着くのですら大変です」

命子がこのダンジョンから帰還して以降、日本政府はちょくちょく情報を公開していた。

魔物が外に出てくるかもしれないというのが人類共通の心配だったため、ある程度の情報は出さざるを得なかったのだ。その中にはダンジョンの規模の話も入っていたため、鈴木さんもある程度の前情報は知っている。

「羊谷さんはこのダンジョンから帰ってきたわけですが、その際に作成した地図を提供してくださいました。それがこの赤いラインです」

藤堂はそう言うと、参考資料で持ってきた一枚の地図を鈴木さんに見せた。それは完成している地図なのだが、命子が歩いたルートを赤くなぞったものだった。鈴木さんのカメラがアップで地図を映す。

「ほぇー、私が歩いたのは一割にも満たなかったんですね」

命子は自分の中で半分以上は地図を作れたと思っていたが、実際に歩いたのは全体の七％程度だった。教授は命子が人類で初めてダンジョンから帰還できたのは運が良かっただけの可能性がある、と推測したが、それはそのとおりだったのだ。

とはいえ、この七％程度の地図は意外に大きなもので、命子が歩いたラインにさえ乗ればゴールまでたどり着けるため、自衛隊の初期の探索ではかなり重宝されることになった。

「私が高校生の頃にダンジョンに落ちたとして、ここまでしっかり探索できた自信はないですね。いえ、今でもそれは変わらないかもしれません」

外にいる人間は紙さえあれば地図を描くのは当然だと言うだろうが、実際に無音のダンジョンの中に素人が放り出されれば、これを続けるのがいかに難しいかがわかる。ましてや魔物が出るのだし、強いメンタルが必要だと鈴木さんは思った。

そんなふうに鈴木さんに褒められて、命子はいい気持ちになった。

「さてさて、現在の地点は……ふんふん……わからぬ！」

命子たちがいる場所は、前後に十メートルの通路が伸びる地形だった。通路の先には前後ともに曲がり角がある。そんな地形は地図上にいくつあるかもわからないほど存在した。

わからぬ命子に、藤堂が助け船を出す。

「こういう特徴がない場所に出た場合はまず場所の把握から始めます。そのためにも少し探索をしなければなりませんね。一時的にゴールから遠のくこともありますが、現在位置の確定が最優先と思ってください」

「はい！」

藤堂の指導に、命子は元気にお返事した。世界で初めてダンジョンをクリアした命子たちだが、迷路型のダンジョンで最初から地図を見ながら探索するのは初めてのことだ。だから、藤堂のレクチャーは命子たちにとっても新鮮なのである。

「じゃあささらが地図係ね？」

「わ、わかりましたわ」

ささらが借りてきた猫ちゃんになっているので、命子は役割を与えておいた。

カメラが回っているので、ささらはツンッとお澄まししながら地図係を始める。

そうして一つ目の角を曲がると、さっそく魔物が現れた。

「バネ風船です！」

命子はズビシと指さして鈴木さんに教えてあげた。ほらほらあれあれ、みたいな感じで人懐っこく教えてくれる命子に、鈴木さんはこの子超可愛いなと娘にしたくなった。

「みんな、私が倒していい？」

「うん」

「いいデスよ！」

「もちろんですわ」

「よぉし、あれから私がどれだけ強くなったか、思い知らせてくれるわ！」

そんな意気込みとは裏腹に、命子は剣を抜いて慎重に接近する。

魔物は危ない、という刷り込みにより、駆け出して一気に倒すという考えが命子の頭にはなかった。

しかし、戦闘のお手本としてはこれほどいい見本はいない。

ゴクリと喉を鳴らした鈴木さんは二つのカメラで命子の姿をじぃっと映す。

藤堂がバネ風船について解説する中、命子の戦闘が始まった。

「えい！」

周りに浮かせた魔導書を使えば余裕で倒せる相手だが、命子はサーベル一本で戦う。

袈裟斬りを浴びせて、軽くバックステップを踏んでから相手の様子を見て、すぐさま横一文字に斬る。命子が斬ればバネ風船はノックバックする。相手がノックバックした分だけ命子は足を滑らせるように前に出し、腰の回転を加えて流れるような動きで攻撃していく。

「終わりだ！」

命子は刺突を放ってバネ風船の顔面を貫いた。

計五発の連撃でバネ風船はサーベルの先端で光になって消えていった。

「くっ、強くなりすぎてしまった」

命子はボソッと言った。

まるで相手にならない。サーベルがそもそも強すぎるのだ。命子は近接アタッカーではないので、これで魔法を使ったらもっと簡単に倒せるだろう。

こんなことなら鉄パイプでも持ってくれば良かった。そうすればもうちょっと歯ごたえがあったのに。命子は軽く後悔した。

「こんな感じです」

みんなの下へ戻って命子が言うと、鈴木さんが質問を始めた。

「お疲れさまでした。なんだか簡単に倒してしまった印象を受けましたが、羊谷さんが強すぎるんでしょうか？」

「私がそこそこ強いというのはそのとおりです。バネ風船なら攻撃方法が単調ですから一気に五匹来ても倒せるでしょう。ただ、それはちゃんとした防具と武器を装備しているからです。地上の物で戦う場合はもっと手数が必要ですし、攻撃を受けたら死にます」

「羊谷さんたちや自衛隊のみなさんは、最初はそうやって戦ったわけですね」

「そうですね。ダンジョンが開放されたあとにどのように指導するかわかりませんが、個人的には鉄パイプなどの武器で戦闘を経験した方がいいかなと思います」

「それだと苦戦してしまうんですよね？」

「魔物がそう簡単に倒せない敵、というのを簡単なこのダンジョンで知ってもらった方がいいかなって思うんです。たぶん、簡単に倒せると勘違いした人がどんどん先に行って、死んじゃいますから。そもそもダンジョン産の武器の供給だって追い付かないでしょうし」

「はぁー、羊谷さんはよく考えているんですね」

鈴木さんに感心され、命子はんふーっとした。

「それに、いま私は一人で戦いましたが、指導者と来るときは恐らく複数人で戦うはずです。そうなればなおのこと、強すぎる武器だと訓練になりませんし。相手の攻撃はとても危ないので、もちろん防具は可能な限り強いのをつけてもいいとは思いますが」

命子はダンジョンをクリアした自負があるダンジョンプロなのだ。だから良さそうな意見はガンガン言っていくスタイルを取る。人死が多数あってダンジョン開放直後に、やっぱりまた封鎖します、みたいなことにならないためにも。きっとそうやって注意していかないと、中学の頃にいたお調子者の男子みたいな連中がブンブン死ぬだろうから。

「一応、こんな物を持ってきている」

そう言って、藤堂がリュックから五十センチくらいの鉄パイプを取り出して、命子に渡した。

「おー、いい感じに普通じゃん。使っていいの？」

「いいよ」

「やった！」

これで多少は苦戦できそうだ。

とはいえ、いつでも倒せるように魔導書は周りに浮かしておく。舐めプはいかんのだ。

「いかん魔本だ」

「魔本ですわ！」

藤堂とささらの注意が同時に飛ぶ。

廊下の角からふよふよ飛んできた魔本。それを見て、命子は愛おしくなった。

「鈴木さん、あれは魔本です。風見ダンジョンの一階層で人を殺し得る魔物はあいつですね。魔法を使ってくるんです」

「えーっ⁉ ひ、羊谷さん、そんな落ち着いて言うことですか⁉」

「大丈夫です。もはややつは我らの敵ではない」

「んふっ！」

「メーコ、それフラグデス！」

命子のセリフに紫蓮がツボり、日本のアニメをよく知るルルにツッコまれた。

「しまった！」

命子はハッとした。きっと視聴者全員にプークスクスされる彼らは、今の命子みたいな心境でフラグを口にしてしまったのだろう。これでは彼らのことを笑えない。命子は猛省した。だから彼らのことは今後も笑う所存だ。

「ルルさん、やっておしまいなさい！」

「ニャウ！　ゴインキョのコーモンドコロが目に入らぬのかデース！」

「鈴木さん、今のところは編集でカットしてあげてください」

魔法を発動するために激しくページをめくり始める魔本に向けて、ルルは高速移動で接近した。

十メートルほどの距離を瞬く間に詰めたルルは、魔本が魔法を発動する前に忍者刀で両断する。防御力が低い魔本はその一撃で光になって消えていった。

「と、このように今の私たちにはザコです。ただ、今のは素早さ特化のルルだからやれた戦闘です。普通の人は、近づいている内に水弾が完成してしまうでしょう」

「はー、なるほど。やはりルルさんも強いんですね」

「はい。ルルは強いですよ。鈴木さん、私は魔本と初めて会った時に危うく殺されかけました。尻もちをついた私の頭の上を、ビュンッて魔法が通り過ぎたんです。そういうことが起こりますから、指導者が必要だと私は思ったわけです」

あっけらかんと話す命子だが、十五歳の少女が予想以上の修羅場を潜り抜けていることに、鈴木さんはゴクリと喉を鳴らした。そんな経験が英雄を作り出したのかと。

■■■【後日のとある掲示板】■■■

１４８　名無しの同行人
クソクソ、なぜ俺は鈴木さんじゃない!?

１４９　名無しの同行人
お前がお前だからだ。もっと自分を愛しなさい。

１５０　名無しの同行人
うるせぇ！　俺は鈴木になれるんだったら今の俺なんていらない！　誰か助けて！

１５１　名無しの同行人
鈴木化の人生とか割と得しかないんだよな。社会的地位も高いし。

１５２　名無しの同行人
俺も命子たんに地図の見方教えてもらいたいよぉーっ！

１５３　名無しの同行人
いや、命子たん地図読めてないから。きっと上下逆さまなんだぜｗｗｗ

１５４　名無しの同行人
自衛隊が地図を完成させた場所にしか俺たちは入れない感じになるのかな？

１５５　名無しの同行人

うーむ、後追いかぁ。それって冒険感がないな。
156　名無しの同行人
ザコはそうなるんじゃないかね。強い冒険者は制限が解除されるとか。
157　名無しの同行人
おっと、そうこうしている内に命子たんが敵を発見。
158　名無しの同行人
やっぱり初戦は命子ちゃんか。
159　名無しの同行人
じりじり接近するのが超可愛い件。
160　名無しの同行人
だけど、実際に戦ったらお前とか瞬コロの戦士だぞ。
161　名無しの同行人
おー、五発か。敵弱くね？
162　名無しの同行人
サーベルが強すぎるんじゃない？　あっ、ほら命子たんも言ってる。
163　名無しの同行人
鉄パイプ装備して集団で殴る訓練か。なるほど、エグイな。
164　名無しの同行人
でも強い武器を使ったら、見てるやつとか経験値入らんのでしょ？　指導者付きの訓練で一日何匹狩れるか知らんけど、効率的に経験を積むならみんなでボコるのがいいんじゃない？
165　名無しの同行人
それそれ。経験値分配がどうなってるのかが気になるよな。
166　名無しの同行人
命子たん、ソロプレイヤーはどうすんのさ！　教えてよ……っ！
167　名無しの同行人
少なくとも、見ているだけのやつには入らんだろうな。
168　名無しの同行人
今から表情筋を鍛えて陽キャを目指せ。俺はすでにその修行を始めているぞ！
169　名無しの同行人
鏡見てしゅんとしちゃう男子だっているんだよぉおいおいおいおい（泣）
170　名無しの同行人
なんかレベルアップすると顔が綺麗になるって都市伝説が囁《ささや》かれてるぜ。真偽はわからんけど。
171　名無しの同行人
マジかよ。だったらぜひ頑張りたいな。
172　名無しの同行人
はわ、ルル様、発進！
173　名無しの同行人
はっや、高速移動って長距離移動は無理なんじゃなかったか？

174　名無しの同行人
え、初速からトップスピードになる技だろ？　違うの？
175　名無しの同行人
ふぇええ、やっぱりNINJAかっけぇ！
176　名無しの同行人
俺も魔導書が手に入らなかったらNINJAかなぁ。
177　名無しの同行人
たぶん、指導される時に手に入れたアイテムは国のものになると思うよ。複数人でのレベル上げになるだろうし、喧嘩になるのが目に見えてるからな。
178　名無しの同行人
あー、たしかにそうかも。
179　名無しの同行人
クジとか。
180　名無しの同行人
ゴネてもう一回とか言うやつが絶対出るぞ。
181　名無しの同行人
クソ面倒くせぇな、それ。
182　名無しの同行人
俺は初ドロップの魔石くらいは貰いたいけどな、記念に。

183　名無しの同行人
ロマンチストかよ。

184　名無しの同行人
どういう決まりになるかは要チェックだな。


命子たちのダンジョン行は続く。

基本的に、戦うのは命子とルルだ。

ささらと紫蓮も戦うか問うと『無理』みたいなアイコンタクトを寄こして二人で地図係を続ける。

順番に戦闘をする予定だったので、命子は早く出番が回ってきてウキウキだ。

命子は戦闘狂というほどではないが、戦うのが好きだった。しかも今は鉄パイプを使っての戦闘だ。十五回くらい叩かないと倒せないのがなかなかいい感じなのだ。

バネ風船はバネを落とすが、命子はあえてこの鉄パイプに【合成強化】を施さなかった。鉄パイプでもダンジョン産の物で強化したら割と強くなってしまうので、それを嫌ったのである。

ふぅ、といい汗をかいた命子はふと鈴木さんに目がいった。鈴木さんは眼鏡の奥の目をキラキラさせて戦闘を見ている。

命子は、ふむ、と頷いた。

「鈴木さんも戦ってみますか？」

「え、それは可能なんですか？」

鈴木さんは今回の同行についての禁止事項を思い出す。戦闘をしてはいけないとは特に書いてなかった。この場のリーダーである藤堂を見る鈴木さん。

「はい、それについては許可が出ています。サポートしますので良かったら戦ってみてください」

「それでしたら、是非体験させてください」

「鈴木さん、ハンドカメラの方を貸してください。撮影は私たちがします」

「……それでは、お願いします」

命子の申し出に鈴木さんは少しだけ躊躇したが、カメラを持って戦うことはできない。最悪の場合には自腹で弁償する覚悟で鈴木さんは命子にハンドカメラを渡した。非常に高性能のハンドカメラだ。当然、お値段も凄い。なお、頭についているアクションカメラはつけ続ける。

「じゃあ紫蓮ちゃんが撮影な？」

「う、うん。我、頑張る」

そんな高性能なカメラが最も年若い子へ無造作に貸し出される。鈴木さんは、彼女たちは英雄だから平気だと自分に言い聞かせた。

そうしてふんすと気合を入れる鈴木さんに、命子はニコニコしながら鉄パイプを渡した。条件反射でそれを受け取った鈴木さんは、え、であった。素人にカメラを渡した不安が消し飛んだ。

「頑張ってください！」

「け、剣をお借りできないんですか？」

「サーベルは強すぎます。さっきも言ったように、一度は苦戦する必要があります。鈴木さんがこの先、魔物を舐めないためにもここは鉄パイプがいいでしょう」

「いやいやいや、ここまでお話を聞いていれば舐めないですよ⁉」

「いいえ、人の心はわからぬものです。でも、そうですね……わかりました。ちょっとだけ【合成強化】しましょう」

命子は鉄パイプに『バネ風船のバネ』を三回合成した。どのくらい強くなったかは不明だが、この程度では気休めである。

鉄パイプを握った鈴木さんは、ロリッ娘の思いがけないスパルタさに怯えた。

これが英雄……っ。もはやなんでも英雄でいいらしい。

ちなみに鈴木さんのスキルはささらと同じ【防具性能アップ　小】だ。大江戸テレビがクジで同行取材の権利を勝ち取ったわけだが、鈴木さんはこのスキルを持っていたから社内で抜擢された経緯があった。単純に一番安全だからだ。パーティメンバーになるに当たってスキルの情報開示を求められていたので、命子たちも鈴木さんの初期スキルは知っている。

「いいですか、鈴木さん。ぶっ叩いてシュバッ、ぶっ叩いてシュバッです」

「そのシュバッはなんの音ですか？」

「バックステップの音です」

「なるほど」

わからん。

こうして、鈴木さんVSバネ風船の戦いが今、始まろうとしていた。

「なにかあったらすぐに助けますから」

「心の底からお願いします」

藤堂の言葉に、思いがけず鉄パイプで戦うことになった鈴木さんは心の底からお願いした。

鈴木さんは、手に握った鉄パイプを見た。

五十センチの鉄パイプ。見た目よりも重い。握る部分を考えると攻撃域は四十センチを切るくらいだ。短いんだよなぁ……、と鈴木さんは不安に思った。

「鈴木さん、リラックスリラックス！　ちゃんと見ていこう！」

「頑張るデース！　ヤイバのココロを持つんデース！」

「が、頑張ってくださいですわ！」

「頑張れぇ」

ＪＫとＪＣの黄色い声援を一身に受けた三十八歳男性は、別に少女趣味ではないが、力が漲《みなぎ》る感じがした。

「やぁ！」

攻撃範囲に入ったバネ風船に、鈴木さんは鉄パイプを振り下ろす。鉄パイプを握る手に硬質のペットボトルを叩いたような嫌な感触が伝わる。

その一撃で、バネ風船は地面に叩きつけられた。

鈴木さんは追撃など頭の隅にも置かずに、命子に言われたとおり、すかさずバックステップした。とても不器用なステップだ。そして、バックステップの際にズレた眼鏡をくいっと上げる。

地面に落ちたバネ風船は滅茶苦茶に腕を振ったので、バックステップを選択した鈴木さんの行動は正しかった。

「ちなみに藤堂さん、鈴木さんの防具だと攻撃を受けた場合は？」

「鈴木さんは【防具性能アップ　小】を持っているから、思い切り自分で腕をビンタしたくらいの痛

さじゃないかな？　まあ痛さってものは感じ方が人にもよるからなんとも言えないが、十発受けても死ぬことはまずないだろうな」

「うむ、やはり安全！」

しかし、そんな事実を教えれば舐めプしかねないので、命子は心を鬼にして鈴木さんが戦い始めてから聞いた。

なお、この質問の間も命子は魔導書で常にバネ風船を狙っており、いつでも殺せる準備をしていた。ルルや命子と喋っている藤堂もそれは同じで、いつでもバネ風船を斬り殺せる体勢であった。

バネ風船が再び浮遊して、戦いは再開する。

「頑張ってぇ！　鈴木さん頑張ってぇ！」

「敵のコキュウを感じとるデース！」

「が、頑張ってくださいですわー！」

「いい感じ」

「おっ凄い！　今のはいい当たりだったよ！　しまってこー！」

「ヒュー！　これでスズキ殿も立派なサムライデース！」

「が、頑張ってくださいですわー！」

「今のはいい絵。むふぅーっ！」

黄色い声援がダンジョンの中に響く。紫蓮だけは声援を送らないが、小さな声を出しながらカメラを構えて一生懸命いい絵を残そうと頑張っている。

少女たちに応援されつつ、その雄姿をやはり少女の手で撮影されている三十八歳男性。藤堂は、地獄のようなその光景を前にして足がガクガクし始めた。しかし、当の鈴木さんは声援を受けてむくむくぅと力が漲る。

敵を叩いて、バックステップ、そして眼鏡の位置を直す！

敵を叩いて、バックステップ、そして眼鏡の位置を直す！

その姿はまるでターン制ＲＰＧのキャラクターのよう。

通算十七回の打撃の末に、鈴木さんはバネ風船をやっつけた。ちょっと強くなった鉄パイプを使っているにもかかわらず、命子よりもたくさん叩く必要がある不思議。

なにはともあれ。

「「わぁあああ！」」

「えっ、わ、わぁあああ！」

命子とルル、そしてちょっと遅れたささらの歓声がダンジョンに轟いた。

「や、やりました、みなさん！」

上気した顔で報告する鈴木さんを、美少女三人がハイタッチでお出迎えだ。

「フィナーレ」

新米カメラマン有鴨紫蓮はその光景をしっかりと撮影した。

命子はててぇーと走り出し、バネ風船のドロップを回収した。安定のバネと魔石だ。

それらを鈴木さんに手渡す。

「これが鈴木さんの初めての獲物のドロップですよ」

「あ、す、すみません。興奮して忘れてました。これがドロップですか……」

ドロップ素材をジッと見つめる鈴木さんには、命を賭けるにはあまりにもお粗末なものに思えた。

命子はそんな鈴木さんに言った。

「鈴木さんが感じているとおり、それははっきり言ってゴミです。でも、このゴミから鈴木さんの冒険は始まります。バネはやがて龍の牙に、そしてさらにその先の凄いものに変化するんですよ」

「っっっ！」

命子の言葉に、鈴木さんの心臓がドクンと脈打つ。

ゴミから始まる冒険。その末に龍の牙を手に入れる。それはまさに羊谷命子の冒険そのままだ。

今、自分はそのスタート地点に立った。初戦闘で得られたドロップを、英雄の小さな手で直接授与されて。

時として人生には、のちの生き方を変えるほどの出来事に遭遇することがあるという。しかし、多くの人間にはそんな瞬間は訪れず、想像の範囲内の人生を送って生を終える。そんな瞬間に巡り合った人間は幸せだろうな、と鈴木さんは青春時代に思ったものだ。

これがその瞬間か……っ！

死闘によって興奮した鈴木さんの心に、命子の中二病な言葉が直撃してしまった。

お昼ご飯を食べる主婦たちにほのぼの情報をお届けする鈴木さんの人生が変わった瞬間であった。

それは同時に、ダンジョンリポーター鈴木夢太郎が産声を上げた瞬間でもあった。

「撮れ高」

新米カメラマンは、絶妙なカメラワークでそのワンシーンもしっかりと撮影した。撮れ高だった。

■■■【後日のとある掲示板】■■■

２３０　名無しの同行人
見てください、これが三十八歳男性の絶望した瞬間の顔です。

２３１　名無しの同行人
鉄パイプみじけぇｗｗｗ

２３２　名無しの同行人
まあ命子ちゃんはゼロ距離で倒したらしいがな。

２３３　名無しの同行人
でも、この人防具は借りてるんでしょ？　なら余裕じゃない？

２３４　名無しの同行人
スライムに鉄のよろいで挑むような感じかな？

２３５　名無しの同行人
それならステータス表示がオレンジ色でも勝てそうだな。なんなら素手でいけや！

２３６　名無しの同行人
頑張れ鈴木さん！　負けるなぁ！

２３７　名無しの同行人
お前が真の一般人代表なんだ！　頑張れ！

２３８　名無しの同行人
謎の鈴木人気。

２３９　名無しの同行人
いや待って待ってちょっと待って。え、なにこの応援。おい、鈴木、殴り殺すぞ。
２４０　名無しの同行人
激しく同意ですわ。女子高生に声援送られるとか、ちゃんとこいつは料金払ってんのか？

しかも紫蓮ちゃんに撮影してもらってさぁ!?
２４１　名無しの同行人
あ、ほらまた！　憎い憎い憎い憎い憎い！
２４２　名無しの同行人
君らさっき応援してた人たちだよね？　手のひらを返すの早すぎない？
２４３　名無しの同行人
俺、青空修行道場で命子ちゃんに応援されたことあるよ。
２４４　名無しの同行人
ちょいちょいお前出てくるけどいい加減に表へ出ろや！　俺はテレビ見てるからさぁ！
２４５　名無しの同行人
しかし、思いのほか鈴木がいい勝負をしている件。
２４６　名無しの同行人
ぶっ叩いてシュバッ、ぶっ叩いてシュバッですね。
２４７　名無しの同行人
いや、ぶっ叩いてハワァ、ぶっ叩いてハワワッて感じだが。

248　名無しの同行人
それに加えて眼鏡を直すテンポもある。そんな眼鏡捨てちまえよ！

249　名無しの同行人
お、勝った。

250　名無しの同行人
あーあーあーあー！

251　名無しの同行人
おまっ、汗まみれの手で俺のささらたんとハイタッチしてんじゃねえぞ!?

252　名無しの同行人
異端審問官呼んで来い！

253　命子教信者
呼んだ？

254　名無しの同行人
あ、う、うん、呼んだけど怖くなったからやっぱりいいや。

255　名無しの同行人
命子教信者のレスポンスがクソ速かったけどどうなってんの？

256　名無しの同行人
鈴木さんに別に負の感情がなかった俺でもこれは許せない。笑顔の女子高生とハイタッチとか！

257　名無しの同行人

そして命子たんから記念品の授与です。これが真なる勝ち組の姿です。

258　名無しの同行人

鈴木さん、泣きそうやん。

259　名無しの同行人

殺し合いのあとにこんな優しくされて泣かないでか。

260　名無しの同行人

まあ我々はお前を一生許さないがな！

261　名無しの同行人

まあまあ、ほらっ、命子神輿を見てこいよ。【動画ＵＲＬ】

262　名無しの同行人

そんなことで俺たちの怒りが収まるとでも……え、ひか、りぃ……？

263　名無しの同行人

あ、あぁ、ひ、光が、クルぅ……。

264　名無しの同行人

病院行った方がいいかもわからんな。

265　名無しの同行人

女子神輿ＧＩＦこそ研究所に行くべき。この癒しの謎を解明したら世界はもっと優しくなる。

その後も探索は続く。

命子は熱心にダンジョンのあれこれを説明し、敵が出てくると猛然と襲いかかる。

鉄パイプで器用に戦うその姿は野蛮ながらも美しかった。着ている服からして可愛いので、舞を見ているようなのだ。

ルルも命子から鉄パイプを借り、連撃で倒す。これまた見事な戦いぶりだ。短い武器に慣れがある分、命子よりも迫力のある戦闘シーンである。極上の絹のような長い髪が移動するたびに流水のように宙を撫で、それがまたなんとも目を引きつける。

「る、ルルさーん。頑張ってくださいですわー」

大人しめの声でそう応援するささらは、相変わらず借りてきた猫だ。戦っていない時にルルが一生懸命ちょっかいをかけ、相手をしてあげている。

「むむっ、撮れ高」

そして紫蓮はいつのまにかカメラを手放さなくなった。圧倒的な身体能力により、命子たちの戦闘をすぐ近くで撮影している。これは戦闘の素人である鈴木さんでは決して真似できないことだった。

紫蓮はなにかを作るのが好きな子なので、撮影もまた楽しく感じるのだ。

ダンジョンの説明では、バネ風船や魔本の弱点、ジョブに就くための条件やお勧めジョブ『修行者』についてなど、命子が惜しみなく教えていく。

さらには、おトイレ事情もお話しした。ダンジョン内でのおトイレは非常に恥ずかしい。これは女性冒険者にとっては由々しき問題になるだろう。だから、この問題はおトイレ業界の偉い人にも知ってもらいたいのだ。端的に言えば、ダンジョンが一般開放されるまでに便利グッズを作ってほしいのである。

そうして、ダンジョンを回り、道すがら行き止まりなどをチェックしていると、

「ふわわわっ、た、宝箱さんだ！」

命子が両腕をぶんぶん振りながら叫んだ。

宝箱は行き止まりなどによくある。自衛隊は道の途中などでも見つけているが、確率的にはやはり行き止まりが圧倒的に多い。命子に至っては未だに行き止まりでしか見つけたことがないくらいだ。

ゆえに、地図があれば行く必要のない行き止まりもチェックしておくと得をすることがある。

わぁーと走り出しそうな足を叱咤して、命子はそわそわしながらみんなと一緒に宝箱に向かう。ねぇ急がなくていいの、ねぇねぇ急ごうよ、みたいな感じでメンバーの顔色を窺うが一行の歩調は特に変わらない。

「宝箱さんです！」

ようやく宝箱のそばまで近寄ると、命子は鈴木さんとカメラに向かって教えてあげた。いつぞやさらたちにしたように、本日の主役を紹介するようなテンションの高さだ。

「ダンジョンにはこのように、宝箱があるのです！　鈴木さん、宝箱はなんと発見した人のものなんですよ！　警察に届けたりする必要がないのです！」

ふんふん、と鈴木さんは眼鏡を上げる。

地球さんTVでも命子たちは同じように警察へ届ける必要があるのかとやりとりをしていたが、鈴木さんはその時、可愛いなぁくらいにしか思わなかった。しかし、実際に宝箱という収納用品がゲームなどではなく実際に目の前にあると、たしかに自分たちが得ていいものなのか疑う心が芽生えた。

あるいは、これは落とし物を警察に届けることが多い日本人の気質なのかもしれない。

「というわけでさっそく……ハッ」

命子は宝箱に向き直ったが、ギューッと目を閉じて堪えた。

そうして、ド素人へ向き直る。

「鈴木さん、どうぞ開けてください……っ」

命子は接待した。ダンジョンプロなのだから、ここは我慢しなくてはと。

「え、い、いえ、私は結構ですよ。どうぞ羊谷さんが開けてください」

「え、うーん、そこまで言うならわかりました。私が開けますね」

命子は一瞬で折れた。

ではではと手を伸ばす命子。

「ちょっと待ってくれ、命子ちゃん」

「な、なんですか？」

藤堂に止められて、命子は手を引っ込めずに宝箱の蓋の両サイドに置いた。

「いやいやいや、待って待って。なんで開けようとしてんの」

そこまで言われてやっと命子は手を引っ込めた。

藤堂は命子ではなくカメラに向かって説明を始めた。紫蓮は真面目に撮影する。

「このようにダンジョンでは宝箱が見つかることがあります。みなさんも宝箱といえば罠があるイメージが強いと思いますが、現在、世界中のランク1とランク2のダンジョンで罠ありの宝箱は発見されていません」

命子は、話している藤堂の後ろで宝箱の蓋をなでなでした。

「しかし、もしかしたら、今回発見したこの宝箱が世界で初めて見つかった罠ありの宝箱という可能性もあるわけで……ってなんで開けちゃってんだよぉおおい⁉」

藤堂に見つかり、命子はハッとして慌てて宝箱を閉めた。中に布が入っているのをばっちり見たあとで。

「編集でカットしてもらうからとりあえず閉じといて！」

命子は叱られたが、非常に満足であった。

テイクツーが始まり、藤堂がカメラに向かって宝箱の危険性を話す。

ダンジョンは未知だ。出現してまだ二か月経っていないわけで、人類はなにもわかっていないに等しい。実はランク3にもなると罠ありの宝箱が三分の一くらいであるかもしれない。罠がないと思われていたランク1では百万分の一で罠が設置されているにすぎなかったなんてことも考えられる。この先、何年も様子を見て、罠がないと確信できるまでは用心する必要があるのだ。

藤堂の教えはつまりそういうことだった。

そして、いよいよ罠への注意方法だ。藤堂は地面に寝転がり、剣先を蓋に引っかけてペイッと開けた。結果は当然のごとくなにも起こらない。なにせ命子がすでに開けているのだから。

藤堂は虚しさを胸中に宿しながらも服を払い、説明を続ける。

「ダンジョンに罠解除グッズを持ってくるのは今のところ合理的とは言えません。このように正面から開けるのだけは避けて、蓋を開けてください。ひどく原始的ではありますが、罠があった場合はこれだけでも大分違うはずです」

命子はなるほどと頷いた。今度から自分もやらなくちゃなぁと。でも、手で開けるのがいいのだが……まあ仕方がない。

「この布は初級装備のバンダナですね。首か頭に装備するのが普通です。また、動物の装備としても使える物ですね」

「おっ、いいねいいね」

今回の探索での取得物は全て国に渡す決まりだ。一般人のレベル上げの際にもそうなるだろう。このダンジョンは魔導書が落ちるため、そうでなければ非常に困った事態になるのは目に見えている。


しばらくダンジョンを探索していると、藤堂が切り出した。

「さて、ここら辺でいいだろう」

「えぇぇぇ⁉　藤堂さん、まさか私たちをここで抹殺するつもり⁉」

「どういう理屈⁉」

藤堂のセリフに、命子はラノベの知識を全開にしてボケた。政府に消される展開である。

「でも紫蓮ちゃん、今のは絶対勘違いしちゃうよね？」

「ダンジョンで消される時はだいたい今のセリフ」

ねーっ、と命子と紫蓮が勝手なことを言う。

女子高生の言うことはわからん、と藤堂はため息を吐いて、本題に戻った。

「ここら辺で昼休憩にしようってことだよ」

「まあ知ってたけどな」

そういう時間帯だし、本当はわかっていた。藤堂は引っ叩きたくなった。

そんなこんなでお昼休憩になった。

休憩に選ばれた場所はL字の曲がり角。二つの通路の先にある次の曲がり角までたっぷりと距離があり、敵を発見した際にいくつかの選択肢を得られる場所だ。

「はー、よいしょっと」

「シャーラ、ご飯デス！」

「ふふふっ、そうですわね」

命子たちはリュックを下ろして準備に入る。

「手洗う人ぉ？」

命子の持つ水の魔導書は、水弾のほかに水をバケツ一杯ほど生み出す魔法が使える。魔力はしっかり減るものの、これが冒険では非常に重宝した。重たい水を持ってこなくていいのだから当然だ。

手を洗い終わり、命子たちはその場にそのまま座った。ハンカチ一枚敷かずに床へと座るその行動は、女子としては非常に思い切りがいい。

鈴木さんは命子たちの行動に少し驚いた。

「みなさんは座るためのシートなどを持ち込まないんでしょうか？」

その質問に命子たちは顔を見合わせた。

「うーん、荷物になるしなぁ」

命子の答えに、藤堂がアドバイスする。

「いや、命子ちゃん。クッションは持ってきた方がいいよ。野宿の時には見張りをしなければならないが、クッションがあるだけでコンディションがだいぶ変わる。今だと空気を入れるだけで使えるエアクッションも売っているしな。空気を抜けばかなりコンパクトだし、このくらいの荷物は必要なスペースと思った方がいい」

「へぇ、そんなのもあるんですね。じゃあちょっとチェックしてみます」

命子は素直に頷いて、冒険手帳にメモしておいた。

無限鳥居の冒険では、お尻が汚れるなんてことを気にする余裕はなかったので、命子たちの冒険での考え方は野性味が帯びてしまっていた。しかし、お役立ちグッズがあるのならどんどん使うべきだろう。突発的だったあの冒険と違って、これからは地上での準備を入念にできるのだから。

まあそれはともかくとして。

命子たちはリュックからお弁当を出した。全員が手作り弁当だ。箸を使わずに、手もしくはフォーク一本で食べられる内容である。ここで鈴木さんは眼鏡をキラつかせた。鈴木さんが出ている『あの町突撃！』は田舎町でお昼ご飯を調査する番組なのだ！

鈴木さんはハンドカメラを紫蓮から返してもらおうとするが、紫蓮はすでに一生懸命みんなのお昼ご飯を撮影し始めてしまっていた。

「取材」

「取材デス？　んふふぅ、ワタシのお弁当はシャーラが作ったデス！　こっちは猫さんおにぎりで、これはバナナの皮型のウインナーデスよ！」

「たぶんそれ、タコさんウインナー」

「え、えっと。わたくしのは逆にルルさんが作ってくださったんですの。サンドイッチがメインですわね。……ルルさん、もしかしてルルさんもパン食の方が良かったでしょうか？」

「ノーア。おにぎり大好きデス！　んふふぅ！」

そうして紫蓮の指示で、最後に二人で並んでお弁当の中身をカメラに向かって見せて笑顔。

こんなふうにしっかりと撮影しているものだから、これでカメラを奪うのは非常に大人げないような気がしてならない鈴木さんである。いや、まあプロなのだからそんなことは言っていられないのだが。

しかし、鈴木さんにはもう一つカメラがあった。頭の上についているアクションカメラだ。鈴木さんはそれを丁寧に取り外し、手に持って撮影を始めた。紫蓮が近くで撮影しているので、鈴木さんは全体を撮影だ。

手帳を見ながらおにぎりを頬張っていた命子は、それに気づいて少し驚いた様子だ。これは鈴木さんの今までの仕事でも時折遭遇したアクションで、一般人にはお昼ご飯のシーンを撮影されるのが楽しいながらも少し恥ずかしいのだろう。英雄のこういう一面も見られて、ちょっとホッとする鈴木さんだった。

期せずしてダンジョンの中で楽しげなお昼の光景を撮影できたが、それもご飯の途中で終わった。

「おっと、みんな魔本だよ」

命子が通路の先に魔本を発見して注意喚起すると、鈴木さん以外の全員が即座に食べているものを置いて、戦闘態勢に入る。

「ご飯中だしね、手っ取り早くここは私がやるよ」

命子は浮かべた魔導書に魔法を構築させる。

射程範囲に入ると、魔本もまたその場で止まって魔法を構築し始める。本来ならこうなった魔本は非常に危ないが、今の命子には脅威ではなかった。

ついさっきまでお弁当を食べて笑っていた目が真剣なものに変わり、魔本を射貫く。

「水弾」

魔導書から打ち出された水弾が高速で飛び、狙いどおりに魔本を撃ち抜き、光に還す。

お弁当をウマウマしていたと思ったら、その次の瞬間には物騒なことになる。

「お昼休憩に魔物は関係ありませんか……」

何年もお昼の小さな幸せの時間をリポートしてきた鈴木さんにとって、それはかなり衝撃的な世界だった。お昼というのはオフなのだ。なんならお昼寝する人たちだっていた。

鈴木さんの呟きに再びお昼モードになった命子が言う。

「気を張り詰める必要はないですが、緩めすぎるのは問題ですね。敵が来る方向が二つあるなら、最低一人ずつはそちらに向いているべきです。とまあ偉そうなこと言ってますけど、私もそういうのを学んでいる最中です」

「羊谷さんは勤勉ですね」

「冒険は楽しいですからね。楽しいことの勉強は楽しいんですよ」

命子はそう言うと、おにぎりを食べてニコニコするのだった。


入場から六時間ほどかけ、命子たちは風見ダンジョンの一階層の終わりまでやってきた。

一階層の終点では、赤い渦と青い渦がぐるぐると回っている。

「確認しますと、この渦は赤い方に入れば地上に戻り、青い方に入れば二階層目に行けます。信号と同じで赤は止まれと覚えてください」

藤堂のセリフに対して、カメラマン紫蓮は職人の目をして指で丸を作った。オーケーらしい。

さて、今回の探索では二階層には行かない。

また一階層で帰還することになるのが命子には残念で仕方がなかった。しかし、この大切な時期にイメージガールが暴走するわけにはいかないので我慢するしかない。

青いゲートをじっと見つめていた命子は、ふぅっとため息を吐いて気持ちを切り替えた。

「また来るぞ、風見ダンジョン！」

命子はそう言って、ダンジョンにしばしの別れを告げて赤い渦に入っていった。

なお、この探索で鈴木さんはレベル3まで上がり、ジョブにも就いた。あのあとも結構戦ったのだ。時には命子たちと協力したりして、非常に貴重な体験をしたのだった。後日放送された鈴木さんと美少女たちのタッグバトルに、世の中の人がヒートアップしたことは言うまでもない。

遠き地の親友

キスミアの首都ニャムルット。

そんな都市の煉瓦造りの風情あるお家で、メリスは今日も動画を見ていた。

画面に映し出された龍を討伐する友人の姿に、メリスは目をキラキラさせる。

羊谷命子が龍の意表を突き、笹笠ささらが龍の右目を斬り飛ばす。そして、親友の流ルルが痛みに吠え猛る龍の首を駆け上り、小鎌で目を抉りながら華麗にジャンプを決める。

そのあとに紫蓮の絶技が炸裂するのだが、メリスにとってはルルが重要だった。龍の目を抉りながら宙を舞うルルの姿に、メリスは堪らなく憧れたのだ。

学校が終わり、近所の公園で修行をしてから家に帰ったメリスは、毎日二回は必ず地球さんＴＶで龍滅戦を観戦した。全部を見るにはちょっと尺が長すぎるので、龍滅戦だけだ。

これはなにもメリスだけのことではなかった。ほかの国でも少女たちが龍と戦う十数分間の映像のファンはとても多い。台本はなく、ＣＧも使わず、すべてがアドリブ。地球さんがレベルアップしたことで拡張された人の可能性のみで戦う四人の姿は、カッコ良すぎたのだ。

けれど、メリスはそのあとに始まる四人の泣く姿が嫌いだった。

命子とささらと紫蓮のいる場所は、自分の席だったのに。けれど、ルルに日本でいいお友達ができて、嬉しく思う自分もいる。しゅんとしちゃうけれど、命子たちには感謝の念もあるのだ。ルルが日本で寂しい思いをしていたら、それこそ悲しいから。

メリスは枕を抱えて窓辺へ行くと、遠くに見えるキスミアの守護山を見つめる。

フニャルーと呼ばれてキスミア人に崇められるその山は、香箱座りした猫を横から見たような形をしていた。目の部分にはぽっかりと穴が空いており、お尻には尻尾もある。

「ルル……」

メリスは、ルルの幸せを祈り、同時に自分も冒険したいとフニャルーに願う。

そんな日々が続き、その日もメリスは市民公園で修行をしていた。

この市民公園は、以前はカップルがシートを敷いて寝転がったり、猫たちがお散歩したり、男の子たちがボール遊びをしているような公園だった。

けれど、羊谷命子の大演説によって、かなり様変わりした。

いろいろな人が修行を目的にして集い始めたのだ。

メリスは他国のことはわからないけれど、この国の人々のやる気が高いのは肌で感じていた。みんなのやる気が高いのは、龍滅を成した四人の内の一人ルルの故郷がこの地だったからだ。さらに、自分たちが手に入れたダンジョンで使えるお金を、キスミアを守るために使ってくれと分けてくれた。装備の受け渡しが行われたその映像は、日本の総理大臣とキスミアの首相が握手するシーンだったけれど、ルルたちの献身はしっかり報道された。

贈られた装備を身につけたキスミア軍人たちは、誰も彼も誇らしげであった。日本のアニメで見るようなコスプレチックな装備だが、キスミア人には良く似合っていた。

十五歳の少女にこんな素敵な贈り物をされて、これで滾らないやつはキスミアっ子じゃない。ほどなくしてキスミアでもランク1ダンジョンの十階層で妖精店を見つけるが、ルルたちから受けた恩は忘れなかった。

そんな中でも、メリスはルルの親友だっただけあって、特に修行に熱心な子の一人だった。

キスミア女子の多くは猫のようにしなやかな四肢を持ち、メリスもその例に漏れない。修行の際にはその四肢が躍動する。両手に持った武器が、シャシャッ、シャシャッ、とカッコ良く動く。絶対に強くなってやるぞ、とメリスの瞳に炎が燃えていた。

そんないつもの修行風景だったのだが、今日はこのすぐあとに大ニュースが飛び交うことになった。初めにその情報をキャッチしたのは、修行場のサポート広場の人たちだった。

彼らは修行場にいる人たちをすぐに集合させる。

元々が勝手に集まってきた人たちだけに、集合なんて合図はなかったけれど、集まれ集まれ！　と呼ばれて、わいわいと集合する。

そうしてメリスが聞いたのは、キスミアでダンジョン体験制度が始まるという知らせだった。


ダンジョン体験は、参加を希望する国民にダンジョンでレベルアップしてもらうための制度だ。

キスミア政府が発表したことによれば、参加者のレベルを2まで上げる取り組みなのだとか。

参加者四人に対して、指導者が二人つく。そうしてレベル2まで上がったら、来たるダンジョン一般開放まで修行して待っていてくれ、というものだった。

キスミアは小国だ。国土は、日本の埼玉県程度の面積しかない。人口も相応に少なかった。この条件は、国民にダンジョン体験をさせるのに問題が生じにくかった。

例えば、国土が広くて人口も多い国だと、長期間、国民にレベル差が生じてしまう。これは一か月や二か月なんて期間ではなく、最初の人と最後の人で何十年単位の遅れが生じる可能性がある。

キスミアは、世界でもいち早くダンジョン深層への探索プロジェクトを精鋭数部隊だけ残して縮小した。その分、国民のレベル上げのための土台を作ったのである。

ダンジョンから多くの軍人が引くという決断の裏側には、日本との協力関係があった。

日本はダンジョンの探索を進め、その情報をキスミアへ提供する。

キスミアは、国民のレベルアップのノウハウや問題点を洗い出し、日本へ提供する。

ルルたちが提供した四万ギニーから、両国間でこんな協力関係が生まれたのだ。

のちに、二つの国から始まったこの同盟はほかの国も合流し始め、そのシンボルマークは四つの円が重なりあうデザインとなる。

そして、このダンジョン体験は、誰かが呼び始めた『レベル教育』という名が広く浸透していき、社会の新たな制度となるのだった。

ダンジョン体験は、プラスカルマの者だけが役所で申請用紙を貰え、応募できた。

メリスはすぐに応募して第二陣の権利をゲットする。二陣と言っても、人口が少ないため一陣と二日しか変わらない。

ダンジョン体験は時間にとても厳しく、遅刻する可能性が低いダンジョンの近隣に住む者から優先的に権利が手に入ったとのちに知ることになる。

メリスは、政府が作ったサイトからどういうことが行われるのか熟読して、その日を待った。

当日、メリスはふんすと気合を入れて、会場の大学へ向かった。

権利を獲得した者は、それぞれが割り当てられた時間に会場へ行くことになる。メリスは九時の組だ。これ以降三時間おきにそれぞれ講習があり、十八時が最後の組となる。

何百もの人が、各教室で説明を受けていく。キスミアにはランク1ダンジョンが二つあるので、同じことが各ダンジョンの周辺にある大学などの施設で行われた。

まだ始まったばかりの制度なので、下限年齢は十四歳。上限年齢はなし。少しずつ調整され、下限年齢はすぐにでも下がると思われる。

また、カルマがマイナスの者は今のところレベルが上がったという報告がないので、ひとまず慈善活動にGOだ！

教室での説明では、体験の流れ、自分たちが戦う敵の特徴や倒し方、ジョブシステムの説明、絶対やってはいけないこと等の注意点などを教わった。

敵の倒し方は、三十分の講習映像としても流れ、非常にわかりやすい。とはいえ、それらはサイトに掲載されていたことばかりだった。けれど、メリスはしっかりお話を聞いた。

そして最後に、ダンジョンに入る際は指導員の指示に従い、速やかに入場するように言われた。これは特に念入りに言われたので、メリスはなにか理由があるのだろうと察する。

そうして、いよいよ体験の準備が始まる。

メリスは、配られた丈夫な生地のエプロンとヘルメットを着けた。

これは羊谷命子が使用してとんでもなく有名になったスキル【合成強化】が施された地上産の装備だ。地上産の装備は強くないというのは世間では常識になりつつあるが、【合成強化】を掛けることで、多少だが強くなる。この装備だとこれから向かうダンジョンの敵の攻撃を食らっても一、二発では死にはしない。凄く痛いが、指導者が助ける暇もないほどすぐに死んだりはしない。

さらに、いろいろな武器が貸し出される。どれもこれも、基本的に長い武器だ。メリスのようにＮＩＮＪＡを目指したい人としては、短い武器を使いたいところだが、魔物を倒すには長い武器の方が安全だからこうなっている。

これらの武器には、中途半端に【合成強化】が施されているらしい。たくさん強化すると、強くなりすぎてしまうので中途半端なのだとか。

メリスは、木刀をゲットした。

すっかり装備を整えたメリスは近くにいた娘を捕まえて、スマホで撮影してもらった。その画像をルルにルインで送る。これからダンジョン入るよ、と。

『みゃー！　メリス、頑張ってね！』

『すぐに追いつくかんね！』

『まっておるぞメリシロウ……それにしても、その装備、ダサいね』

『言うな！　強いられているんだ……っ！』

そんなやりとりをして、いざダンジョンへ！

しかし、ここからが慌ただしかった。

メリスのグループの四人は、全員が同年代の女の子だ。そこに指導員のお姉さんが二人つく。これはダンジョン内ではおトイレの問題があるために、異性を混ぜないように組まれていた。

このチームでひとまとまりになり、指導員の指示に従って移動する。

ランク1ダンジョンの入り口に向かう長い列の最後尾に並んだかと思えば、どんどん人がはけていく。はけた分だけ、メリスたちの後ろに人が並んでいく。

ダンジョンの渦が見える場所までくると、どうしてこんなに速いのか理解できた。時間に追われるようにしてダンジョンへ入れられているのだ。

渦の近くには、なにかを計測している研究チームがいた。その中には日本人もいる。彼らは入場者とパソコン画面を交互に見やってひどく真剣だった。メリスからはわからなかったが、それは一組あたりがスムーズに入場できる時間が計測されていたのだ。これこそが日本が喉から手が出るほど欲しいデータだった。

とにもかくにも、指導員のいうことを聞いて慌ただしく入場する。

まず初めにお姉さんが一人で先行して入り、事前に説明があったとおり、四人は急いで渦の中に入っていく。そうして最後にもう一人のお姉さんが入場した。

ダンジョンは六人までが一つのパーティとして同じ場所に落ちることができるので、ダンジョン体験ではこのような順番に入ることになっていた。ちなみに、もし当日欠員が出た場合は、キスミア猫をパーティーに入れたりする予定である。

「さて、ここがダンジョンよ」

お姉さんの一人が腕組みしながら言った。

入場前の慌ただしさはどこへやら、一息ついたようにゆったりだ。

メリスはいきなり石作りの通路に出て、目をキラつかせた。これから私の冒険が始まるのだと。

「事前に話があったとおり、これから君たち四人で魔物を倒してもらいます。私たちの指示をよく聞くようにね。わかりましたね？」

「「「「ニャウ！」」」」

お姉さんの言葉に、メリスたちはしっかりとお返事をした。

指導員に守られるようにして、メリスたちはダンジョンを歩き始める。

すぐに、敵が現れた。

「にゃもー」

そう鳴いて登場したのは、体高三十センチくらいの四本の足を持つナスだった。

「ホントにニャモロカだ……」

メリスは呟く。

ニャモロカはキスミアで有名なおとぎ話のキャラクターだった。人間に食べられたくないナスが、猫のふりをして人を騙すお話である。最終的には知恵ある幼女に食われる。

　このダンジョンの一階層には、ほかにもポプラの木のような魔物が現れる。これもまたキスミアで有名な悪戯妖精の一種だ。こいつは、砂を生成して目つぶしをしてくる。

「姿形はニャモロカを彷彿とさせるけれど、れっきとした魔物よ。まずは私と一緒に倒してみましょう」

　お姉さんの指導の下で、戦闘体験が始まった。

　ニャモロカは四本の足を使い、ぴょーんぴょーんと一メートルくらいの高さまでジャンプしながら向かってきた。

　事前の講習で、ニャモロカには移動用のジャンプと攻撃用のジャンプが存在し、攻撃用のジャンプ時は斜め下から腹部に目掛けて突っ込んでくると教わっている。

　攻撃射程は一メートル半ほどで、その範囲内で地面に着地した場合は次のジャンプが攻撃である可能性が非常に高くなる。この攻撃はかなり強く、エプロンが無ければ内臓が破裂するほどなのだとか。そのほかにも移動用のジャンプで人にくっつき、足で殴ってくることもある。こちらは弱から中攻撃だ。引っ付かれた場所によって危険度が増すため、やはり注意しなければならない。

「いい？　移動用のジャンプをした瞬間に自分から相手に突っ込み、攻撃するの。無理をして攻撃ジャンプを発動させないようにね」

　そう言って、お姉さんは素早く踏み込み、指導員用の少し変わった形状の武器でニャモロカを叩いた。その一撃で、ニャモロカは壁に当たり、ポテンと落ちる。

「ニャモロカのジャンプ突進は、一度ジャンプして着地すると同時に踏ん張る必要があります。こうして地面に落としてしまうと、ジャンプ突進は使えません。けれど、近づきすぎるとくっつかれて前足で殴られます。注意して攻撃を加えましょう。それでは順番に、攻撃してみてください」

お姉さんの使う指導用の武器は、スイッチを押すとカシャンと先端がY字状に変形する。それでニャモロカを地面に押さえ込み、安全性を確保した。

はわぁ、凄いパワーレベリング……と、戦くメリスのおんぶに抱っこな戦いが始まった。

「えい！」

「やあ！」

そんなかけ声とともに、順番に攻撃が加えられる。

対するニャモロカはお姉さんに封印されている。リンチである。

ボコボコにされ、ニャモロカは光になって消えた。あとに残ったのは、ナスだった。

「これであなたたちはレベル１になったはずです。ですが、レベルアップと同時に力が沸き上がることはありません。この先も油断せずに探索を続けましょう」

安全なダンジョン行は進む。

この体験は六時間のダンジョン滞在が予定されており、レベル上げとジョブシステムの開放を目的としている。ゆえにダンジョン内では色々な行動が推奨されていた。

例えば、棒で叩けば、『見習い剣士』『見習い棒使い』が、物を作れば『見習い職人』がジョブ選択に出現する。

しかし、一番人気はなんと言っても、『見習いＮＩＮＪＡ』であろう。短剣を二つ持ってシャシャシャーッとやっていると出現する。メリスもお姉さんに短剣を借りて、シャシャシャーッとした。

ジョブシステムは一時間で解放されるが、一度就くと二十四時間はジョブを変えられないうえに、そもそも魔力が減るので必殺技なども使えない。ひとまずジョブの種類だけ増やす子が非常に多かった。ルルもその一人だ。


そうして二時間ほどが過ぎると、お姉さんは言った。

「さて、そろそろ魔物を倒すのも慣れてきたかな？」

四人はニャウと頷いた。

しかし、魔物を倒すのには慣れたけれど、戦闘にはたぶん慣れていない。なにせ、おんぶに抱っこだったし。というわけで、お姉さんにサポートされながら一人ずつ戦闘をすることになった。

まずはメリスからだ。これはメリス自身が志願した。

ルルは、強くなりたいと自分から積極的に行動した。後追いの形になる自分が誰かの戦い方を見て、最初は上手くできなくてもいいんだな、なんて心の平穏を得てどうするか。指導員さんのサポートを受けてもいい。とにかく、甘ったれた思考にだけはなってはダメなのだ。

今までお姉さんに教わったことをしっかりと守り、メリスはニャモロカと戦う。

精神を集中して、修行したとおりにステップを踏んで攻撃を加える。

移動用ジャンプをしたら踏み込んで攻撃。突っ込みすぎれば飛びつかれるので踏み込みの調整もしっかりと行う。

ニャモロカが弾かれれば少し詰め、また移動用ジャンプを待つ。ニャモロカが弾かれずに近くに落ちたら、すぐにバックステップ。上手い人ならここで斬り上げたりもできるだろうけど、メリスは基本を守った。

お姉さんが押さえつけてくれていた時とは、緊張がまるで違う。

攻撃をミスれば、その直後にニャモロカは踏ん張ってジャンプ突進を使ってくる。

それを使わせてしまえば、指導員さんが割り込んで終わりだ。

五発、六発と攻撃を加える。

メリスの体感で十分近く戦っていそうに思えたが、きっとそんなことはない。ダンジョンでここまで歩いたよりもこの数分の戦闘の方がずっと消耗した。

そして、十九発目にしてメリスはニャモロカを倒した。

「はぁーはぁー、やった……っ」

光となって消えていくニャモロカはナスと小さな魔石を落とした。

お姉さんがそれを拾い上げ、メリスに渡す。

「よく頑張ったわね」

「ニャウ！　今日のご飯はお祝いの焼きナスです！」

メリスの返答に、お姉さんもニャウと笑顔で頷いた。

この体験で貰えるドロップは決まっていた。そうでなければ、レアドロップの扱いに困るからだ。

ナスと魔石は貰えるものである。

メリスは、小さな魔石の方をお守りとしてずっと取っておくことにした。

早めにゲートに到着した一行は、その場所でジョブに関わりそうな行動を取り始める。

裁縫をする者、二刀流でシャシャーッとする者、持ってきたナイフを砥石で研ぐ者——

指導員さんもジョブ取得用の道具を持ってきており、四人に貸し出してくれる。これもまたこの体験の一環であった。火を熾《おこ》して、料理を作ってみたりもした。ナス焼きである。

時間が経つごとに、チラホラと別グループの人たちも集まってきて、ゲート付近は祭りの終わりを彷彿とさせる賑やかさがあった。

たまに敵が来ると、志願した人が指導員とともに倒す。メリスもまたそんな中の一人だった。

そしてダンジョン体験の終わりである六時間が経ち、メリスの初めてのダンジョン行は終わった。

ダンジョンから出ると、フニャルーに太陽が沈む時間になっていた。

メリスは同じグループだった子たちとルイン交換して、別れる。

メリスは、フニャルーを見つめた。

「絶対に追いついてみせるわよ、ルル。そしたら一緒に冒険するんだかんね」

初めて自分一人で倒した魔物の魔石を握りしめ、メリスはフニャルーに誓った。

山の中にぽっかり空いた猫の目を思わせる穴に太陽が重なり、黄金色に煌めく。

メリスの今日のご飯はぷりぷりに太ったナスだった。美味いっ！

ダンジョン体験開始！

命子たちのイメージガールの就任式から五日後のことだ。

この日、ルルの故郷であるキスミアがダンジョン体験制度を開始した。

そのニュースを家のリビングで見ていた命子は、ふぅと息を吐き、フローリングによいしょと寝転がった。

「羨ましい羨ましい羨ましい！」

そうしてジタバタしだす。

「なんでさーっ！　うぇえんえんえんえん、羨ましい羨ましい羨ましいよぉおいおいおい！」

こんなに頑張って煽ってるのに、なんで他国に先を越されちゃうのか。せめてもの救いは、ルルの故郷という点だが、できれば日本がやってくれれば良かったのに。

「お姉ちゃん、うるさいよ。あっ、お姉ちゃんたちのポスターが貼られてる」

萌々子がテレビを見て言った。

テレビにはキスミアのランク1ダンジョンを取り囲む防護壁が映し出されていたのだが、そこには命子たちのポスターが貼られていた。

ポスターは五パターン作られた。命子、紫蓮、ささら、ルルがそれぞれ中央でメインとなってポージングをする四点と、特殊な感じのが一点だ。

キスミアに送られたポスターも同じなのだが、人気なのはルルが中央のバージョンらしい。長い脚を肩幅より少しばかり広げたルルが、両手の武器をカッコ良く構えているポーズだ。ちなみに命子たち四人の家にも、全てのポスターが額縁に入って飾られている。

萌々子の注意でジタバタを止めた命子は、テレビの前に陣取って熱心にニュースを見始めた。ニュースをあまり見ない命子にしては稀なことだ。そこではなぜキスミアがダンジョン体験を実現できて、日本が遅れる形になっているのか専門家が説明していた。

「はわぁ、そうだったのか……」

説明を聞いた命子は、目から鱗がぴょんぴょん飛び出た。

命子は、ダンジョンさえ開放されれば、みんなで仲良くレベル上げができると思っていた。

しかし、現実的には非常に難しかった。

日本にあるランク1のダンジョンは初期の段階で十三個が発見された。そして、命子たちが寄贈した地球儀で新たに二十二個が発見されて合計で三十五個になった。あとから発見された二十二個の中には山深くにあったものもあり、すぐに整備して使えるのは三十個のダンジョンとなっている。

さて、日本の人口は現在、約一億二千万人だ。仮にプラスカルマ者が七割とするなら、八千四百万人。その内の一割がダンジョンに入りたいと募集してきたら八百四十万人になる。それに対して、使えるランク1ダンジョンは三十個だけである。

一日は八万六千四百秒しかない。まさか一秒に一人入れるような計算をするわけにはいかないし、一日に入場できる人数は限られてしまう。入ったあとのことはどうとでもなるのだ。とにかく入場にやたらと時間がかかるのである。

入場にかかる時間がわからなければ、募集人数、かかる日数、指導員の人数、ダンジョン入場管理職員の人数、貸し出す装備の数、予算、レベル差による社会における影響……さまざまな数字の算出ができない。

自衛隊や警察官で実験するという案も出ていたが、彼らは一般人とは隔絶した厳しい規律の中で生活しているため、データ収集するには不向きすぎた。これをやるのは逆に問題が生じやすい一般人でなければならなかった。

この問題をルルが結んだ縁が解決した。キスミアだ。

キスミアは埼玉程度の面積しかないうえに人口も百万人程度なので、この制度に不手際があってもリカバリングが容易に利いたのだ。特にレベル差における社会的な格差が問題になった場合の対応が、一億二千万人の日本よりも百万人のキスミアの方が容易に解決できた。

これは人口の多い国ならどこも頭を悩ませている問題だった。大国などはそもそも軍人や警察官が多すぎるため、一般人にまで時間を割けない有様になっている場合もあった。

専門家の話を聞いて、命子はなるほどなぁとテレビの前で頷く。

「っていうか、それじゃあこの問題は一生続くのかな？」

ランク1のダンジョンに入るだけでこれなのだから、ランク2とかランク3も同じなのではと命子はゾッとした。そんな命子に萌々子は半眼で答える。

「みんながみんな、お姉ちゃんみたいにダンジョン入りたい病じゃないでしょ。レベルを上げてジョブについたらひとまず満足する人が多いんじゃない？　冒険者になったら命がけになるんだし」

「えー、そうかなぁ。みんなダンジョンに入ったら夢中になっちゃうと思うな」

「漫画やアニメだって好きじゃない人いっぱいいるでしょ？　世の中そんなものだよ」

「我が妹が達観してる件について」

萌々子の言うことは正しい。レベルを上げたい人ばかりじゃないし、冒険したい人ばかりでもない。ましてや戦闘が伴うため、怖いと思っている人は世の中に大勢いた。しかし、レベルを上げてジョブを得るのは将来のためになるので、一度だけ頑張るという人が結構な割合を占めていることが世論調査でわかっていた。

ただ、命子の言うことも正しい部分があった。冒険に夢中になるかはわからないが、レベルアップとジョブの恩恵は計り知れない。努力をすればそれがちゃんと血肉となり自分が超人になっていくのはとても魅力的なのだ。一度この恩恵を実際に味わってしまったら、今の世論は大きく変化する可能性が高かった。


そんなニュースを見てから半月ほどが経ち、日本でもついにダンジョン体験が実施される運びになった。実にスピーディな決断だが、正直、政府は割と焦っていた。

地球さんは地上に魔物が出現するようになると言っていたが、それがどれくらいの強さと規模なのか、守備範囲はどれほどなのか、なにもかも予想がつかないからだ。

これがダンジョンの渦から出てきてくれるならばいいけれど、そうでなかった場合——例えば日本中の全ての土地から湧いて出てくるようになったら、自衛隊や警察官だけでは対応しきれない。

さらに地球さんの時間感覚が本気でわからなかった。四十六億年生きているのだし、次になにかをするのは千年後と言われても不思議ではないし、感覚が狂いすぎていて明日にはなにか始めてしまうとしてもそれはそれで不思議ではない。

だから、日本政府は一刻も早く国民から強い人材が出て欲しいのだ。現段階ではレベルアップした者に戦ってくれとは言えないが、冒険者という職業を作り、ダンジョンにまつわる有事の際の臨時戦力になってもらうつもりであった。

なお、現段階でランク3以上の魔物がたくさん出てくるようになったら、日本は終わりなので諦めるしかない。これは各国政府の共通認識だった。

そんなわけで、ダンジョン体験第一期の応募が始まった。

各市町村から二百名ずつ。当選人数は約三十五万人。『各市町村から』というのが、いざとなったら戦ってくれるだろうという期待が見え隠れしている。

応募条件は、十八歳以上、高校生不可、マイナスカルマ者不可。参加場所に割り振られたランク1ダンジョンへの交通費や宿泊費などは全て自費！

また、今回に限らずレベルアップした者は、マイナンバーカードにレベルが記載され、スポーツ大会での記録にはレベル表記が義務化、球技などでは各協会の判断に従うよう決定された。こういった細かな決まりの根底には、とある少女たちの凄まじい成長データがあったのは言うまでもない。

交通費や宿泊費が自費というクソみたいな条件だったのだが、応募総数は一千万件を超えた。誰のせいかは謎である。修行せいいっ！

そして、その募集が始まると同時に、命子たちの下に馬場が重大なお知らせを持ってやってきた。


「ふぉおおお……ついに、ついにこの時がやってきたか！」

命子はパンフレットを持つ手を震わせた。

『冒険者について』というパンフレットだった。

命子の家までそのパンフレットを持ってきた馬場は、リビングのテーブルで命子の家族に説明している。命子は、パンフレットを一ページずつ丁寧にめくりながら、目を輝かせた。萌々子も馬場のお話を真剣に聞いていた。当事者の命子だけがパンフレットに夢中だった。

まず最初のページには、風見ダンジョン一階層目の写真が掲載されている。

『新たな世界が始まった。この世界を私はどうやって生きようか』

石作りのダンジョンを背景にして、そんな言葉がどこか情緒のある様子で綴《つづ》られている。

「ダンジョンで冒険するに決まってんだろうがよー、むふふふぅ！」

馬場は説明を中断して、そんな独り言を言い始めた命子に視線を向けた。

命子はニコニコして次のページをめくる。

「「……」」

目次を挟んで字やグラフがたくさん出てきたので、ニコニコはすんと静まった。

さて、冒険者についてだ。

日本政府が定めた冒険者は免許制である。

免許証の取得には冒険者試験に合格しなければならない。死ぬ可能性がある戦闘をするわけで、これは当然であろう。

試験の内容は、ダンジョンに関わる知識と実際の武力。

知識については、そもそもダンジョンについてまだわからないことだらけなので、専門的な知識は要求されない。現時点でわかっているダンジョンの仕組みや、新たに制定された『ダンジョン法』が出題される。ダンジョン法とは車の運転者にとっての道路交通法のように、冒険者になるなら知っておかなければならない法律である。すでに冒険者の教本は完成しており、この教本から出題される形になる。書店には並んでおらず、パソコンでのみダウンロードが可能だ。

実際の武力については、どのくらい強いのか練度を見せることになる。かつてただのロリッ娘だった命子ですらダンジョンから帰ってこられたわけで、そこまで高い水準は求めていないが、明らかに動けていない者やすぐに息が上がるような者はふるい落とされる。

「というわけでして、ダンジョン体験第一期が始まると同時に試験の申込みも始まります。そこで命子さんに免許の取得のお誘いに来た次第です」

馬場のあらましの説明が終わった。

その段になり、命子はパンフレットから顔を上げて、両親を見る。

命子パパは目を瞑り、頬をぷくぅと膨らませた。

馬場はうぜぇなこのオッサン、と真剣な顔の裏側で思った。反対するにしてもオッサンの頬プクとか誰得であった。

命子パパは頬を元に戻し、キリリとして目を開けた。

「話はわかりました。命子はたしかにとても強いですが、しかし、やはりまだこういうのは早いと僕は思い――――」

「お父さん！」

静かな物言いで意見を言う命子パパの言葉に被せる形で、萌々子がクワッとして叫んだ。その場の全員のお尻が浮いた。

「お父さん！　そんなことばっかり言ってると、お姉ちゃん、亡命しちゃうよ⁉」

「ぼぼぼ亡命⁉」

「そうよ！　お姉ちゃんが欲しい国なんてそこら中にあるんだからね。ダンジョンに好きに入らせてくれる国に行っちゃうかもよ。それでもいいの⁉」

萌々子の凄い剣幕に、命子と命子ママと馬場はおろおろした。命子は当然、亡命とかまったく考えてなかった。というかどうすれば亡命できるのかすら知らない。

ルールに則ってダンジョンに入ると決めていた命子だが、もうどうしようもなく我慢できなくなったら、ルインアドレスを教えてもらった総理のオッチャンに連絡して、ちょっと自衛隊と一緒にダンジョン入らせてよー、とお願いするつもりでいた。そちらの方が亡命よりも現実的だし。

「ぼ、亡命なんてお父さん許さないぞ！」

「じゃあ、どうするかわかるよね⁉」

萌々子がパンッとパンフレットに同封されている申込書を命子パパの前に叩きつける。申込書には保護者承認欄があるのだ。

「だけどだけど……」

はっきりしない命子パパに、萌々子のおでこにビキビキと血管が浮き上がった。

「お姉ちゃんは誰よりもこの日を楽しみにして、それに備えて一生懸命修行してたんだよ⁉　わかってるの⁉」

「はわぁ、妹がいい子すぎる件……」

命子は萌々子の発言にジーンとした。

そうだ、今度スマホを買ってあげよう、と心に決める。スマホは楽しいからな！

「で、でもな、萌々子。お父さんは心配なんだよ！」

「お姉ちゃんはこの世界でトップクラスの一般人なんだよ⁉　いつどうなるかわからない世界になったんだから、このままどんどん強くなった方がいいに決まってるじゃん！」

「う、うぅう……」

「妹はおばあちゃんに似たんですよ」

命子パパを説教する萌々子を温かい目で見つめながら、命子は馬場に説明した。

馬場は、命子と今後も付き合っていくにあたり、萌々子に叱られないようにしっかりしようと思った。たぶん、叱られたら泣く。だから命子から教えられても大人しく頷くことしかできなかった。

萌々子のプレゼンの結果。

「許可します……」

命子パパは折れた。

命子ママは元から許可していた。青空修行道場にちょくちょく通っているだけに、命子が毎日どれだけ努力しているのか見ているからだ。そして、その強さも。

一方の命子パパも最近はジョギングや腕立てなどを始めているが、青空修行道場にはまだ来ていない。行きそびれた者が入りづらくなっちゃった心理状態だ。

保護者の許可が下りたことで命子はひゃっふーした。すぐに試験の申込み用紙に記入していき、保護者承認欄にもサインが入る。

「そうだ、命子ちゃん。魔導書も所持するのに免許が必要になったから。その書類にも記入してね」

「わわわっ、そいつは大変です」

今まで、魔導書は民間人で命子しか所持していないということもあったので、扱いが宙ぶらりんだった。それが冒険者という職業ができることを機にして、やっと扱いが決まったわけだ。

魔導書は刀剣と同じように鍵付きのロッカーに入れて管理する必要があり、外に持ち出す場合はやはり鍵付きのケースに入れなければならなくなった。少し面倒くさいが、仕方あるまい。

「試験は七月の第一土曜日よ。それまでにこれを覚えてください！」

命子の前に、冊子が置かれた。例の冒険者の教本を印刷したものだ。百ページくらいある。

「冗談でしょ？」

「ううん。マジもマジ。それだって試験問題用に少なくまとめたものなのよ」

「ぬ、ぬぅ……学校の勉強もあるのにこれか……っ！」

「命子ちゃんたち四人が合格したら、ＩＤは一番から四番にしてもらえるみたいだから、ぜひ頑張ってね。落ちたらぁ……」

「はわぁ、プレミアムナンバーッ！」

難しい顔から一転。命子はやる気を漲らせた。

なお、落ちても命子たちのために、一番から四番は残してあげる予定になっているのだが。

「まあ、そう難しい問題ではないから安心していいわよ。原付の試験よりも簡単よ」

「原付の試験に例えられてもわからないですけどね」

「そっか、命子ちゃんは持ってなかったか」

そういうわけで、世間ではダンジョン体験の話で盛り上がりを見せる中、命子たち四人は試験勉強を始めた。

【お前ら】ダンジョン体験スレ　ＰＡＲＴ１６【どうだった？】

■■■【ダンジョンから誰か帰ってくるまで雑談が散発的に続く】■■■

６１２　名無しの養殖冒険者
ただいまー。
６１３　名無しの養殖冒険者
おっ、帰ってきたか！　一号おめ！
６１４　名無しの養殖冒険者
一人くらい死んだ？
６１５　名無しの養殖冒険者
まあまあ落ち着け。それで６１２、どこのダンジョン？
６１６　養殖された６１２
ロリッ娘迷宮。あっ、コテハン替えたよ。
６１７　名無しの養殖冒険者
クソ大当たりじゃん。
６１８　名無しの養殖冒険者
どんなことしたの？
６１９　養殖された６１２
サイトやテレビ特集で説明されたとおりだな。
６２０　名無しの養殖冒険者
指導員に敵を拘束してもらって倒す方法？
６２１　養殖された６１２

それ。移動しながらそうやって敵を倒して周って、慣れたら指導員に見守られながら一人で敵を倒した。あとはジョブ出現条件を満たす作業だな。

622　名無しの養殖冒険者

敵は上手に倒せた？

623　養殖された612

滅茶苦茶ドキドキしたけど、まあ一人で倒せたよ。

624　名無しの養殖冒険者

ぶっ叩いてシュバ、ぶっ叩いてシュバですね？

625　養殖された612

実際戦うと、大江戸テレビの鈴木は実は凄いやつだったって理解できるぞ。五十センチの鉄パイプとかマジでムリゲーだから。俺は一メートル無いくらいの木刀を使っても怖かったぞ。

626　名無しの養殖冒険者

あれは美少女に応援されてたからだろ。あんなことされたら、バフマシマシで五倍くらいの戦闘力になるわ。

627　名無しの養殖冒険者

612は応援してもらえたか？

628　養殖された612

俺のパーティはガチムキな指導員二人、インテリ眼鏡、子犬系オッサン、中二病っぽい大学生、引っ込み思案な俺。

６２９　名無しの養殖冒険者
俺氏総受けの陣ですね。
６３０　名無しの養殖冒険者
で、応援は？
６３１　養殖された６１２
中二病っぽい大学生がタイマンで失敗して指導員が手助けしたんだけど、終わったあとに俺が励ましたんだ。そのあとに俺がやったから、そいつが一生懸命応援してくれて嬉しかった。
６３２　名無しの養殖冒険者
生唾出てきた。
６３３　名無しの養殖冒険者
それでバネ風船と魔本は実際どうなの？　命子ちゃんとか自衛隊の映像は強すぎてまるで当てにならんからさ。ザコのお前の意見を聞きたい。
６３４　名無しの養殖冒険者
それは言えてる。なんだかんだ鈴木の映像が一番素人向きなんだよな。
６３５　養殖された６１２
バネ風船は攻撃射程に入ると腕を滅茶苦茶に振り回す。移動速度は遅い。防御力は俺の力で十九発か二十発当てないと倒せない。総評すれば弱いけど、実戦だからとにかくプレッシャーが凄かった。最初の戦闘は特に緊張のデバフがついてたな。
６３６　名無しの養殖冒険者

まあ殺し合いだからな。魔本は？

６３７　養殖された６１２
魔本の水弾はマジで見えない。指導員曰く百四十キロ程度だって言ってたけど、嘘つけよと思ったわ。まあ、緊張補正がかかって動体視力が落ちてるんだろうな。

６３８　名無しの養殖冒険者
じゃあやっぱり、危険であることは確かなんだな。

６３９　養殖された６１２
うん。命子ちゃんが指導員をつけろって言ってたけど、マジでそのとおりだよ。特にロリッ娘ダンジョンの一階層は魔本が出るからなおさら必要に思える。

６４０　名無しの養殖冒険者
じゃあ指導員がしっかり守ってくれるってのは確かなんだ。

６４１　養殖された６１２
ああ。六時間も一緒だし、そういう話もいろいろ聞けたよ。なんか指導員になる訓練で、魔物の攻撃を自分の身体で防ぐっていうのがあるみたい。水弾も同じ。まあ、本番では盾を持ってるけど、もしものためにやるんだって。

６４２　名無しの養殖冒険者
ひぇえぇ、なんてブラック。それ死なないの？

６４３　養殖された６１２
いや、さすがにダンジョン防具を着用しての訓練だぞ。

644　名無しの養殖冒険者

ひゃっふーい！　レベル２になりましたよっと！

645　名無しの養殖冒険者

お、また帰ってきたか。

646　名無しの養殖冒険者

プイッターで投稿してるやつも続々と出てきたな。

647　名無しの養殖冒険者

おのれぇ、良きかなの奴隷ども！　こっちは純粋にファンタジーしたいのに！

冒険者免許試験

梅雨頃になると『レベル教育』という言葉が誕生し、以降、ダンジョン体験はレベル教育と言われるようになった。

各市町村で戦える人材を増やした第一期のレベル教育が終わり、早々に第二期の募集が始まった。第二期の募集要項は、命子や青空修行道場のみんなが待ち望んでいた『ダンジョン周辺地域の住民もしくはその地域に通勤通学する者』を指定したものだ。

魔物がどのように地上に現れるか判然としないわけだが、そうは言っても結局のところ一番確率が高いのはダンジョンの渦やその周辺からの出現だ。だから、ダンジョン周辺に関わる人が優先されたわけである。

年齢制限は、十一歳以上。実はスキルの発現は満十一歳になった瞬間なのだ。動物も幼体の間はスキルを授からないので、リミッターのようなものがあるのかもしれない。応募要項の年齢制限は、それに合わせているわけである。とはいえ、十一歳の子供がレベル教育を行ってもいいというのは、裏を返せば、それだけダンジョン周辺がデンジャラスゾーンと国に認定されているとも言えた。

第二期の募集人数はかなり多く取られており、命子たちの住む風見町だと希望者は全員参加できた。風見町は人口約一万五千人で、これに通勤通学者を合わせても二万人に届かなかったためだ。

この優遇措置は、今後ランク1ダンジョンには多くの人が絶えずやってくるため、その迷惑料みたいな側面もある。これはほかのランク1ダンジョンがある町でも同じであった。経済効果は高いだろうが、賑やかになりすぎるのはまず間違いないからだ。

なんにせよ、これにより風見町は沸いた。特に青空修行道場の面々。

今までは成長補正がなにもない状態での活動だったが、これからはレベルとジョブを得た状態での修行になる。青空修行道場は新たなステージに立とうとしていた。もはや一大勢力待ったなし。

そして、第二期以降、レベル教育はノンストップで続くことになる。


風見町の住民がレベル上げをする中、命子たちは車上の人になっていた。

「狂気の都め、またやってきたぞ!」

命子は車の窓の縁に指をちょんと引っかけて、高層ビルを睨みつける。

そう、七月の第一土曜日である今日は、東京の大学で第一回冒険者免許試験が開催されるのだ。

現在はささらママが出してくれた車で移動中である。

そんなささらママだが、ほかの母親ズと一緒に少し前にレベル教育へ行ってきた。

ささらママと命子ママは若干運動音痴の気があり、魔物を倒す際に目がバッテンになっていたと、一緒の班だったルルママがキャッキャと報告していた。そんなルルママはささらママからモモパンを食らっていた。ママたちは仲良しだった。

ちなみに紫蓮ママの運動神経は息をしておらず、そういう人のために魔導書を貸し出す制度のきっかけの一例になった。もちろん、上から下に魔導書を落とすだけの安全な使い方だ。

そんなことがありつつもレベルが上がったささらママは、どこか機嫌が良さそうだった。その理由は娘とジョブやスキルのお話ができるからだ。

狂気の都を睨みつけていた命子は早々に飽き、ふと思い出したことを話題にした。

「ささらママ。攻略サイトはどんな感じですか？」

「すでに公開している無限鳥居などの画像や動画、簡単なジョブ情報だけでもかなりの収益になっています。あなたたちの冒険者デビューとともに本格的に攻略サイトとして公開をしますが、その事前段階で驚くべき登録者数になっていますよ」

「わぁ、ありがとう。ささらママ！」

ささらママはハンドルをしっかりと握りつつ、チラリとバックミラーを見る。そこにはニコニコした命子の顔が映っている。

ささらママはスッと目を細めた。それはまるで白刃煌めく刀剣のような目つき。しかし、その心中では命子にとても感謝していた。娘がよく笑い、学校や友達のことを家で話すようになったのは紛れもなく命子のおかげだろう。……まあ、命子と出会った頃に「修行を始めましたわ」と興奮気味に報告された時は耳を疑ったものだが。

だからささらママは、自分の人生を娘とこの少女たちに捧げようと心に決めていた。

大学に訪れた命子たちは、ささらママのあとを追う。

特に命子は東京に呑み込まれやすい宿命にあると理解しているので、絶対に見失わないように注意を払っていた。

第一回冒険者免許試験はレベルが上がっている人限定なのだが、受験者はかなりの数いた。レベル教育の第一期の全員と第二期の初期に参加した人が応募に間に合ったため、それなりにいるのだ。

名称が『冒険者免許試験』なわけで、試験を受けに来ている人はコスプレをしている人がチラホラいた。お祭りのような楽しい風景に、命子は立ち止まってカッコイイコスプレをしている人たちをふわわと見つめた。

「ねえねえ、紫蓮ちゃん。あれ、スベザンの時影死仙だよって……あ、あれ？」

命子は大都会に呑まれていた。

「えぇえええ？　えぇえええ？」

命子の口から狼狽えた声が出る。ついさっきまですぐ近くにいたみんなが居なくなっていたのだ。

「おのれぇ、東京めぇ！」

しかし、今の命子は強い味方がいる。スマホ先生だ。

「まったくみんなすぐに迷子になるんだから。困っちゃうね、ホント」

命子はやれやれとしながらスマホを操作し、受話器に耳を当てるとすぐに通話が始まった。

『はい、こちら迷子センターです』

「すみませんが、そちらに笹笠ささらという子はいないでしょうか？　もう、あの子ったら目を離した隙にすぐいなくなっちゃって」

『申し訳ありません。こちら正式には迷子になっているバカ野郎と会話するだけのセンターです』

「にゃんだと、やろうってのか！」

そんなふうにイキリ始める命子をルルが発見した。

「いたデース！　もう、メーコ、迷子になっちゃダメデスよッ！」

「待ちたまえ。私が正しく、君たちが迷子になっていた可能性もあるよ？　いったいなにを以てして私が迷子になっていたと証明するっていうんだい？」

「迷子になってるバカ野郎と会話するだけのセンターと繋がったデスよね？」

「ひぅうう、みんなが私を責める！　全部東京が悪いのに！」

無事にみんなと合流して、再び歩き出す。

前科持ちになった命子は、両側から紫蓮とささらと手を繋いで歩かされていた。

「あっ、見て見て！」

「命子さん、めっ、ですわよ」

すぐに別のことに興味を引かれた命子を、ささらが叱った。

「いや、違うんだって。ほら、私たちのポスターが貼ってあるよ」

命子の視線の先には、イメージガールのポスターが貼られていた。それも全バージョンが揃っているので、人だかりができていた。

「みんなのお家にもある」

「ふむ、たしかに紫蓮ちゃんの言うことはもっともだな」

命子は、なんであんなにテンションが上がったのだろうかと考えて、ハッとした。

「東京めぇ！」

「田舎者なだけ」


「それではみなさん、頑張ってくださいね」

「うん。ささらママもちょっと待っててね」

試験会場の教室の前でささらママと別れ、席に着く。

席順は、命子、紫蓮、ルル、ささら。これは申請順で受験番号は一番から四番だった。

定刻になり、試験が始まった。

試験はマークシート方式で、〇×の二択問題が五十問だ。そのうちの四十六問の正解で合格となる。

全てのマークシートを塗り塗りして、命子はふぅと満足気に笑った。

しかし、ここで油断するのはド素人だ。

命子は一息吐いてから見直しチェックを始めた。

ズレも記入漏れもない。こいつぁ百点ですわーとうむうむ頷く。

決してフラグではない。実際に、必死で勉強したので満点かそれに近いだろう。

試験日　20XX年7月〇〇日

冒険者免許試験

次の問題で正しいと思うものは「○」、誤っていると思うものは「×」と答えなさい。

《問1》 18歳以上の冒険者は、日本国内で魔物が地上へ出てきた際に、冒険者協会の要請に応じて戦う義務が生じる。

《問2》 ダンジョンから『途中で帰還する』ための渦の色は赤色である。

《問3》 ダンジョンの渦が1つのパーティとして認識するのは8名までである。

《問4》 20XX年7月〇日現在。冒険者が入ることのできるダンジョンの等級はランク2までである。

《問5》 ダンジョンの床に物を放置して誰も触れなかった場合、24時間後にダンジョンに吸収されてしまう。

《問6》 冒険者はダンジョンに入る際、パーティ全体で必ず地図を1枚は所持しなければならない。

■　■　■　■　■　■

《問18》 冒険者はダンジョン内で起きた犯罪の捜査に協力しなければならない。この際に義務付けられているのは、事件が起きた時間に滞在していた階層の開示である。

《問19》 ダンジョン活動予定書に記載したパーティメンバーが1人、急用で来られなくなったので、1人いない状態でダンジョンに入ることにした。

《問20》 ダンジョン内で入手した物は、冒険者協会を仲介せずに売買および譲渡することが禁止されている。

■　■　■　■　■　■

《問34》 冒険者免許の取得下限年齢は11歳である。

《問35》 高校生のみで構成された冒険者パーティの、ダンジョンにおける最大連泊許可日数は2泊3日である。

■　■　■　■　■　■

《問49》 冒険者は自宅内で武器を保管する場合、冒険者武器所持法の基準を満たす保管庫に入れ、解錠できる者は成人した1親等以内の血縁者までとする。

《問50》 冒険者は地上で武器を持ち運ぶ場合、冒険者武器所持法の基準を満たす保管ケースに入れ、身体から極力離してはいけない。

テストが終わり、四人は笑顔だ。いや、紫蓮だけは無表情だが。

大学内でお昼を食べ、いつもの和服に着替える。午後からは実技テストがあるのだ。

会場となるグラウンドの観客席には、どんなことをするのか多くのテレビ局が取材に来ていた。海外の局も来ているようだ。

「ひぅ……」

カメラを意識したささらが小さく声を漏らす。

「シャーラ！」

そんなささらにルルがガシーンと足を絡めておぶさる。

「ひゃーん!? いきなりなにするんですの!?」

混乱するささらに、命子が微笑みながら言った。

「ささら、緊張した時は手のひらにスターダスト・ダークンマターって書けばいいんだよ」

「えぇ？ な、なんですのそれ？」

「私が小さい頃に見てたアニメの主人公が使う必殺技だよ。愛と正義と暗黒物質、闇色ラキニャン、はっじまっっるよー」

それを聞いていた紫蓮は、スターダスト・ダークマターだが、と思ったが黙っておいた。命子は昔からこの必殺技名を間違えて覚えており、紫蓮にはそれがとても好ましかった。

さらに、同じく近くで聞いていたお兄さんたちが、もう十年も前のアニメのタイトルが英雄の口から出てきて凄く嬉しくなった。闇色ラキニャンは日曜の朝にやっているラキニャンシリーズで、初代と並び最高傑作と名高いのである。緊張していたお兄さんたちは、手にひらへ『スターダスト・ダークンマター』と綴った。

「あーダメダメ。文字を重ねると効果が弱まるから。ちゃんとやって」

「技名が長すぎませんこと？」

ルルをおんぶしながら、ささらも言われたとおりに手のひらへ『スターダスト・ダークンマター』と綴った。やはり技名が長い。

「そうしたら、はぁって飛ばすの。そうすれば緊張も飛んでいくから」

「ですわっ！」

背中をルルの熱でほかほかさせながら変な儀式を行ったささらは、ちょっとだけ気分が楽になった。昔は記念撮影などがあると一人で緊張と闘っていたけれど、今のささらは仲間がこうして勇気づけてくれる。それがとても嬉しくて、緊張は期待に応えたいという純粋な気持ちに変化していった。

「もう大丈夫ですわ」

ささらはふんすと気合を入れながら口角を上げて仲間たちを安心させた。


さて、実技テストは試験官の見ている前での戦闘技術の披露だ。

探索でサポートをしたい、という人もいるかもしれないが、最低限の武力を持たない人には高い評価はつかない。サポート要員はたしかに大切だが、レベルやジョブに成長補正がつく以上、ダンジョンに入る前にそれらで練度を高めないのは怠慢だ、というのが冒険者協会の主張である。

アピールタイムは一人二分間。どのようにアピールするかは個人の自由である。

武器は貸し出され、全て普通の木製だ。ただし、現代技術では真似のしようがない魔導書だけは貸し出された。命子の場合は、二冊の魔導書と木刀の贅沢装備である。

受験者は同時に五名ずつ試験をし、それぞれ三名の試験官が採点していくことになる。今回は試験官を自衛官が行っているが、ゆくゆくは専業の者に任せることになる予定だ。

受験番号一から五番までが番号を呼ばれる。命子、ささら、ルル、紫蓮、知らない人、の五名だ。

「ささら、紫蓮ちゃん、大丈夫？」

「ふんす、我、頑張る！」

「命子さん。はい、大丈夫ですわ。一緒に冒険するんですもの。心を無にして死力を尽くしますわ！」

「ニャウ！　みんなで決戦仕様デスね！」

そんな話をしながら、命子たちは試験会場に入る。

魔法や武技も放つため、土のグラウンドだ。

ただし、魔法や武技を放つ場合は事前に申告し、自身から五メートル以内の地面に向けて放たなければならない。一人一人のスペースは二十メートル以上離れており、事故が起こりにくいようにされていた。

武器を手にした命子たちの目つきが、普段の可愛らしいものから鋭いものに変わっていく。会場の賑わいがすっと遠のいていき、それに反して心身が熱くなっていく。

「始め！」

一斉に始まりの合図で動き出す。

この試験で、命子たち四人は『修行者』の【イメージトレーニング】を使用することにした。

命子たちは、このひと月半あまりで『修行者』をマスターしてしまうほどにスキルを使いこんだ。

現在はそれぞれジョブを変更して、さらなる修練に励んでいる。

「「「【イメージトレーニング】発動！　バネ風船かける五体！」」」

命子たちの宣言が重なった。

その瞬間、命子たちの視界に幻影のバネ風船が集団で現れる。

命子はすぐさま二冊の魔導書に水弾を準備させ、駆け出す。

一番手前のバネ風船に斬撃を浴びせると同時に、斜め上から地面に向けて水弾を放つ。

命子自身は返す刃で横の敵に斬撃を浴びせ、水弾を放ち終わった魔導書で接近するバネ風船を引っ叩いた。その隙にほかの一体が近づいてきたので、コロンと転がって距離を取りつつ、またも水弾を準備して戦いを継続する。

試験官や観戦者は目を見開いてその様子を見ていた。

幻影の敵が彼らにも見えているわけではない。幻影と戦う命子の動きがとにかく速いのだ。

レベル十二になった命子は、毎日のように一生懸命修行してきた。踏み込みや剣筋の鋭さ、一切見もせずに魔導書を的確に操る操作技術、そして魔法の威力。龍滅を成したあの日から二か月と少しばかりが過ぎ、命子はさらに強くなっていた。

これは紫蓮とささらとルルにも言えることだった。

三人は魔導書を操る命子ほどの派手さはないが、近接戦闘において命子を凌駕する。

紫蓮は変幻自在の棒術を使い、もはや少し武術をかじった程度の者では棒の軌道がまったくわからない。下段からかち上げられたかと思えば、次の瞬間には横薙ぎが繰り出され、紫蓮自身の体が回転するとどういうわけか強烈な突きや叩きつけに派生する。

ささらは、鋭い踏み込みと力強い斬撃が売りの正統派の剣士スタイルだ。スラッシュソードは等倍ダメージだが飛距離が三メートルほどある強力な技のため、演武に混ぜ込まれる。以前は魔力の関係でここぞというタイミングでしか撃てなかったスラッシュソードだが、今では魔力量を鍛えて多用することも可能だ。

ささらの一番の売りは防御力の高さにあるのだが、残念ながらそれは試験官の手元にある資料でしか表現されない。しかし、加算点はこの事実だけでも非常に大きかった。

ルルは、圧倒的な速さと武器の変則性がウリだ。高速移動を織り交ぜて、ルルにだけ見えるバネ風船を忍者刀と小鎌、時には蹴りや殴打を交えて打ち倒していく。【連撃時、物攻アップ】系という変わったスキルを持つルルは、素早い攻撃とのシンパシーがとても高かった。

その攻撃速度は、もはや一部の観戦者の目では追えないほどの速度になっていた。たまにニンニンと水芸を交えるのはご愛敬だ。

四人は、無限鳥居での冒険では手分けをしてほとんどが一対一の戦いをしていた。後半では一対二になる状況もあったが、一対五という戦いはなかった。しかし、今の四人は修行を重ね、複数体のバネ風船を相手取ることができるまでに成長を遂げていた。

「「「「【イメージトレーニング】発動！　バネ風船かける十体！」」」」

命子たちが揃っておかわりを口にする。

「う、ぇ!?」

観客の一人が思わず目を瞬かせる。

見えてしまったのだ。命子が、紫蓮が、ささらが、ルルが、戦う幻影のバネ風船を。これは熱心に

魔物を研究し、己もジョブの恩恵を受けながら修行している者ほど強く幻視した。

命子たちを見ている試験官たちは揃って思った。これ、下手をすれば俺は負けるな、と。

彼らとて、他者の実力を見抜けるくらいの実力者だ。自衛隊の中でも真ん中よりずっと上。ダンジョンへ豊富に入る機会を持つ彼らが冷や汗を掻くほどの強さを、命子たちは得ていた。

その強さの秘密は、今まさに使っている【イメージトレーニング】にあった。

命子たちは、無限鳥居の魔物たちや動画が公開されている戦ったことのない魔物をイメージして、上質な訓練を積んできたのである。その二か月の成果が今、バネ風船というクソザコに牙を剥く。無双状態であった。

そして、五番の人の所在なさと言ったらない。

「や、やめっ！」

受験番号五番の人を見ていた試験官が宣言する。

命子たち四人を見ていた試験官は、二分という制限時間を忘れていたのだ。

終了の宣言と同時に、命子たちはスッと戦闘モードを終えて、にこぱぁと笑った。それと同時に会場に立ち込めていた『なにか』が瞬く間に霧散していった。

命子たちは少し遅れてざわつき出したグラウンドをあとにして、係の人に借りた武器を返す。

そして、命子たちの退場とともに始まる地獄……っ！

次の組の人は、天下一を決める武術会に間違えて出場しちゃった人みたいな気分で歩き出した。

しかし、そうは言っても彼らも新世界でレベルやジョブの恩恵を受けて修行した身だ。以前の世界なら、コンビニにたむろしているヤンキーを余裕で殲滅《せんめつ》するくらいの実力はあった。

始まった演武を見て、試験官たちはほのぼのした。そうだよ、こういうのを想定していたのだと。

実をいうと、これは政府の狙いどおりだった。

命子たちの練度を見せつけたあとにほかの者たちの練度を見せる。これで実力の差というものをわからせ、自分たちがなぜその点数なのか理解させたかったのだ。ちょっとやそっとの練度ではいい点はつけないよと知らしめたかったのだ。

つまり、本日試験を受けた命子たち四人以外のみなさんは、生贄だったのである。

なにせ彼らはレベルが上がって、長くとも一か月程度しか経っていないのだから。ちゃんといろいろな戦闘を経験し、防具を強化して、実力を上げてもらいたいのである。

しかし、政府は一つだけ誤算があった。

命子たちの練度が想像以上に高かったことだ。

現状で、冒険者にはランク1のボスを倒すところまでしかダンジョンを開放しない予定だ。しかし、すでに命子たちはランク2ダンジョンを普通に冒険できる実力を持っていた。

政府は一般人の成長速度を見誤ったのだ。これにより、ランク2ダンジョンの開放のタイミングをそうそうに考える必要がありそうだった。


【全員】冒険者免許試験スレ　ＰＡＲＴ４【落ちないかな？】
■■■【怨念渦巻く雑談がつらつらと続く】■■■

２５９　名無しのテンプレおじさん
　今頃アイツら試験かぁ。

260　名無しのテンプレおじさん
全員落ちればいいのにな。
261　名無しのテンプレおじさん
お前もレベル教育の抽選落ちた人か。俺もだ。
262　名無しのテンプレおじさん
あいつらマジファ〇クですわ。今まで散々ラノベをディスってたクセにこれですよ！
263　名無しのテンプレおじさん
定期的にその恨みを垂れ流すのやめろｗｗｗ
264　名無しのテンプレおじさん
もうテンプレになるレベルで呪詛に溢れてるからな。
265　名無しのテンプレおじさん
はぁー、全員落ちないかなぁ。
266　名無しのテンプレおじさん
【問1】バドゥエンドモダメダは、触手で巻き付いて死ぬまで生き血を吸い続け、種子を体内に送り込んでくる魔物である。〇か×か。
267　名無しのテンプレおじさん
そんな殺意に溢れた魔物の問題が問1で出てきたらオジサン冒険者になるのやめるわ。
268　名無しのテンプレおじさん
まあできたばかりの組織の最初の試験だしな。そこまで難しくもないだろ。

２６９　名無しのテンプレおじさん
どっちにしても試験とかオジサンには辛い。
２７０　名無しのテンプレおじさん
ダンジョン探索するなら試験以上に辛いだろ。
２７１　名無しのテンプレおじさん
試験終わったぞー。
２７２　名無しのテンプレおじさん
お前は終わったかー？
２７３　名無しの受験者
四十四点は堅い。あっ、コテハン替えました。
２７４　名無しのテンプレおじさん
四十六問以上正解で合格だよな？　いやぁ、こういうのはちゃんと外れるんだよなぁ！
２７５　名無しのテンプレおじさん
四十四点ってのも怪しいしな！　まあ、次回があるさ（肩ポン）。
２７６　名無しのテンプレおじさん
ざまぁーふぇーい！　いやっほーい！
２７７　名無しのテンプレおじさん
みんな励ましてやれよ！
２７８　名無しの受験者

いや、お前も落ちること前提じゃねえか。

２７９　名無しのテンプレおじさん

第一回はこのあとに実技試験だろ？

２８０　名無しの受験者

俺はあとの方だからかなり時間が空く。

２８１　名無しのテンプレおじさん

どこの会場？

２８２　名無しの受験者

東京。生の四娘見たぞ。命子ちゃん超ちっちゃかった。ささらさまとルルちゃんも高一で完成しすぎててやばかったな。そんな中で紫蓮ちゃんが一番可愛かった。なでなでしたい。

２８３　名無しのテンプレおじさん

おー、羨ましいな。じゃあもう満足だろ。頼むから落ちてよぉおおおっ！

■■■【嫉妬に塗れた雑談が続く】■■■

４８８　名無しのテンプレおじさん

○○大学って言ったらプレートランチだろ。

４８９　名無しのテンプレおじさん

なんでお前はうどんにしちゃうのかね、情弱もほどほどにしろ。

４９０　名無しのテンプレおじさん

お前らの嫉妬が長すぎる件ｗｗｗ

491　名無しの受験者
だってわかめうどんの写真が美味しそうだったんだもん！

492　名無しのテンプレおじさん
〇〇大学西館学食メニュー・わかめうどん【画像】

493　名無しのテンプレおじさん
メシテロやめろし。クッソうどん食いたくなったわ。

494　名無しの受験者
さて、もうそろそろ移動しないと。しばらく書き込まんぞ。

495　名無しのテンプレおじさん
お前、あとの方なんじゃないの？

496　名無しの受験者
ほかの人の試験も見れる。つまり命子たんの試験も見れる。ははっ、羨ましかろう!?

497　名無しのテンプレおじさん
バカかお前、うどん食ってる場合じゃねえぞ、それ。グラウンドの周りとか人が凄いと思うよ？

498　名無しの受験者
考えてみればそうだ！　マジでうどん食ってる場合じゃなかった！

■■■【ざまぁなど溜飲を下げる醜い書き込みが続く】■■■

550　名無しのテンプレおじさん
でかした、さすが大江戸テレビ！

551　名無しのテンプレおじさん
まあ、ほかの局も生放送してるけどな。でも、位置取りはやっぱり大江戸だな。
552　名無しのテンプレおじさん
大江戸テレビと言えば、たしか鈴木も受験してんだよね？
553　名無しのテンプレおじさん
みたいだな。鈴木のシンデレラボーイっぷりが憎い。
554　名無しのテンプレおじさん
アイツのダンジョン履歴も特殊だからなぁ。
555　名無しのテンプレおじさん
おっとそうこうしている内に四娘の登場です！
556　名無しのテンプレおじさん
ふわわっ、今日も和服だ！　心のサプリ！
557　名無しのテンプレおじさん
イメージガールだしな！
558　名無しのテンプレおじさん
ん？　五番の子は見たことないな。
559　名無しのテンプレおじさん
謎のオッサン現るか。チェックチェック。
560　名無しのテンプレおじさん

シッ、始まるよ！

561　名無しのテンプレおじさん
おっ、イメトレ使うのか。

562　名無しのテンプレおじさん
ふぁ!?

563　名無しのテンプレおじさん
おいおいおい、レベルが違いすぎだろ。

564　名無しのテンプレおじさん
演武中563以外誰も書き込まなかったな。

565　名無しのテンプレおじさん
いや、書き込む余裕なんてねえよ。息するのすら忘れてたかもしれない。

566　名無しのテンプレおじさん
大江戸テレビでリプレイやってますよ。

567　名無しのテンプレおじさん
アジテレビでもやってる。

568　名無しのテンプレおじさん
命子ちゃんさらに強くなってなかったか？

569　名無しのテンプレおじさん
魔導書捌きがやばかったな。まったく位置を見ずに動かすのって可能なの？

570　名無しのテンプレおじさん
俺、レベル教育で一時間くらい触らせてもらったけど、魔導書はすげぇ難しかったぞ。敵に当てるのすら難しかったよ。
571　名無しのテンプレおじさん
自衛隊でもちゃんと使えるようになるまで時間がかかるって話だよ。
572　名無しのテンプレおじさん
この子、空間把握能力が高いのか？
573　名無しのテンプレおじさん
ヤバいのはルルちゃんだろ。大江戸テレビ、スロー再生しちゃってるぞ。
574　名無しのテンプレおじさん
冒険者免許試験ってここまでの力を求められるんですか？
575　名無しのテンプレおじさん
いや、さすがにこれは特殊な例だろ。話に聞くランク1ダンジョンだと、これは過剰戦力だと思うぞ。そもそも、この試験を受けるやつはレベル2か3のどちらかなわけだし。
576　名無しのテンプレおじさん
ほら、六番からの人たち見ろよ。ははっ、まるでお遊戯だぜ！
577　名無しのテンプレおじさん
こいつらも十分に強いからね？　あ、待った。八番のやつは普通に勝てそうだわ。
578　名無しのテンプレおじさん

うどんの受験者は息してるかな？

579　名無しのテンプレおじさん

トボトボ帰ってるかもわからんぞ。　たのちぃーっ！

580　名無しのテンプレおじさん

お前らの醜さがひでぇｗｗｗ

■■■【そして受験番号十六番から二十番の組が始まる】■■■

691　名無しのテンプレおじさん

なっ!?　十六番、鈴木だ！

692　名無しのテンプレおじさん

あの野郎、眼鏡変えやがったな！

693　名無しのテンプレおじさん

ガチ戦闘用の眼鏡じゃん。

694　名無しのテンプレおじさん

っていうか、この野郎！　また四娘に応援されてやがる！

695　名無しのテンプレおじさん

水島アナにまで！　許せない！

696　名無しのテンプレおじさん

クソッ！　鈴木のくせにほかのやつらより強いだと!?

697　名無しのテンプレおじさん

まあ、鈴木はレベル教育が始まる一か月近く前にレベル上がってたからな。

698　名無しのテンプレおじさん

それにしても鈴木が強い件。なんなの、この気持ち……っ。

699　名無しのテンプレおじさん

嫉妬。

700　名無しのテンプレおじさん

俺は三か月前に普通だった子がここまで強くなる成長システムに驚きだな。

701　名無しのテンプレおじさん

なにか秘密の特訓をしてるのかな。

702　名無しのテンプレおじさん

風見ダンジョンにこっそり入らせてもらってるんじゃないのか？

703　名無しのテンプレおじさん

いや、それはないだろ。それに、俺の兄貴が自衛隊で、ランク1ダンジョンでドロップ集めの任務をしてるんだけど、ほとんど練度は上がらないって言ってたぜ。

704　名無しのテンプレおじさん

そうなの？

705　名無しのテンプレおじさん

強い装備つけた強いやつ六人パーティでザコ狩りしてて練度が上がるはずがないだろ。なにか大きなハンデを付けていれば別かもしれないけど、自衛隊がドロップ集めの任務で行くならそんなことしないからな。むしろこの任務よりも地上で訓練した方が強くなれるって言ってたよ。
706　名無しのテンプレおじさん
命子ちゃんたち、イメトレ使いまくって練習してるってプイッターに書いてたぞ。一撃食らったら死亡するって自分ルールを決めて、魔物と一対複数で戦ってるみたい。
707　名無しのテンプレおじさん
それなんて修羅？
708　名無しのテンプレおじさん
あの子たちをなにがそこまで駆り立てるのかｗｗｗ
709　名無しのテンプレおじさん
そうなるとやっぱり『修行者』は強くなるために必須級ジョブってことか。

活動予定書

ダンジョン体験の第二期が始まってからの日々は、命子にとって実に楽しいものだった。

青空修行道場や学園でも徐々にレベル教育に参加した人が増えていき、話題もジョブやスキルのことが増えていったのだ。

それに伴って相談に来る人が増えたけれど、命子は惜しみなくコツを教えていく。その代わりに、多くの人が一般系ジョブのスキルを教えてくれた。

教えてくれた人には、一般系ジョブでも未発見のジョブなら国に報告すれば金一封貰えるよ、と教えてあげるとみんなすっ飛んでいく。そうして微妙な顔で戻ってくる。

最近この制度ができたのだが、そんなに大金ではないのだ。どれだけの数があるかわからない一般系ジョブに一万も二万も払っていたら恐ろしい金が飛んで行くので当然と言えば当然だ。これが上位ジョブや極めて珍しいジョブだとまた話は変わるのだろうが。

さて、レベル教育を終えた者はまず『修行者』など魔力を消費できるジョブスキルがあるジョブに就いて魔力量を増やしていった。この期間は劇的に強くなることはない。基礎の基礎を作っている段階だ。魔力が30点くらいになった者は、ジョブを変えていく。

多くの人が『見習いの剣士』や『見習い棒使い』だ。サポートをしたいと言っていた者もまずは戦闘系ジョブに就く人が多かった。ジョブをマスターしないまでもジョブの恩恵を受けて、ある程度の武力を欲したのだ。

というのも、レベル教育で実際に敵と戦って危機感を強めたからである。

地球さんが『練習用』と言ったダンジョンの最初の魔物ですら、普通の木刀などでは大の大人が二十発近く殴らなければ倒せない。移動速度は遅く、攻撃する度にノックバックしてくれるものの、相手の攻撃を一回も受けてはいけないのは非常に恐ろしかった。

さらに、風見ダンジョンの一階層には魔本がいる。

素人の彼らは、魔本が放つ水弾の速度に驚愕することになった。もちろん指導者が守ってくれたわけだが、命子が指導者は絶対に必要と訴えた意味がようやくわかった気がした。

ちなみに、レベル教育の時は【合成強化】を施した頑丈なエプロンとヘルメットを着用する。キスミアと同じだ。今後、人材が揃っていけば、さらにいい貸出防具になる予定だ。

そうやって元々危機意識が強かった風見町の青空修行道場の大人たちですら、この経験で強くならなければならないのだと真に悟るに至った。

危機意識の薄かった大人たちなどは、この経験により、ようやく慌てることになった。

命子パパも似たようなものだ。命子パパは命子や萌々子を娘に持っているので危機感は結構強かったが、世界や家族の劇的な変化に心が追いつかず、どうすればいいのかわからなくなってしまったタイプの人間だった。

このように新世界に適応できなかった者もまた、変化の時を迎え始めていた。

そんな命子パパは、朝も早くから一生懸命起き出してトレーニングをし、会社から帰ってきてからは夜に庭で木刀を振るうようになった。

「いつっ！」

夜。手のひらにできたマメが潰れて木刀を落とした命子パパは、震えるその手を見つめ、やっちまった感に満たされた。明日も仕事だ。こんな手でちゃんと仕事ができるのか。

しかし、命子パパはジクジクと痛む手を敢えて握り締め、そのまま目元をグシグシと拭った。そうして、ハンカチを手に巻いて、もう一度木刀を握ると、痛いのを我慢してまた素振りを始めた。

その姿を三つの人影が見つめていた。

命子ママは窓の陰からこっそりと。まるで猛特訓をしている野球バカの弟を見つめる姉のように。

そして、命子と萌々子はベランダから見下ろして、腕組みをしながらうんうんと頷いた。

そうやって風見町の多くの人がレベルとジョブを得ると、反対に元気がなくなる人もいた。

マイナスカルマ者だ。

過去の行いが足に絡みつく。それでふてくされた者も全国で多く見られたけれど、そうでない者もまた多くいた。命子と同じ学園に通う悪っ娘たちは、周りの子がジョブに就き始めたのを羨ましく思いながらも歯を食いしばって己の心と戦うのだった。

彼女たちの咲かせ続ける【花】は、ただ静かに風の中でそよぎ続ける。


「ひゃっふーい！」

試験を受けてから一週間後、命子は受け取った荷物を手にしてピョーンとジャンプした。すでに合格の通知は来ており、本日やってきたのは発行申請した冒険者免許だった。

一見するとドヤ顔にも見えるキリリとした命子の顔写真が貼られた冒険者免許だ。

カードに刻まれたＩＤナンバーは『０００００００１』だ。

プレミアムナンバーである。これは仲間たちと話し合い、命子が冒険者ＩＤの一番をゲットさせてもらったのだ。ちなみに紫蓮が二番、ルルが三番、ささらが四番と命子がいないところでくじ引きにより決めた。三人とも一番が命子でさえあれば、特に番号は気にしなかった。

翌日、学校が終わると命子たちはその足で命子の家に集合した。

「これから活動予定書を作成します！」

「ニャウ！」

その宣言に、紫蓮は眠たげな目をしながらコクリと頷き、ささらはニコニコし、ルルはパチパチと拍手した。

「ふふふっ、命子さんはせっかちさんですわね」

「なに言ってんのさーんっ！　この日のために頑張ってきたんだから！」

というわけで、四人はテーブルを囲んだ。

さて、活動予定書、正確には『ダンジョン活動予定書』は、冒険者が事前に届け出なければならない冒険の計画書だ。

少し面倒くさい決まりだが、登山でも計画書を出すのが望ましいと言われるくらいなので、死に得る場所へ入る以上はこういった届け出がどうしても必要になった。そして、活動予定書の内容があまりに無謀だった場合は不許可になる。

活動予定書は、スマホやパソコンの冒険者専用アプリ『ダンジョントラベラー』に登録すれば、割と簡単に作成と送信ができる。役場で用紙を貰えば手書きも可能だ。

「いつにしますの？」

「ダンジョンが実際に冒険者へ開放されるのが夏休みに入って二日後だから、その日がいいな」

「じゃあセレモニーのあとデスね？」

四人はカレンダーを見て、言った。

命子のお部屋の七月のカレンダーは、ダンジョン開放の日に花丸がついていた。夏休みが開始される日にはなにも印がないのに。ダンジョン開放の日が楽しみすぎなその姿勢は、クリスマスを指折り数えて待つ幼女のごとしである。

さて、命子たちはその日、セレモニーに参加することになっている。冒険者にダンジョンが開放される記念のテープカットをするのだ。イメージガールのお仕事は、このテープカットとダンジョンから出たあとのインタビューでひとまず終わりになる。

「みんなはその日から二泊三日で大丈夫？」

「ええ、大丈夫ですわ」

「ニャウ、ワタシも大丈夫デス！」

「紫蓮ちゃんは大丈夫だもんな？」

「うん」

日取りが決定したので、いよいよ活動予定書に記入を始める。

命子たちはパソコンを囲んだ。

活動予定書には六つの必須記入事項があった。『活動期間』『活動ダンジョンとその階層』『目的』『メンバー情報』『メンバーの装備』『ダンジョン入場の希望日時』の六つだ。これに加え、命子たちは全員が未成年者なので親の同意が毎回必要になる。

四人で話し合いながら、パソコンに打ち込んでいく。命子はワンフィンガータイピストなので、タッチ・タイピストささらが入力だ。

「ふぉおおお、ささらすっげぇ！」

「うふふ、慣れてですわ」

尊敬の眼差しを送ってくる命子に、ささらはパソコンをテタタタタと高速で打ち込みながら口元を緩めた。

必須記入項目が埋まったが、一つだけまだ埋まっていない項目があった。そこは必須ではないのだが、命子たちにとっては一番重要な項目だった。

「それでは最後にパーティ名を決定したいと思います！」

そう、冒険者はパーティ名を決めることができるのだ。

これを決めたからといって、現状で国からなにかしらのサービスを得られるわけではないのだが、SNSの時代なのでそういった方面で認知され易くなる。

すでにとんでもなく有名な命子たちは名前を売る必要はないのだが、カッコイイパーティ名を名乗りたいのが中二病である。なので是非ともいい名前をつけたかった。

「ではみなさん、いっせーのーせで出してください。いっせーのーせっ！」

車座になった四人は、事前に考えてきたパーティ名が書かれた紙をパッと出す。

命子は『迷宮散歩【ダンジョンウォーカーズ】』。

紫蓮は『深淵で嗤う修羅たちの宴【アビス・ファンタズマ】』。

ささらは『百花乙女団』。

ルルは『ネコネコカーニバルナイト』。

「ちょ、ちょっと紫蓮さん。どうしてそれでアビス・ファンタズマと言うんですの？　アビス・ファンタズマだと深淵の亡霊みたいな感じではありませんの？」

ささらが紫蓮のルビ振りに待ったをかけた。正しくも間違った指摘である。

「そういう仕様がカッコイイ世の中」

紫蓮は無表情で告げる。

その言葉足らずな説明に、ささらは通訳に視線を向けた。

「ささら、二つ名は文字と読みが必ずしも一致する必要はないいんだよ」

「そうなんですのね……勉強になりましたわ」

「ちょ、おいおい、ルル。なんで自分のをど真ん中に置くの？」

「そんなことないデスよ？」

ルルはネコネコカーニバルナイトと書かれた紙を目立つところに置いて、推す。

「ネコネコカーニバルナイトはないからね？」

「にゃんでデスか！」

「だって猫要素とかルルだけじゃん」

「にゃん！」

ルルはパーティ内の猫要素を高めるためににゃんのポーズを取った。しかし、ここでそれに応えたら負けなので命子はその手をガッと掴んで、力ずくで降ろさせる。

「むぅーっ！」

ルルはぷくぅっと頬を膨らませて、ささらのお膝の上に顔を埋めた。ささらはビクンと体を跳ねさせてから、すぐにルルの頭を撫で始めた。猫である。

「でも、それを言うならシレンのだってダメデス？　深淵はシレンだけデス。ねっ、シャーラ？」

ルルはそう言ってささらの顔を見上げた。おっぱいが邪魔なので少し顔をお膝の先端に移動させて。

否定的な意見をあまり言いたくないささらは返答に困り、困ることを言ってきたルルのこめかみを親指でウニウニと刺激する。逆に気持ち良くてルルの目がほわーと細められていく。

「ぴゃぅ……」

否定された紫蓮はしょんぼりしてコテンと命子のお膝の上に顔を埋めた。

「まあ正直、紫蓮ちゃんのもないな。たしかにルルの言うことも一理あるもの。でもカッコ良さはピカ一だったぞ」

命子はよしよしと頭を撫でて幼馴染をあやした。

しかし、ぶっちゃけ紫蓮は特にショックなど受けていなかった。ささらのお膝にとても自然な様子でピットインしたルルの真似をした形だ。紫蓮はむっつりなところがあった。

「じゃあ、私とささらのどっちかかな？　でも私は百花乙女団もちょっとまずいなぁって思うな」

「えっ。な、なんですの？」

命子は自分の案を通したいがために必死だ。ささらは狼狽える。

「だって、私はこのパーティ名をずっと使いたいと思っているんだよ。乙女って言葉をずっと使うのもなって思うわけさ」

命子の指摘に、ささらは少し想像してみた。

「た、たしかにそうですわね」

その想像は母親と同じ歳になった自分がこのパーティ名を名乗っている姿だ。というか脳内に母親をそのまま登場させて名乗らせてみた。ダメだった。

「じゃあ、残るのは私のだけか」

やれやれ仕方ないなみたいな顔をする命子に、しかし異議が飛んでくる。

「でも、ダンジョンってフレーズはたくさんのパーティがつけると我は思う。ダンジョンウォーカーとダンジョントラベラーはきっと多い」

「なんだとこいつぅ！　私のお膝の上に頭乗っけてる分際で！」

「ぴゃぅうううう！」

命子は指摘してきた紫蓮の髪をぐしゃぐしゃにかき回した。紫蓮はそれに抗うふりをして、腰に手を回して太ももにしがみつく。とても楽しかった。

「でも、シレンの言うことはわかるデス。ニッポン人は中二病が恥ずかしく思う人たちデスから、最初はそんなありきたりなパーティ名が多いと思うデス」

「だ、ダンジョンさまやぞ！　楽しいんだぞ！」

「楽しいからみんなつけるデス！」

「ひぅうう！」

抵抗する命子だったが、紫蓮たちの意見も正論だと理解できてしまったので諦めることにした。

「ま、まあまあ。それでは、みなさんで一から考えてみてはいかがでしょうか？」

ささらの提案に、命子はふむと頷いた。

「よーし、それじゃあそうしようか」

そうして命子たちはあーでもないこーでもないと話し合う。

そして、ついに命子たちのパーティ名が決まった。

「私たちは『幻想散歩【ファンタジック・ウォーカーズ】』だ！」

命子の宣言に、紫蓮、ささら、ルルは目をキラキラさせて拍手する。

新しい地球さんのファンタジー要素はダンジョンだけではない。きっと全てのことがファンタジー化していくだろう。そんな世界を楽しんで歩き続けるという想いを込めたパーティ名だった。

パーティ名も記入して、活動予定書が完成した。

記入した項目をスクショして、各親へ送信する。

すると、バラバラと全員のスマホにルインが届いた。

「両親の許可が貰えましたわ」

「我も」

「ワタシもオッケーデス！」

「オッケー、私も大丈夫だったよ」

というわけで、作成した活動予定書を冒険者協会に送信。この送信と同時に登録してある各親御さんのスマホなりパソコンなりに、同意するかどうかのお知らせが届く。未成年者なのでこういうところはとにかく面倒くさい。

そうして最終的に、審査が通った旨が命子たち四人のスマホに送られてきた。

日時は、土曜日のセレモニーが終わる九時、その直後の整理券番号一番である。

どうやら優遇してもらえたようだった。


キーンコーンカーンコーンと学校のチャイムが鳴り、学校中の空気が変わった。

しかし、チャイムが鳴るイコール学校が終わる、という方程式は成り立たない。HRが終わった順に解散なのだ。それなのに、チャイムが鳴った瞬間に空気が変わる不思議。

各クラスで続々とHRが終わり、ついに命子たちのクラスにもその時は訪れた。

「それじゃあケガなどないように、二学期に元気な顔を見せてくれよ。解散！」

「「「わぁーっ！」」」

アネゴ先生の終業の宣言で、命子たちに夏休みが来た。

キャッキャした声がそこかしこで上がり、そんな中にはくりくりお目々を見開いて笑う命子の姿もあった。

今年の夏はダンジョン三昧の予感。

去年の夏はなにをしたっけ。そうだ、有明で迷子になったんだ。それしか思い出せない。でも、きっと今年の夏は忘れられない夏になる。だって、世界はファンタジーになったんだもの。

廊下では、上がりすぎたテンションの果てにわっしょいが始まっていた。魅惑の夏が人を狂わせているのだ。これにより、夏休みが始まろうというのにささらが若干ビビり始める。

命子だけじゃなく、多くの子たちにとって今年の夏は特別なものになりそうだった。

遊びの夏、恋の夏、部活の夏、受験の夏。そんな今までの夏休みに、ファンタジーの夏、という一年前ではあり得なかったワードが組み込まれるのである。

命子は、教室の窓から白い雲が棚引く夏の風見町を見つめる。

マジ、セミがうるせぇ。

しかし、今だけはそれも許そう。

このセミの鳴き声こそ、夏休みが始まるファンファーレなのだから。

「夏が来たぜ……っ！　ふっふーい！」

申請年月日　20XX年7月〇〇日

ダンジョン活動予定書　■未成年者用■

申請者氏名　笹笠ささら

代表者氏名　羊谷命子

パーティ名　幻想散歩

以下の通り申請します。

メンバー氏名	冒険者免許ID	レベル	防具情報
羊谷命子	0000000001	12	無限鳥居製　軽防具セット
有鴨紫蓮	0000000002	12	同上
流ルル	0000000003	12	同上
笹笠ささら	0000000004	12	同上
特記事項	・このメンバーで無限鳥居のダンジョンをクリアしました！ ・全員の装備は【合成強化】をかけてあります！ ・レベルアップ後の修行歴は約三か月です！		

ダンジョン名	風見ダンジョン	活動階層	一層　～　最大十五層
活動期間	二泊三日　　三日目の十八時から二十一時に帰還予定		
目的	・ダンジョンクリアのために深層を目指します。 ・妖精店でアイテムの購入をします。		
特記事項	・一泊目はキャンプ、二泊目は妖精店を使用する予定です。三泊目は十五層を目指してダンジョンクリアの足掛かりにしたいと思います。		

以下の日程で希望します。

	希望年月日	希望時間
第一希望	20XX年　7月〇〇日	A組
第二希望	20XX年　7月〇〇日	B組
第三希望	20XX年　7月〇〇日	C組
第四希望	20XX年　7月〇〇日	D組

冒険者免許IDに登録された保護者へ承諾のメールを送信することに同意する。 ☑

今日から冒険者！

シュッ、シュルシュルー、ギュッギュッ、パチンッ！

朝も早くから無限鳥居の和装を装着していく音が、命子の自室で静かに鳴る。

白い狩衣に赤い着物。足には長い足袋。頭にはハチガネ。

そう、今日は待ちに待ったダンジョン開放の日。それは同時に命子が冒険者としてデビューする日であった。

カーテンの向こうの灼熱《しゃくねつ》の世界では、朝の到来とともに始まった生活の音に混じって、セミどもが気合の入った声で鳴いている。

しかし、気合の入りようは命子も負けていない。衣服を着る音は静かなれど、その一つ一つが気合に満ち溢れているのだ。特に長足袋を太ももで留めたパッチン音。

女陰陽師風衣装を装備した命子は、姿見の前で最後の仕上げに移った。

姿見の前で肩幅よりも若干大きく足を広げ、顔の前に置いた右手に指貫手袋をスッと嵌める。ビヤキーンと伸ばされた五本の指は指貫手袋が嵌ると同時に、やや脱力する。

姿見に映った命子は手のひらの向こう側で少し俯き加減でこちらを見つめている。黒目が上になったことで必然的に三白眼っぽくなり、ロリッ娘フェイスなのにキリリとして見える。命子的にこれがカッコイイ顔なのだった。

「時は満ちた。さあ宴の時間だ！」

「おねえちゃ……あ、うん」

クワッと決め台詞を言ったところでドアが開き、パタンと閉まった。

命子は、指で鉄砲を作ると鏡に映った自分にＢＡＮと発砲した。

そして、

『暗黒の時代は到来した。我と盟友どもの覇道の始まりだ！』

『紫蓮ちゃーん。……は、はわー』

『ぴゃ、ぴゃわーっ！　母、ノックゥ！』

窓の外、三メートルと離れていないお隣の紫蓮の部屋からも、そんなやりとりが聞こえてきた。

「へへっ、紫蓮ちゃんも仕上げてきたな」

命子も紫蓮も完全に仕上がっていた。


控室に命子たちとその母親たちが待機する。父親は入れない空間である。

控室のテレビでは、今日のダンジョン開放セレモニーのあとにダンジョンへ潜る冒険者たちへインタビューがなされていた。つまりはすぐ近くで行われていることだ。

『今回のアタックの目標は、魔導書を全員分ゲットすることです。僕たちは五人パーティなのでちょっと大変かもしれませんが、頑張ります！』

『敵は水の球を凄い速度で飛ばすと聞きましたが、大丈夫なんでしょうか？』

『バッティングセンターなどを利用してしっかりと訓練を積んできたので躱せるはずです。命子ちゃんや国が作ったサイトに載っている魔本の攻略法も訓練に盛り込みましたので、現状で考えると万全かと思います』

『頼もしいですね。ぜひ頑張ってください！』

『はい！』

インタビューを受けている人たちはダンジョン体験の時と同じように、全員が【合成強化】で強化されたエプロンとヘルメットを着けていた。これは冒険者たちへ最初のうちは無償で貸し出される装備なのだが、これから冒険者が素材をたくさん持ち帰るようになれば、こんなサービスをしなくても入る前からある程度装備を整えられるだろう。

さらに、ここにいる冒険者はレベル2になって一か月近く訓練する期間があったため、このお兄さんが言うようにかなり余裕を持って探索できるだろう。

そんな中継を見ながら娘と母親でグループに分かれてキャッキャしていると、コンコンとドアがノックされる。やってきたのは馬場だった。

「みんな、いよいよよ。準備はいいかしら？」

「おうともさ！」

時刻は八時ちょっと前。

いよいよセレモニーが始まろうとしていた。

「ご来場の皆さま、本日はお暑い中、冒険者協会オープニングセレモニーにご臨席賜りまして、誠にありがとうございます。わたくしは本日司会進行を務めさせていただきます――」

ジージッジッジとセミが鳴くお外で司会のお姉さんのお話が始まる。

お姉さんが言うとおり、試験や免許交付などの事前の活動はあったが、冒険者を統括する協会は本日から対外的な運営が始まる。それと同時にダンジョンが冒険者に開放されるわけだ。

八時スタートという随分早いセレモニーだが、ダンジョン入場はかなりタイトな時間管理がなされているため仕方がなかった。

ダンジョンを囲む防護壁の入り口は綺麗に飾りつけされており、その前にはリボンが張られたポールとレッドカーペットが設置されている。その前に壇上があり、数人のオッチャンが入れ替わり立ち代わり挨拶や祝辞を述べていく。

一人一人の挨拶は短い。暑いということもあるが、前述した通りダンジョン入場は時間が命だ。予定通りの時間にセレモニーを終える必要があった。来賓からすれば願ったり叶ったりだ。

そして、いよいよ命子たちの番になった。

命子、紫蓮、ささら、ルルの名前が呼ばれ、白い手袋とハサミを受け取ってテープの向こう側に立つ。テープカットはこの四人だけで行われる。

テープカットは上座下座の概念があるため、大人の事情が発生したのだ。有名人だが一般冒険者にすぎない命子たちを上座に立たせるのはちょっと問題だし、逆に命子たちの知名度が天元突破する中で、世間に知られてない協会長を上座に立たせるのはほかならぬ協会長自身がマジ勘弁してと待ったをかけた。結果的に、四人だけにやらせようということになったのだ。四人だけの方が絵になるし、それが一番平和なのだ。

記念撮影タイムになると、シャッターを切る音がセミの鳴き声をかき消すほど鳴り響いた。周りの冒険者はもちろん、結構偉そうな来賓すらもスマホを構えて夢中で撮影している始末。

司会のお姉さんはにこやかな顔で、終わらないんだけど、と思った。

「それではお願いします。どうぞー」

そんなお姉さんの合図とともに、左右で紫蓮とささらとルルがジョキンとハサミを入れる。

テープカットをただのイベントだと考えていた命子だが、白い手袋とハサミ、そして今から切ろうとしているリボンを見つめていると、万感の想いが押し寄せてきた。

約四か月前に初めてダンジョンに入り、それからそう時を待たずに二回目のダンジョンへ。

無限鳥居から帰ったあとには、次はいつ入れるか不安に駆られ、多くの人を煽ることにした。それがおよそ三か月前のことだ。

それからもイメージガールやダンジョンの情報をネットで流したりして、早くダンジョンが開放できるように活動して——

それが今こうして、実を結ぼうとしている。

周りにはこれから一緒に世界を賑わせていく冒険者がいて、今から自分はその先陣を切り、誰に恥じることなく胸を張ってダンジョンに入るのだ。

「ふふっ、あはははっ！」

命子は堪えきれずに笑いながら、ジョキンとリボンにハサミを入れた。

綺麗に切れたリボンとそれにくっついている花を持ち、

「んふーっ！」

命子は左右にいる紫蓮とささらとルルを順番に見やり、そして観客に笑いかけた。

花が咲いたような命子の笑顔に、一瞬、時が止まったような静寂が会場を満たした。

その静寂の中で、命子は全員に語りかけた。


「みんな、最高の冒険をしようね！」


観客たちの心の中に、ぶわりとロマンの風が広がっていく。

ある者は命子の演説に感銘を受け、誰かを守れる強さを得るために。

ある大学生はファンタジー化した世界で最高の恋人をゲットするために。

ある会社員は久しく失っていたまだ見ぬ誰かとの熱い友情を結ぶために。

ある女性は世界に先駆ける冒険者アイドルになるために。

またある学者は世界に隠された神秘を追い求めるために。

些細な望みから大きな望みまで、ファンタジー化した新世界にはそれらを叶える力がある。

そして、最高の冒険の先にきっと素晴らしい人生が待っている。

「「「うぉおおおおお‼」」」

命子の一言により、魂を揺らす歓声が巻き起こる。

大歓声の中に咲く少女の笑顔とともに、極東の田舎町より大冒険時代は本格的に始まるのだった。

ダンジョン
キャンプ練習会

The earth-san has
leveled up!

「あっ、部長部長ぉ！」

朝から上機嫌の命子は、朝の登校風景の中に修行部部長の後ろ姿を見つけて、腕を大きく広げてブーンと走り出した。浮かれポンチ系少女筆頭・羊谷命子である。

そんな命子の接近に気づいた部長も腕を広げてブーンと走り出す。世が世なら一国の武将を支えた若奥さまでもやっていそうな凛とした大和撫子な少女も、現代に生まれればブーンとするのである。

「「ブーン！」」

田舎のスクールゾーンを頭がおかしい女子高生二人が腕を広げて走っていく。その姿に、信号待ちをしている車の運転手たちが、今日は凄くいいことがあるのではないかと勘違いした。

「ぶ、部長！　ちょ、ちょっとストップ！　ストーップ！」

しかし、命子はなんの意味もなくブーンとしたわけではない。上機嫌になる理由があり、それを誰かに話したいからブーンとしているのである。それなのにブーンとし返されたら堪ったものじゃない。

……まあブーン自体には意味はないのだが。

「もう、なんで部長もブーンってするんですか！」

「だって女子高生だもの！　でもやってから後悔した！」

部長は少し顔を赤くしながら白状した。もう十八歳になる女子高生にブーンはきつかった。

「じゃあやらないでくださいよ、まったくもう。なにがブーンか。頭おかしいんじゃないですか？」

命子がそう言ってプンプンすると、部長はサッと腕を広げた。命子もサッと腕を広げていつでも追える体勢を取った。ジリジリと牽制し合うが、フライトには至らない。お互いに実はブーンが恥ずかしかったのだ。

部長は腕を下ろして普通に歩き始めた。

「それでどうしたの？　なにか嬉しいことあった？」

「え、わかっちゃいますぅ？」

「そりゃ朝っぱらからブーンって飛んでる女子高生を見れば、大体の人はそう思うわよ」

部長の言葉に、命子はブーンとしている人を想像して、ちげぇねえと思った。

「そうなんですよ、部長。聞いて驚いてください。昨日、これが届きました！」

命子は昨日届いた冒険者免許を部長に見せた。

「ふわわわ、冒険者免許じゃん！　し、しかもナンバーがマジやばたにえん！」

「ふっふーい、ギャルゥ！」

「ウェーイ！　って、ちょっと待って。どうしよう、マジでウラヤマなんだけどなんだこれ！」

朝っぱらからハイテンションな会話を繰り広げて命子とハイタッチした部長だったが、心に沸々と羨ましさが込み上げてくる。部長もすでにレベル教育を受けており、レベルが2に上がっている。だから部長も第一回目の冒険者免許試験を受けたかったのだが、願書の提出が間に合わなかった。

「羨ましい羨ましい！　うぇえええええんえんえん！　羨ましいよぅ！」

部長はスリムな腰を左右に振って腕をブラブラさせ、泣きまねをしながら羨ましがる。命子はやべえやつに報告しちゃったと思い始めた。

「我慢なさい！」

「だってぇ！」

「他所は他所。命子ちゃんは命子ちゃん。部長は部長！」

「はーい、ママ」

　こんな部長だが風見女学園で大変に人気がある。面倒見が良く、面白い人で、かつ才色兼備。ノンケな子でも、下手な男とファーストキスをするくらいなら部長に捧げた方が素敵な思い出になると思っていたりする。というか、むしろ普通のイケメンと部長なら部長を選ぶ子の方が多いかもしれない。幼馴染のイケメンだったらさすがにイケメンが……いや、どうだろうか？　とにかくそのくらい部長は人気があった。

「えー、じゃあいつ入るの？　予約制なのよね？」

「今日あたりにささらたちと集合して決める予定ですが、まあセレモニーのあとでしょうね」

「うーらーやーまーしーいぃ！」

「他所は他所です！」

「だけどママ！　命子ちゃんちはダンジョンで私んちは夏期講習なのよ？」

「天と地ほどの差がありますな！」

「ホントよ。マジなんなんこの格差、吐きそう。あーもう……閃き！」

「唐突な閃きですね。なにを閃いたんですか？」

　げんなりして空を見上げていた部長が命子に視線を移した。その顔は最高の名案を思いついた顔だ。

「命子ちゃんたち、ダンジョンでお泊まりするんでしょ？　その練習会をしましょう！」

「おいおい、部長。なんだよそれ。名案じゃん！」

「でしょ⁉　腕っ節だけ鍛えてもキャンプをスマートにできなかったら冒険者は名乗れないわ」

「ちげぇねえ！　ふっふーい！」

「ふっふーい！　よーし決まりね。じゃあ修行部の合宿として段取り組んどくから。そうね、今週の週末でどうかしら。場所は学校の校舎を借りてダンジョン感を出す感じ」

「超楽しそう！」

「だけど、まあその前に……」

「ええ。その前に……」

楽しそうにお喋りしていた部長と命子は、到着した学校の校舎をキッとして見上げた。命子の前髪と部長のポニーテールが風に揺れた。

「「期末テストを乗り切らないと！」」

そう、今週はテスト週間だったりする。地球さんはファンタジーになろうともテストはあるのだ！

――ただし、物理学などでは『以前の地球の法則で答えよ』等の一文が付いていたりするぞ。


そんなこんなで期末テストも無事終わった金曜日。

いつもならテストが終わった解放感から、学校を飛び出してすぐに遊びに出る子や、解禁された部活動でストレス発散をする子で賑わう放課後だったのだが、今年はちょっとだけ違った。

「それでは、これよりキャンプ合宿を開催します！」

「「「わーっ！」」」

マイクを手にした部長の宣言に、生徒たちが拍手する。

部活動が始まる前に体育館を借りての説明会なのだが、集まった生徒は三百名に及んだ。集まりすぎである。彼女たちの全員がすぐにでも冒険者になりたいわけではなく、ほとんどが楽しそうだから参加しているだけだ。

この中には命子たちと一緒に紫蓮の姿もあった。お姉さんばっかりのその場はまさにアウェイ。紫蓮は眠たげな顔をしながら、借りてきた猫状態で命子のそばから離れない。

また、部長の隣には修行部顧問のアネゴ先生もおり、めっちゃいる参加者に、冗談だろと思っていたりする。

「さて、キャンプ合宿と銘打っていますが、残念ながら修行部には全員分のテントを用意する資金が今のところありません！　なので、本日行うのはテントなしでダンジョンでの宿泊の疑似体験となります。みなさん、ちゃんと寝具は持ってきましたね？」

「「「はーい！」」」

今年から創部された修行部だが、部費は創部の際に貰った少しばかりの資金だけだった。それでも多くの物が生徒の持ち出しで整えられたが、さすがにいつ使うことになるかわからないテントを大量に買うような資金はなかった。

「まずは、各班に分かれてレクチャーの動画を見ます。その後、各自で修行を行ってください」

この修行とは、部活に入っている子はその部の活動、帰宅部の子は青空修行道場での活動だ。

「再集合は十八時にこの体育館です。しおりにも書いてありますが一番の注意点として、『休憩しても構いませんがお昼寝はしない』ようにお願いします」

これはあくまでダンジョンキャンプを模した合宿だ。ダンジョンでは魔物との戦闘を交えながら探索し、一日の締めとしてキャンプを行う。そこにお昼寝の時間など存在しない。ダンジョンプロ羊谷命子は腕組みをして、うむと大仰に頷いた。お前だけは頷くなである。

命子の已の棚上げはともかくとして、部長はその辺りのことをしっかりと計画してこの催しを実施していた。それぞれの修行によって探索での疲労を再現し、学校内での宿泊がダンジョンキャンプを模しているわけである。

というわけで、参加者はまずグループごとに各教室でレクチャーの動画を視聴した。

時は冒険者がダンジョンに入る直前なので、自衛隊がダンジョン内での宿泊について紹介しているレクチャー動画が無料配信されていた。それを見て、ダンジョンキャンプはなにをしなければならないのかお勉強して、今回の練習会に挑むわけだ。

そうして視聴を終えると、予定通りに各々が修行をしに出かけていった。

「ささらお姉さま。リュックは下ろさないんですか？」

「はい。本日からダンジョン内での活動を想定した修行を開始するんですの。これもその一環で、さまざまな状態で戦えるようにする修行ですわ」

小学校が終わってやってきた蔵良の質問に、ささらが汗を拭きながらそう答えた。ちなみに、高校生は期末テストが終わって午前授業になったため、小学生の方が遅く修行に来る現象が起こっている。

「リュックを背負いながら戦うんですか？　無限鳥居ではいつもすぐにリュックを下ろしていましたよね？」

「ええ。基本は下ろして戦いますが、下ろしていない状態で戦えるというのも想定しておくべきだとみんなで話し合ったんですの」

「わぁ……」

さまざまなことを考えて修行するお姉さまズの在り方に、蔵良は憧れの眼差しを送る。蔵良の中で『できる女』の理想像がファンタジー化しつつあった。

「蔵良ちゃん、蔵良ちゃん！　聞いて聞いて！」

「どうしたの、あーちゃん？」

そんな蔵良にお友達が駆け寄った。

「お姉さまたち、今日、学校でお泊まり会するんだって！」

「えっ！」

その報告に蔵良のみならず周りの小学生たちがざわつく。年齢の増加に伴って自由度が増す場合が多い女子高生と違い、外泊をあまりさせてもらえない小学生にとって、学校にお泊まりするというイベントはとても魅力的に聞こえたのだ。

そして、少し離れたところではこの情報をリークしてしまった女子高生が、ささらに向かって両手を合わせてごめんなさいしていた。

さっそくうるうるした目でささらを見上げる蔵良。超参加したかった。

「うっ。さ、さすがにこれは高校での行事ですから、蔵良さんたちが参加することは無理ですわ」

「しゅん」

「ううっ！」

拒否することが苦手なささらは、当然のことを言っているのに罪悪感を覚える。一緒のサーベル道場で修行する命子をチラリと見ると、スキル【イメージトレーニング】を使ってなにかと戦っていた。

ぶっちゃけ命子は今の会話を全部聞いていた。聞いたうえで、巻き込まれたくないので聞こえないふりをしていた。すでに家で萌々子から凄く羨ましがられているので、もう同じやりとりはしたくなかったのだ。

そんなこともあったので、この日の修行の終わりでは、女子高生たちが小学生たちからとても羨ましそうに見られる光景ができあがっていた。この視線を受けた女子高生たちは、逃げるように学校へ戻るのだった。


「みんなお疲れさま。はぁーっ、いい感じの疲労感ね！」

部長が再集合した子たちへ言った。

午前授業になったため、十八時までの修行はなかなかに疲れる。普段ならこのまま家に帰ってソファでぐでぇっとする子も多いが、今日はそういうわけにはいかない。

「それではグループごとに振り分けられた教室へ行きましょう。テントがないので、教室が大きなテントと思ってください。それでは疑似ダンジョンキャンプ開始です！」

部長の号令でキャッキャとお喋りしながら女子高生たちが移動していく。本来ならダンジョンでこんな光景はそうそうないのだが、ここら辺は仕方がない。

「さてさて、私たちも行こうか」

「わたくしたちは自分たちの教室ですわね」

「ニャウ。ナナコたちと一緒デス」

命子たちの会話を紫蓮は大人しく聞いている。アウェイ、それは陰属性にとって慣れるのに時間がかかる空間だった。

一年四組が命子たちの教室だ。どこの教室も同様に使用されているのだが、一年生以外は必ずしも自分たちの教室に割り振られるわけではなかった。というのも、参加者は二年と三年が非常に多く、一年生は三十人くらいしかいなかったからだ。これは一年生の友情ゲージが、一緒にキャンプへ参加する段階に至っていないから起こっている現象である。なので、一年生でこのイベントに参加しているのは社交的な子が多い傾向にあった。

「みんな、この子は紫蓮ちゃんだよ。人見知りだからあまり構わないようにしてね」

「よろしくお願いします」

一泊をともにするほかのグループの子たちに命子が言い、紫蓮が無表情で挨拶した。酷い紹介だが、紫蓮としては、最初にはっきり言ってくれる命子のスタンスが非常にありがたかった。

女子高生たちは、家から持ってきた毛布やクッションをさっそく教室の床に並べていく。箸が転んでもおかしい年頃の彼女たちは、人の使っている毛布やクッションの柄ひとつですでに楽しい。

これに対して、命子たちだけテントを使用するので本格的だった。命子たちが使うテントはポップアップ式のもので、収納袋から取り出して少しの作業ですぐに完成する。収納もまた楽ちんだ。

「わぁ、あっという間にできましたわ！」

「これは雨や風を凌ぐためのテントデスね」

「そうなんですのね」

キャンプをしたことがないささらは、これからお世話になる自分たちの仮住まいに興味津々だ。ルルは割とアウトドア体験をしたことがあるので見慣れたものだった。

一方で、命子と紫蓮はこのテントを購入して嬉しくなり、すでにお家で何回も繰り返し作っているのでこちらも見慣れていた。命子に至っては、すでにこの中で一夜を過ごしている。ダンジョンキャンプが楽しみすぎなのである。

「ほら、ささらとルル、入ってみて」

命子の勧めで二人はテントの中に入っていき、入り口が閉められた。

「にゃー、シャーラのお家のお風呂の方が広いデス！」

「ひゃん！　もう、ルルさん。なにするんですの！」

「全部狭いのがいけないんデス！」

「もうそんなに狭くないですわ！　ひゃん！　あはははは！」

「「「「……」」」」

ものの五秒ほどでキャッキャした声が漏れ始めた。クラスメイトたちは、親との団欒中にテレビからエッチなシーンが流れ始めた時のような気まずい心境になる。命子はなんでこの二人をテストにチョイスしてしまったのだろうと自問した。

「で、でも命子ちゃん。こ、これちっちゃくない？」

クラスメイトの一人が若干赤い顔をしながら、取り繕ったような調子で命子に問うた。

「あ、ああ、うん。ダンジョンキャンプは油断できないからね。寝る時は入り口を開けたままにして、足を外に出す感じで寝ようかなって考えてるの。メインは着替えとか体を拭くためかな」

そう説明した命子だったが、実演はしない。いまテントを開いて大丈夫なのか判断に窮したのだ。だって、秘密の悪戯をしているような忍び笑いがテントの中から聞こえるんだもの。

「なるほど。さっき見た動画でも言ってたね」

自衛隊もこの方法は推奨していた。魔物が出るダンジョンでテントからすぐに脱出できなくするのはかなり危ないため、入り口は開けておくように説いていた。連鎖的に、世の中ではそういうテントが今人気急上昇中だったりする。命子たちが買ったテントもそんな中の一つで、入り口を開けきるとその部分の布がそのまま足場の延長になる造りをしている。

そうこうしていると中からささらとルルが出てきた。ささらとルルの顔がほんのりと赤いことを見てとったクラスメイトたちは、みんなが取り囲んでいるこの薄いテントの中で、いったいなにが行われていたのかと妄想した。やろうと思えばチューくらいできたはずだ。

まあ実際のところは、ただたんに狭いテントで熱が籠りやすいだけだったのだが、ささらとルルの顔ははたから見ればなにか凄いことをしてきたように見えた。

「え、えっと。こういう感じで頭の方をテントに突っ込んで寝る感じだね」

命子が説明すると、シュババッとルルがささらをその場に押し倒して、自分もその横に寝転がって実演した。キャンプイベントのせいで二人のテンションは高く、ニッコニコである。すぐに寝転がりながらキャッキャが始まった。

「な、なるほど……」

クラスメイトたちにそれ以上の感想はなかった。

「ダンジョンは大変だなぁ」

「ねぇー？」

「あっ、そのサラダ美味しいよねぇ」

「あたし野菜スティック！」

「サヨちゃんウサギ説ー」

クラスメイトたちがコンビニで買ってきた夕ご飯を食べながらそんな話をしている。

みんなが座っているのは廊下だ。教室はあくまでもテント扱いなので、その中では食べない。

全ての教室から参加者が出てきているので廊下は賑やかなものだが、それに反して窓から見上げる世界はすでに暗く、梅雨が最後の一仕事とばかりに空を雨雲で覆っていた。今日は夜半から雨らしい。

命子たちもパンやおにぎり、ちょっとしたお惣菜で夕ご飯にした。

「本番では火も使えるし、温かい物とかお肉とか食べたい」

「それでは、わたくしがお料理を作りますわ」

紫蓮の呟きに、ささらが微笑んで答えた。

命子はおにぎりをもむもむしながら、皆から出てきた意見をすぐに冒険手帳へメモしていく。

「あっ、魔物！」

クラスメイトの言葉に、命子たちは瞬時にそれまで行っていたことを止めて立ち上がる。それに遅れる形でほかの子たちもわたわたと立ち上がった。

「ガォオオオ！」

それは目の部分だけ空けた大きな布を被った誰かだった。いや、声からしてアネゴ先生だと全員が理解する。今回の疑似ダンジョンキャンプには、魔物役として先生が数人参加している。当然、顧問であるアネゴ先生もその一人だ。

廊下にいる全員が立ち上がって新聞紙を丸めた剣を構えたところで、ちゃんと戦うことができたと判断してゲリラ訓練は終わる。実際の戦闘は、器物破損はもちろんのこと、ケガ人が出そうだから行わない。今日参加している生徒たちは修行をちゃんとしている子が多いため、戦闘を行ったとしたら特に先生の中からケガ人が出るだろう。

「ガォオオって、あははは！」

「今のアネゴ先生だよね？」

魔物役が去って、生徒たちは楽しげに笑う。するとすぐに上の階でも戦闘パートが始まり、その音が先ほどのアネゴ先生の怖くない咆哮を思い出させて笑いに変えた。

そんな活動の様子を修行部の広報部隊が撮影し、フォーチューブの『風見女学園修行部』というチャンネルで生放送されていた。現在の同時視聴者数は、五百二十万人という驚異的な数字になっている。

たかが高校の合宿の生放送にこれだけの視聴者がつく最大の原因は命子たちだ。世界的な英雄が参加している疑似ダンジョンキャンプの練習会とあって、全世界的に視聴者が集まっているのである。

最初のうちは、龍滅の四娘あるいは女子高生はなにをやらせても可愛い、みたいな感想が飛び交う映像だったのだが、時間が経つごとに視聴者は気づいていく。命子たちのみならず、全員がちゃんとダンジョンのことを考えて実習していることに。

特に魔物役の先生が来るとご飯を中断してでもちゃんと立って構える姿に、安全圏に住んでいる自分たちとダンジョンのそばに住んでいる彼女たちとの認識の違いに気づかされていった。まあ、女子高生たちには別にそんな高尚な認識はないのだが。ほかの子がやっているんだし自分もやらなくちゃ、という同調性が働いているにすぎない。

ちなみに、このチャンネルは収益化もされており、本日のイベントで莫大な投げ銭が舞い込んできた。それらは修行部およびほかの部の活動資金にされ、念願のテントもこの資金から出されることになる。そして、修行部専属の税理士が雇われることになるのだが、それはまた別の話だ。

そんな視聴者がさらに驚くことになるのは、これが疑似ダンジョンキャンプと銘打ったただのお泊まり会ではなく、どこまでも本気なのだと判明した時だった。

『これより就寝時間に入ります。各グループは見張りの順番を自分たちで決め、交代していきましょう。それではおやすみなさい！』

二十時になり、校内放送から流れる部長の声。

そう、この実習は普通のキャンプではなく、見張りを立てるキャンプだったのだ。

ガチすぎる、という感想が別の掲示板サイトで乱舞し、すでに冒険者免許を持っている人たちは、テントは買えどもこういう練習をしていない自分たちに気づかされていく。

「じゃあ最初は私と紫蓮ちゃんな」

「ニャウ。死ぬでないぞデス！」

「お前もな」

「シャーラと一緒に寝るから大丈夫デス！」

「だな！」

ルンルーンとルルはささらと手を繋いで教室に入っていく。

「ねえ命子ちゃん」

「ナナコちゃん、その答えを私は持ち合わせていないよ」

命子はクラスメイトがなにを言いたいのか察して、先んじて言っておいた。

命子たちは廊下に残り、ほかにも三分の一の生徒が廊下に残った。命子たちは四人パーティなので二回交代だが、ほかの子たちは六人パーティなので三回交代が多いようだ。

ちなみに教室の中は乙女のトップシークレットなので映像には残らない。あくまで広報部隊が撮影するのは廊下だけだ。

「四人パーティはこういう時に不便だね」

廊下にクッションを置いて座り、命子はそう言った。

言われた紫蓮はちょっと居心地が悪そうに黙ったままだ。

命子は小さく笑い、そんな紫蓮の頭をよしよしと撫でる。

紫蓮は、気心が知れた命子とささらとルルだけでいいと思っているのだ。けれどこれからも冒険をするのなら、もう二人加入させてフルパーティにした方がいいに決まっているというのも理解している。相反する考えに、紫蓮は命子の言葉に同調することができなかった。

「いい人が見つかったらだね」

「うん」

自分のことをよく理解してくれている命子に、紫蓮はコテンと寝転がって命子のお膝に頭を乗っけて甘えた。命子はその様子に、最近の紫蓮ちゃんはルルとささらに毒されてるな、と思った。

「魔物が来たよ！」

廊下の角で見張りをしていた子がそう言うと、廊下にいる生徒たちがすぐに立ち上がって構える。

この見張りは、お喋りをしたりトランプをしたりしていてもいいのだが、魔物が来たら全部のことを止めて戦闘態勢に入ることが最優先のルールだ。

紫蓮も命子のお膝から飛び起きて構えた。その眠たげな目の奥にはいいところを邪魔されたことへのイラつきが宿っている。

戦闘パートがそのあとも何回かあり、三時間ほどすると見張りが交代されていく。命子たちは二交代なので少しだけほかの子よりも長く見張りをすることになる。

三交代の二番目の見張りの子は眠そうに目を擦り、見張りにつく。ウトウトする子もいるがここには先輩もいる。後輩たちに「寝ちゃダメだよ」と注意する三年生の姿がそこかしこで見られた。

睡眠を挟んでの見張りは彼女たちには辛く、初めて魔物がやってきた際の動きは一番目の生徒たちとは全然違って鈍い反応だ。しかし、それもまたリアルなデータとして修行部に蓄積されていく。完成した人間よりも未熟な人間のデータの方が修行部にとって価値があるのだ。

二十三時を過ぎると、雨が降り始めた。

夜の学校特有の特別感が、雨の音と湿気で少しばかり怖さを帯びていく。けれど多くの仲間がいるのでなんてことはない。ただ、おトイレに行く時だけは誰かについてきてもらわなければダメな子が多かった。

「さて、十二時半か。そろそろ起こそうかね」

命子はよっこいしょと立ち上がる。教室に入る命子のあとを紫蓮はちょっとワクワクしながらついていった。これから狭いテントで一緒にお泊まりなので。

教室の中ではぐっすり眠れる子とあまり眠れない子がいた。基本的に修行でへとへとなのでみんなすぐに眠れるのだが、自分の部屋ではないので神経質な子は物音がするとすぐに起きてしまうのだ。

「う、うーむ」

「事後」

「シッ。あと下ネタはダメだよ」

命子と紫蓮は、テントの中で抱きしめ合って寝ているささらとルルを見下ろした。足の絡まり方がなかなかに卑猥だ。

「こいつらは二人でお泊まり会するといつもこんな感じで寝てるのかな？」

「うら……ゴホン。ささらさんは少し寝相が悪いところがある」

「それな」

命子たちはほかの子が寝ているので静かな声でそんなことを話し合った。

命子たちが言うように、お嬢さまなささらには寝相が悪い欠点があった。無限鳥居でも命子は抱き枕にされたし、ついこの間、命子の家でしたお泊まり会でもルルのお腹を枕にして寝ていた。

「ささら、ルル。起きて」

命子が体を揺らすと、二人はふわりと目を開ける。特殊な環境なので二人もまた眠りは浅かったらしい。

「交代デス？」

「うん、ルル。だけどちょっと声が大きいよ」

「にゃ。そうデシた。寝起きだから調整できてなかったデス。ほら、シャーラ、行くデスよ」

「……」

ルルは起き上がり、頭が起動していないのかぽけーっとするささらの手を引っ張って外に出ていく。

睡眠物質で満たされたような静かな教室の中に残された命子は、急激に眠くなってきた。

「さっ、明日も早いし、寝よ寝よ」

「う、うん」

命子がテントの片側に寝転がって毛布に包まる。その隣に紫蓮が寝転がって、二人は背中を向けあって眠るのだった。なお、朝、目を覚ますと紫蓮が命子の背中にくっついて眠っていた。


朝五時になると、就寝パートが終わった。

不規則な睡眠で生徒たちの顔は酷いものだが、若さゆえか行動に支障はない。

命子たちは一緒の教室に泊まった生徒たちとお話ししながら朝ごはんを食べる。

「三交代だとたぶん真ん中の子が一番きついね。一番楽なのは一番目かも」

「あと、ちゃんとしたクッションも必要だよ。お尻が痛くなった」

「魔物が来るのも面倒くさかったよー。人がいっぱいいたからいいけど、二人だけだったら怖いかも」

そんな感想がそこかしこから上がる。見張りをするなんて人生は考えもしなかった女の子ばかりなので、これはかなり貴重な経験と言えた。

「やっほー、命子ちゃん」

「あっ、部長。おはようございます」

朝ごはんを食べていると部長がやってきた。部長は今まで三年生の教室がある四階でお泊まりしていたので、疑似ダンジョンキャンプは終了したということだろう。

部長は自分たちともっと仲良しになりたいのだろうと、命子はわかっている。自分の都合のいい部屋割りにできたのに、公私を弁えて、三年生の教室でみんなをまとめた部長のやり方に、命子はとても好感を覚えるのだった。

「どうだった？」

「思った以上にいい経験でしたね。特に廊下の硬さがダンジョンに似てるから、いろいろと不足している物がわかりました」

「それは良かったわ。それじゃあ、はい、これ書いてね」

「これは？」

「感想を書いて。どういうところが辛かったとか必要なものとか、なんでもいいわ。で、六時になったらもう一度集合するから、その時に提出してね」

部長はそう言ってグループごとに感想のプリントを渡していく。

そうして六時になって体育館に集合した一同は、あくびをしながら部長のお話を聞く。

「みなさん、お疲れさまでした。いやぁ、眠いね!?」

眠さを感じさせないその陽気な声に、命子は凄い人だなと思う。

「冒険は大変だね。本番と同じ条件ではないでしょうが、私も見張りをしてみてダンジョンキャンプの大変さがわかりました。この中で冒険者になりたいという人は、今回のことでいろいろと考えて実践に繋げてくれたら嬉しいです」

部長の演説に、永世名誉部長は、うむうむと大仰に頷いた。さすがの貫録だが、恐ろしいことにこの少女は今回のイベントの運営になにも関わっていない。焼けたサザエからキモを取ってもらい、身の部分だけ食べているにすぎないのだ。至れり尽くせり！

しかし、そんな命子やささらたちも今回は得ることが多かった。ダンジョンに突入するまで数日の猶予はあるので、ダンジョンキャンプを快適にするためいろいろ追加で準備することにした。

その後、風見女学園からは冒険者が何人も輩出されるのだが、ダンジョンに入る前には必ずこの実習が行われることになる。

その伝統の根底に、『命子ちゃんちはダンジョンで私んちは夏期講習』という吐きそうな格差に抗った一人の少女のわがままがあったことは、風見女学園の歴史に載るはずもなかった。

あとがき

皆様、お久しぶりです、生咲日月です。

このたびは『地球さんはレベルアップしました！』第二巻をご購入いただきまして、誠にありがとうございます。楽しんでいただけたならとても嬉しいです。

今回のお話は二つの章タイトルが示す通り、無限鳥居の冒険を終えた命子たちの真のエピローグと、頑張って形にした新しい時代のプロローグとなっております。

多くの人が新しい世界で活躍できる基盤がここで出来上がります。歴史の転換期には多くの偉人が名を連ねるものですが、修行せいと煽った羊谷命子とその仲間たちは、新時代の始まりを開いた重要な人物として名を残すことになりそうです。電子辞典などで偉人の人生を調べると、その歴史のどこかしらでロリッ娘の名前がリンク付けされがちになるのです。すげぇ話だぜ！

さて、作中で語られる冒険者制度ですが、これが生咲の想像する冒険者の元締め像ですね。冒険は命がけになりますから、免許制になりますし、冒険する際には都度計画書を提出する必要があります。

今回のあとがきでは、冒険者免許試験の答え合わせをしていきたいと思います。

《問1》○　十八歳以上の冒険者は、地上に魔物が出てきたら求めに応じて戦う義務が生じます。

《問2》○　ダンジョンから帰還する渦の色は『赤色』です。

《問3》×　ダンジョンは『六名』を一つのパーティとして認識します。
《問4》×　冒険者協会が発足した現在は、『ランク1ダンジョン』のクリアまでが認められています。
《問5》×　ダンジョンに放置されて、誰も触れなかった物は『十二時間』で消失します。
《問6》×　全員が地図を持つ義務があります。高い物じゃないんだし、遭難したら死ぬから買え！
《問18》×　事件が起きた時間にいた階層の開示ではなく、その時間の『カルマの開示』が求められます。ちなみに、これは国がカルマの開示を義務付けた最初の法律となります。
《問19》×　ダンジョン活動予定書に記載したメンバーが欠けた状態では、入場できなくなります。
《問20》○　ダンジョン内で取得した物の売買、譲渡は冒険者協会を仲介する必要があります。
《問34》×　冒険者になれる下限年齢は十三歳からです。
十一歳はスキルを得られる年齢であり、同時にレベル教育に参加できる年齢です。
《問35》○　高校生のみのパーティは二泊三日までダンジョンで活動できます。ちなみに、中学生のみのパーティは十二時間、十八歳以上(高校生不可)は四泊五日になります。
《問49》×　武器保管庫の解錠ができるのは、『武器所持免許を持っている者』です。たとえ成人している家族でも武器所持免許を持っていない人には解錠させてはいけません。
《問50》○　地上では自分の周りから武器を極力離してはダメです。

いかがだったでしょうか？　このような答えになりますが、これはあくまで発足した当初の冒険者協会のルールになっています。法は都度変化していくものですから、事件や不都合があればどんどん変わっていくことになります。特に《問４》は、命子たちですらランク１ダンジョンまでしか入れないことになっていますので、これはかなり早い段階で改正されることになります。

それでは最後になりますが、重ねまして読んでいただきまして誠にありがとうございます！
三巻でまたお会いできることを祈りつつ、今回のあとがきを締めさせていただきます。

The earth-san has leveled up!

コミカライズおまけ漫画

漫画：まいたけ

原作：生咲日月

キャラクター原案：shnva

満腹感より満足感

羊谷命子
初期スキル
【合成強化】
ここに肉まんとあんまんがあります
ホカ
ホカ
このふたつを合成強化した時満腹感がどうなるか実験します
二人で分けても一個分の食べごたえがあるのか？
…まって羊谷命子
——味は？
実験は中止しました
紫蓮ちゃん半分こしよっか

宝箱

有鴨紫蓮
初期スキル
【生産魔法】
トレーニングで何を作ろうか…
どうせ作るなら羊谷命子の好きなものを…
好きなもの——…
ダンジョン
羊
!
紫蓮ちゃんなにしてるの?
工作
生産魔法の修行
へ——…
これはもはや工作じゃなく
DIYでは

制服の体型補正効果

笹笠ささら
初期スキル
【防具性能アップ小】
攻撃を受けないと効果がわからないのが困りますわね
スッ
防具性能アップなし
防具性能アップあり
ボイン♡
これもスキル効果だったんだね納得したよ
…それは関係ない
防具《服》を脱いでも同じだったと思いマス

スカートめくり

流ルル
初期スキル
【見習いNINPO】
水芸と高速移動のふたつを使えマス
風芸だったら女子校で大活躍だったよね
スカート狙いで
ピューっと
めくって高速移動で逃げる
？
スカートを狙うんデスか？
なんで？
あっでも水圧次第でいけるかも
なーんつってな！
ニャウ
じゃあ試してみるデース
お姉ちゃんなんで下だけジャージなの？
おかえり
不意打ちで地面からウォシュレットが

地球さんはレベルアップしました！

コミカライズを担当させていただいております
まいたけと申します。

生咲先生「地球さんはレベルアップしました！」
２巻発売おめでとうございます！
ＷＥＢ版とはちょっと違う命子たちの活躍
楽しみにしてます。

♪
合成強化(防具)で固めて
前衛３枚で殴るのは強い。
力こそパワー。

COMIC コロナ CORONA TOcomics
にて
コミカライズ
好評連載中!
少女×努力×大冒険!
さあ、私たちと一緒に
冒険を始めよう!
連載はコチラ
地球さんはレベルアップしました!
The earth-san has leveled up!
@COMIC

一家使用人離散、
投獄死罪デッドエンド回避に
奮闘するも……
気付かない間に
地獄絵図!

地球さんはレベルアップしました！2

2021年4月1日　第1刷発行

著　者　生咲日月

発行者　本田武市

発行所　TOブックス
〒150-0002
東京都渋谷区渋谷三丁目1番1号　PMO渋谷Ⅱ　11階
TEL 0120-933-772（営業フリーダイヤル）
FAX 050-3156-0508

印刷・製本　中央精版印刷株式会社

ISBN978-4-86699-169-6

Printed in Japan